말 한 마리가 술집에 들어왔다

A HORSE WALKS INTO A BAR
by David Grossman

이 도서의 국립중앙도서관 출판예정도서목록(CIP)은
서지정보유통지원시스템 홈페이지(http://seoji.nl.go.kr)와
국가자료공동목록시스템(http://www.nl.go.kr/kolisnet)에서 이용하실 수 있습니다.
(CIP제어번호: CIP2018007513)

말 한 마리가 술집에 들어왔다

A Horse Walks Into A Bar

DAVID GROSSMAN

다비드 그로스만 장편소설

정영목 옮김

문학동네

일러두기

1. 주석은 모두 옮긴이주다.
2. 본문 중 고딕체는 원서에서 이탤릭체나 대문자로 강조한 부분이다.

차례

"안녕! 안녕! 안녕하신가, 위풍당당한 도시 카이사리야아아아아아!"

무대는 텅 비어 있다. 천둥이 치는 듯한 외침은 무대 옆 대기실 쪽에서 울려퍼진다. 관객은 천천히 입을 다물고 기대에 차 싱글거린다. 키가 작고, 홀쭉하고, 안경을 쓴 남자가 누구한테 걷어차이기라도 한 것처럼 옆문에서 무대로 휘청거리며 튀어나온다. 비틀비틀 몇 걸음을 걷다 발을 헛디뎌 넘어지더니, 두 손으로 나무 바닥을 짚어 몸을 세우며 엉덩이를 위로 곧게 쑥 밀어올린다. 객석에서 터져나오는 산발적인 웃음과 박수. 사람들은 여전히 왁자지껄 떠들며 클럽으로 줄지어 들어오고 있다. "신사 숙녀 여러분!" 조명 제어반 앞에 선 남자가 입을 거의 벌리지 않고 말한다. "도발레 G에게 박수를!" 무대 위 남자는 커다란 안경을 비스듬히 코에 건 채 여전히 원숭이처럼 쭈그리고 앉아 있다. 천천히 객석으로 고개를 돌려 눈을 깜빡이지도 않고 오랫동안 훑어본다.

"아, 잠깐." 그가 투덜거린다. "여기는 카이사레아*가 아니잖아, 그렇지?" 웃음소리. 그는 천천히 몸을 일으키고 두 손의 먼지를 떨어낸다. "내 매니저가 나를 또 엿 먹인 것 같군." 관객 몇 명이 소리치고, 그는 겁에 질려 그들을 물끄러미 바라본다. "뭐라 그랬어? 다시 한번만. 거기, 7번 테이블, 그래, 입술 새로 한 언니…… 그런데 그 입술 멋지네." 여자는 깔깔거리며 한 손으로 입을 가린다. 공연자는 무대 가장자리에 서서 좌우로 몸을 약간 흔들고 있다. "자, 이제 진지하게 가자고, 자기, 정말로 네타니아**라 그랬어?" 그의 눈이 안경알을 거의 다 채울 정도로 커진다. "똑바로 얘기해보자고. 지금 거기 앉아서, 맙소사, 내가 바로 이 순간에 정말로 네타니아에 있다고 말하겠다는 거야, 난 지금 방탄조끼도 안 입었는데?" 그는 겁에 질린 표정으로 두 손을 엇갈

---

* 이스라엘 서북부에 있는 고대의 항구도시.

** 이스라엘 중앙부, 지중해 연안에 있는 신흥 도시. 이곳은 실업률과 조직범죄율이 높은 곳으로 주로 부유한 사람들이 거주하는 도시 카이사레아와 대비된다. 네타니아는 이 책에서 줄곧 조롱의 대상이 된다.

려 사타구니를 덮는다. 사람들은 즐거워서 소리를 지른다. 몇몇은 휘파람을 분다. 몇 커플이 또 천천히 들어오고, 그 뒤로 휴가 나온 군인으로 보이는 젊은 남자들이 떠들썩하게 들어선다. 작은 클럽은 꽉 찬다. 아는 사람들이 서로 손을 흔든다. 짧은 반바지에 형광 자주색 탱크톱을 입은 웨이트리스 세 명이 주방에서 나타나 테이블 사이로 흩어진다.

"이봐, 입술 언니"—그는 7번 테이블의 여자를 향해 웃음을 짓는다—"우리 얘기 아직 안 끝났어. 그 얘기 좀 해보자고. 그러니까, 언니는 예쁘고 진지한 아가씨처럼 보인다는 거야. 그렇게 말할 수밖에 없어. 게다가 패션 감각도 분명히 독창적인걸. 내가 그 매력적인 헤어스타일을 정확하게 읽고 있는 거라면 말이야. 그 머리는 틀림없이…… 어디 보자, 성전산의 이슬람 성원과 더불어 디모나의 핵원자로를 설계한 사람이 해준 거겠지."* 관객석에서 터지는 웃음. "그리고 내가 잘못 안 게 아니라면, 언니 쪽에서 똥더미처럼 많은 돈의 냄새가 희미하게 풍겨오는 게 탐지돼. 내 말이 맞아, 아니면 내 말이 맞아? 응? 일 퍼센트의 향기지? 아냐? 전혀? 내가 이렇게 묻는 건 엄청난 양의 보톡스도 눈에 띄기

* 디모나는 네게브사막에 있는 이스라엘 도시이며, 이슬람 성원과 핵원자로 모두 이스라엘 사람들에게 좋지 않은 감정을 일으킬 수 있다.

때문이야. 대책 없는 유방 축소는 말할 것도 없고. 내 의견을 묻는다면, 그 성형외과 의사는 손을 잘라버렸어야 했어."

여자는 두 팔을 엇갈려 몸을 가리고, 손으로 얼굴을 감추고, 손가락들 사이로 기쁨의 비명을 내지른다. 남자는 말을 하면서 무대의 한쪽 끝에서 다른 쪽 끝으로 빠르게 성큼성큼 걸어가며 두 손을 비비고 관객을 훑는다. 밑창이 두꺼운 카우보이 부츠를 신고 있어서 축을 움직일 때마다 메마른 딱딱 소리가 난다. "내가 이해하려고 노력하는 건 말이야, 자기." 그는 그녀를 보지 않고 소리를 지른다. "어떻게 언니처럼 똑똑한 아가씨가, 누구한테 그런 얘기를 할 때는 조심스럽게, 분별력 있게, 사려 깊게 해야 한다는 걸 깨닫지 못하느냐는 거야. 그냥 후려갈기듯 '당신은 지금 네타니아에 있어,' 쾅! 하고 말할 수는 없는 거잖아. 도대체 왜 그래? 사나이한테 미리 경고라도 좀 해줘야 하는 거 아냐, 특히 이렇게 뼈만 남은 사나이한테는 말이야." 그가 빛바랜 티셔츠를 들어올리자 숨을 헉 들이마시는 소리가 객석을 훑고 지나간다. "안 그래?" 그는 무대 양옆에 앉은 사람들을 향해 맨가슴을 번갈아 들이대며 활짝 웃는다. "보여? 가죽과 뼈. 대부분 연골이야. 하느님한테 맹세하는데, 내가 말馬이라면 지금쯤 아교가 됐을 거야, 무슨 말인지 알겠지?" 답으로 나오는 당황하여 킥킥대는 소리와 혐오스럽다는 한숨. "내가 말하는 건 그저, 언니." 그는 여자를 다시 돌아본다. "다음에, 어떤 사람한테 그런 소식을 전할 때는 조심할 필요가 있다는 거야. 먼저 마취를 시켜. 제발 마비를 시켜놓으라고. 부드럽게 귓불의 감각을 없애, 이런 식으로—축하해요, 도발레, 오 세상에서 가장 잘생긴 남자, 당신이 이겼어요! 당신은 해안 평원 지대에서 특별 실험에 참가하도록 선택받았어요. 그리 긴 건 아니에요, 구십 분, 기껏해야 두 시간, 그게 평균적인 사람이 이 장소에 위험 없이 노출될 수 있는 최대 허용 시간이라고 결정됐거든요."

관객은 웃음을 터뜨리고 남자는 놀란다. "이 멍청이들, 왜 웃는 거야? 난 방금 당신들을 우스개로 삼았다고!" 관객은 더 크게 웃는다. "잠깐, 분명히 해두자고, 당신들은 진짜 관객을 부르기 전에 오프닝에만 앉아 있는 관객이란 얘기를 벌써 들은 거야?" 휘파람, 콧김과 함께 터지는 웃음소리, 실내 몇 군데에서는 약간의 야유, 테이블을 두드리는 주먹질 두어 번. 하지만 대부분의 관객은 재미있어한다. 키가 크고 늘씬한 커플이 들어온다. 둘 다 부드러운 금발이 이마에 드리워져 있다. 젊은 남녀, 아니 어쩌면 젊은 남자 둘인데, 반짝이는 검은 옷을 입고 겨드랑이에 오토바이 헬멧을 끼고 있다. 무대의 남자는 그들을 흘끗 보고, 그의 눈 위로 작은 주름이 아치를 그린다.

그는 끊임없이 움직인다. 몇 분마다 재빨리 허공에 주먹을 한 방 날린 뒤 눈에 보이지 않는 적을 피하는데, 속임수를 쓰고 재빠른 것이 꼭 노련한 복서 같다. 관객은 그 모습을 아주 좋아한다. 그는 눈 위에 손을 올려붙이고 어두워진 실내를 훑는다.

그가 찾고 있는 사람은 나다.

"우리끼리 얘긴데, 친구들, 나는 지금 심장에 손을 얹고 내가 미치도록—정말로 미치도록!—네타니아를 좋아한다고 확실하게 말해야 돼, 맞지?" "맞아!" 젊은 관객 몇 명이 소리친다. "나는 목요일 저녁에 당신들의 이 매력적인 산업 지구에서 여기 당신들과 함께 있는 것이, 단지 그것만이 아니라 이런 지하실에 있는 것이, 당신들의 듣는 즐거움을 위해 내 똥구멍에서 우스개를 줄줄이 뽑아내는 동안 사실상 엄청난 라돈 광산을 어루만지고 있는 것이 그냥 그저 좋기만 할 뿐이라고 설명하고 있어야 돼. 맞지?" "맞아!" 관객은 마주 소리를 지른다. "틀려." 남자는 그렇게 우기며 환희에 찬 표정으로 두 손을 비빈다. "다 거짓말이야, 똥구멍 부분만 빼고. 왜냐하면, 솔직히 말해서 나는 여러분의 도시를 견딜 수가 없거든. 나는 이 네타니아 쓰레기장이 섬뜩해. 거리에서 만나는 사람 둘 중의 하나는 증인 보호 프로그램의 보호를 받는 것처럼 보이고, 넷 중의 한 사람은 첫번째 사람을 검은 비닐봉투에 구겨넣어 자동차 트렁크에 싣고 다니는 것처럼 보여. 정말이지, 내가 세 명의 아리따운 여자에게 위자료를 줄 필요가 없다면, 애들 하나-둘-셋-넷-다섯—세봐야 돼, 다섯이야—한테 양육비를 줄 필요가 없다면, 하느님께 맹세하는데, 오늘밤 당신들 앞에 서 있는 이 사람은 사상 최초로 산후우울증에 걸린 남자야. 다섯 번이나! 사실은 네 번이네, 둘은 쌍둥이니까. 아, 다섯 번이야, 나 자신이 태어난 뒤에 한바탕 겪은 우울증도 쳐준다면 말이야. 하지만 그 괴로운 일 전부가 결국 당신들한테는 좋은 일이 된 거야, 마이 달링 네타니아. 왜냐하면 아직 젖니도 빠지지 않은 나의 귀여운 뱀파이어들이 아니라면, 절대—저얼대!—내가 오늘밤에 요아브가 나한테 주는 그까짓 칠백오십 세겔을 받고 여기 올 일은 없었을 테니까 말이야. 경비도 따로 주지 않고 고맙다는 말 한마디 안 하는데. 그러니까 시작해보자고, 친구들, 내가 몹시도 사랑하는 사람들, 오늘밤에 파티를 해보자고! 모두 박수! 네타니아 여왕을 위해 박수를!"

관객은 반전에 약간 어리둥절하기는 했으나, 그럼에도 속에서 우러나오는 포효와 달콤한 미소에 휩쓸려 박수를 친다. 그 미소에 남자의 얼굴이 환해지면서 완전히 바뀌어버린다. 괴로움에 시달리며 남을 조롱해대던 신랄함은 사라지고, 마치 카메라 플래시가 번쩍하는 순간 바뀌어버린 듯, 말씨가 부드러운 세련된 지식인의 모습이 자리를 잡고 있다. 조금 전 입에서 토해내던 말과는 어떤 관계도 있을 수 없는 사람이다.

그는 자신이 뿌리는 혼란을 즐기는 것이 분명하다. 컴퍼스처럼 한 발을 축으로 천천히 몸을 돌리는데, 완전히 한 바퀴 돌았을 때는 다시 얼굴이 비틀려 독기를 뿜고 있다. "흥미진진한 발표가 있어, 네타니아. 당신들은 이런 행운이 믿어지지 않겠지만, 오늘, 8월 20일은 공교롭게도 내 생일이야. 고마워, 고마워, 너무나 친절하군." 그는 겸손하게 고개를 숙인다. "그래, 맞아, 오십칠 년 전 오늘 세상은 약간 더 살기 나쁜 곳이 되었어. 고마워, 나의 스위트하트들." 그는 깡충깡충 무대를 가로지르며 가공의 부채를 얼굴에 대고 부친다. "정말 착하네. 이럴 필요 없는데. 이건 과분해. 수표는 나가는 길에 상자에 넣어, 현금은 쇼가 끝난 뒤 내 가슴에 붙여주고. 섹스 쿠폰을 가져왔으면 지금 당장 여기로 올라와도 돼."

몇 사람이 그를 향해 잔을 들어올린다. 몇 커플이 시끄럽게 들어와—남자들은 들어오면서 박수를 친다—바 근처 테이블 몇 곳에 나눠 앉는다. 그들은 그에게 손을 흔들어 인사하고, 여자들은 그의 이름을 외치기도 한다. 그는 눈을 가늘게 뜨고 근시처럼 모호하게 마주 손을 흔든다. 그리고 계속 뒤편에 있는 내 테이블 쪽을 본다. 그는 무대에 오른 순간부터 내 눈을 찾고 있었다. 하지만 나는 그를 똑바로 볼 수가 없다. 여기 공기가 싫다. 그가 숨쉬는 공기가 싫다.

"당신들 중에 쉰일곱 넘은 사람?" 손 몇 개가 위로 올라간다. 그는 그 손들을 훑어보더니 경외감에 사로잡혀 고개를 끄덕인다. "대단하네, 네타니아! 여기 사는 사람들도 꽤나 수명이 긴걸! 내 말은, 이런 곳에서 그 나이에 도달하는 건 간단한 일이 아니라는 거야, 안 그래? 요아브, 관객석으로 조명을 비춰, 좀 볼 수 있게. 거기 부인, 난 쉰일곱이라 그랬는데, 일흔다섯이 아니라…… 잠깐만, 이보쇼들, 한 번에 한 명씩, 도발레는 다 나눠줄 수 있을 만큼 많이 있으니까. 그래, 4번 테이블, 뭐라 그랬어? 당신도 쉰일곱이 된다고? 쉰여덟? 놀라워라! 이거 심각하네! 남들보다 앞서가시네! 근데 그게 언제라고, 응? 내일? 생일 축하합니다! 성함이 어떻게 되신다고요, 선생? 뭐? 다시 한번. 요르…… 요라이? 설마. 젠장, 이보쇼, 당신 부모가 정말로 당신을 엿 먹였구먼, 응?"

요라이라는 이름의 남자가 껄껄 웃는다. 그의 통통한 부인이 그에게 몸을 기대 대머리를 쓰다듬는다.

"당신 옆에 앉은 부인, 이 사람아, 지금 당신 몸에 영역 표시를 하고 있는 사람—그분이 요라이 부인이야? 힘내, 형제. 내 말은, 아마도 당신은 '요라이'가 마지막 충격이기를 바라고 있었겠지, 맞지? 당신은 당신 부모가 당신한테 한 짓을 깨달았을 때 불과 세 살이었어"—그는 보이지 않는 바이올린을 켜며 천천히 무대를 따라 걷는다—"유아원 구석에 혼자 앉아 있었지, 어머니가 도시락에 넣어준 생양파를 씹으면서, 다른 아이들이 함께 노는 걸 구경하면서, 당신은 속으로 그랬어, 기운 내, 요라이, 번개는 한자리를 두 번 때리지 않으니까. 놀라지 마시라! 그런데 실제로 두 번 때렸거든! 안녕, 요라이 부인! 말해줘, 자기, 혹시 우리한테, 친구끼리니까, 남편의 특별한 날을 맞이해 어떤 놀랄 만한 짓궂은 선물을 준비하고 있는지 이야기해줄 수 있어? 내 말은, 언니를 보니 지금 언니의 머릿속을 지나가는 생각이 뭔지 알겠다는 거야. '당신 생일이니까, 내 사랑 요라이, 오늘밤에는 네, 라고 말해줄게요, 하지만 1986년 7월 10일에 하려고 했던 걸 감히 나한테 할 생각은 말아요!'" 그 부인을 포함하여 관객은 웃느라 정신을 못 차린다. 부인은 웃음으로 얼굴을 일그러뜨린 채 몸을 흔들어대고 있다. "자, 말해줘, 요라이 부인"—그는 목소리를 낮춰 소곤거린다—"우리끼리 얘긴데, 정말로 그 목걸이하고 사슬들로 그 턱을 다 감출 수 있다고 생각하는 거야? 아니, 진지하게 이야기하는데, 그게 공정하다고 생각해? 이스라엘의 수많은 젊은 커플이 턱 하나로 버텨야 하는 이런 국가적 근검의 시대에"—그는 자신의 안쪽으로 푹 꺼진 턱을 쓰다듬는데, 그 턱 때문에 간혹 겁에 질린 쥐처럼 보인다—"언니는 두 개…… 아니, 잠깐, 세 개를 달고 행복하게 돌아다니는 게! 언니, 그 튀어나온 턱 하나를 덮은 피부만 있어도 '텔아비브를 점령하라'* 시위대에 새로 천막 한 줄은 쫙 쳐줄 수 있겠다!"

몇 군데 산발적으로 터지는 웃음. 부인의 웃음이 치아들 위로 넓게 퍼지며 엷어진다.

"그런데, 네타니아, 나의 경제 이론이라는 주제로 넘어온 김에 이 시점에서 한마디하고 싶은데, 의심을 피하기 위해 말하자면 나는 자본시장의 전면적 개혁을 전폭 지지해." 그는 말을 멈추고 숨을 헐떡거리더니 두 손을 허리에 얹고 콧방귀를 뀐다. "나는 천재야, 정말이라니까, 입에서 나도 이해하지 못하는 말들이 술술 나와. 잘 들어봐, 적어도 지난 십 분 동안 나는 오로지 납세자의 몸무게에 따라 과세를 해야 한다고 확신하고 있었어. 이른바 살 세금 제도!" 다시 내 쪽으로 흘끗 던진 눈길. 놀란 듯한 그 눈길을 금방 거두지 못하고 미적거리며 자신이 기억하는 여윈 소년을 내 안에서 끌어내려 한다. "그보다 더 정의로운 것이 어디 있겠는가, 하고 당신들에게 묻고 싶어. 그게 세상에서 가장 합리적인 거야!" 그는 다시 셔츠를 걷어올리는데, 이번에는 천천히, 유혹적으로 말아올리며, 수평으로 흉터가 있는 쑥 들어간 배, 좁은 가슴, 무시무시하게 두드러진 갈비뼈, 궤양 때문에 군데군데

* '월스트리트를 점령하라' 운동에 빗댄 말.

쪼그라들고 반점이 있는 팽팽한 피부를 드러낸다. "턱에 따라 낼 수도 있을 거야, 아까 말한 것처럼. 하지만 내 입장을 말하라면, 과세 등급을 정할 수도 있다고 생각해." 셔츠는 여전히 위로 올라가 있다. 어떤 사람들은 내키지 않는 표정으로 그냥 보고 있고, 어떤 사람들은 고개를 돌리며 작게 휘파람을 분다. 그는 노골적이고 탐욕스러운 열정으로 그 반응들을 응시한다. "나는 누진 살 세제를 요구해! 과세 평가는 허리의 군살, 올챙이배, 엉덩이, 허벅지, 셀룰라이트, 남자 젖통, 여자 팔의 여기 위쪽에 대롱대롱 매달린 그 살덩어리를 기준으로 하면 돼! 내 방법의 좋은 점은 속이지를 못하고 해석을 잘못할 일도 없다는 거야. 몸무게가 늘면 돈을 내면 돼!" 그는 마침내 셔츠에서 손을 놓는다. "하지만 진지하게 말하는데, 어째서 돈을 버는 사람한테 세금을 걷는 건지 나는 도무지 이해할 수가 없어. 거기에 무슨 논리가 있어? 들어봐, 네타니아, 잘 들어봐. 세금은 국가가 보기에 행복하다고 믿을 만한 합리적 이유가 있는 사람들한테만 거둬야 하는 거야. 혼자 싱글거리는 사람들, 젊고, 건강하고, 낙관적인, 그래서 대낮에 휘파람을 불고 다니고, 밤에 엉켜서 재미보는 사람들. 이런 사람들만이 세금을 내야 하는 똥 쌀 놈들이야. 이놈들한테서는 가진 걸 모두 빼앗아야 돼!"

관객 대부분은 지지의 박수를 보내지만 소수, 주로 젊은 축에 속하는 사람들은 입술을 둥글게 벌리고 야유한다. 그는 거대한 붉은색 서커스 어릿광대 손수건으로 이마와 뺨의 땀을 닦아내면서 두 집단이 자기들끼리 한참 말다툼을 하게 놓아둔다. 모두 즐거워한다. 그러는 동안 그는 숨을 고르고, 눈 위에 손을 올리고, 다시 나를 찾으며 내 눈길을 달라고 한다. 자 여기 있어—우리 둘을 제외하고는, 바라건대, 아무도 알아낼 수 없는 우리만 공유하는 깜빡이는 빛. 너 왔구나, 그의 눈길이 말한다. 시간이 우리에게 한 짓을 봐, 여기 네 앞에 내가 있어, 나에게 자비를 보이지 마.

그는 얼른 고개를 돌리고 손을 들어 관객이 입을 다물게 한다. "뭐? 안 들려. 크게 말해봐, 9번 테이블! 그래, 하지만 먼저 당신네들이 그걸 어떻게 하는지 설명해주면 좋겠는데. 나는 도저히 방법을 모르겠더라고. 뭘 하느냐니, 무슨 소리야? 두 눈썹을 한데 모아 붙이는 그거 말이야! 아니, 정말로, 말해봐, 눈썹 둘을 꿰매는 거야? 당신네 민족 신병훈련소에서는 그걸 하는 방법을 가르쳐줘?" 그는 잠시 말을 끊었다가 무서운 속도로 달려나간다. "눈썹에 힘을 주는* 이야기가 나와서 말인데, 우리 아버지는 강경파 수정주의적 시온주의자였어. 야보틴스키**를 우상처럼 섬

* browbeat. 협박한다는 뜻.

** 수정주의적 시온주의의 이념적 지도자.

겼지—경례!" 몇 테이블에서 힘차고 도전적인 박수가 몇 번 터져나오자 그는 됐다고 손을 젓는다. "그래, 9번 테이블, 말해봐. 망설이지 마, 내가 책임질 테니까. 뭐라고? 아니, 농담 아니었어, 가가멜,* 정말로 내 생일이야. 정확히 이 순간, 그러니까 이때쯤, 예루살렘의 오래된 하다사 병원에서 우리 어머니 사라 그린스테인은 진통을 시작했어! 믿기지 않는 일이야, 그렇지? 오직 내가 잘되기만을 바란다고 주장한 여자, 그렇게 주장해놓고도 나를 낳았다니! 내 말은, 살인 때문에 얼마나 많은 재판과 징역과 수사와 범죄 시리즈가 있는지 생각해보라는 거야. 하지만 아직 출산과 관련된 사건은 단 하나도 들어본 적 없어! 계획 출산, 과실 출산, 우발 출산에 관한 사건은 아무것도 없잖아. 심지어 출산 조장 사건도 없어! 하지만 잊지 마, 우린 지금 피해자가 미성년자인 범죄 이야기를 하는 거라고!" 그는 숨이 막힌다는 듯 부채질을 해가며 넓게 벌린 입에 공기를 집어넣는다. "여기 판사 있어? 변호사는?"

나는 의자에 깊이 몸을 묻는다. 그의 눈길이 나를 붙들지 못하기를. 나로서는 다행스럽게도, 근처에 앉은 젊은 세 커플이 그에

* 만화 〈개구쟁이 스머프〉에 등장하는 캐릭터로, 늘 미간을 좁혀 짙은 두 눈썹이 거의 붙어 있다.

게 신호를 보낸다. 그들이 새로 세운 대학 가운데 한 곳의 법대생들임이 드러난다. "나가!" 그가 무시무시하게 고함을 지르며 두 팔을 젓고 발길질을 하자, 청중은 그들에게 휘파람과 야유를 퍼붓는다. "죽음의 천사가"—그는 헐떡거리며 웃음을 터뜨린다—"변호사 앞에 나타나 때가 됐다고 말했어. 변호사는 울면서 울부짖었지. '하지만 나는 마흔밖에 안 됐는데요!' 죽음의 천사가 말했어. '네가 고객들한테 청구한 시간은 다르던데!'" 빠르게 주먹 한 방, 그리고 맴돌기 한 바퀴. 학생들은 다른 관객보다 크게 웃는다.

"이제 우리 어머니 이야기를 할게." 그의 얼굴이 심각해진다. "주목해주세요, 배심원 신사 숙녀 여러분, 이건 아주 중요한 문제니까. 소문에 따르면, 이건 그냥 들은 말인데, 출산 직후 어머니에게 나를 건네주었을 때 어머니가 미소를 짓는 모습이 보였다고 해. 심지어 기쁨의 미소를 지었다고 하더라고. 그럴 리가 없어어어어어어, 정말이야! 중상모략일 뿐이야!" 관객은 웃음을 터뜨린다. 남자는 갑자기 무대 가장자리에 무릎을 꿇더니 고개를 푹 숙인다. "용서하세요, 엄마, 또 웃음을 얻으려고 엄마를 망치고, 엄마를 배신하고, 내팽개쳐버렸네요. 나는 웃음을 사는 매춘부예요, 그만둘 수가 없어요……" 그는 벌떡 일어나다 어지러운지 비틀거린다. "자, 진지하게 말하는데, 농담 아니야, 그분은 세상에서 가장 아름다운 어머니였어, 하느님한테 맹세해. 요새는 그런 어머니를 안 만들어. 아주 커다란 파란 눈"—그는 두 손의 손가락들을 넓게 펼치고, 나는 어린 시절 꿰뚫듯이 반짝이던 그의 파란 눈을 떠올린다—"그런데 어머니는 세상에서 가장 불안정한 사람, 그리고 가장 슬픈 사람이었어." 그는 손가락으로 한쪽 눈 밑에 눈물을 그린다. 입이 둥글게 벌어지더니 미소가 그려진다. "어머니는 그렇게 생겨먹었어, 그게 우리가 뽑은 패야, 나는 불평하지 않아. 아빠도 괜찮았어, 정말 괜찮았지." 그는 말을 멈추고 머리 양옆의 더부룩한 머리카락을 미친듯이 긁는다. "음…… 잠깐만 기다려, 해줄 얘기를 찾을 테니까…… 그래! 아빠는 굉장한 이발사였고, 내 머리를 깎을 때는 돈도 받지 않았어, 아버지 원칙에 어긋나는 일이었는데도 말이야."

그는 또 내 쪽을 흘끔거린다, 내가 웃고 있는지 보려고. 하지만 나는 웃는 척하려고도 하지 않는다. 나는 보드카에 체이서로 맥주를 주문한다. 그가 뭐라고 했더라? 이걸 견디려면 감각이 좀 무뎌질 필요가 있어.

감각이 무뎌져? 내게 필요한 건 전신마취야.

그는 다시 미친듯이 무대 위를 쏘다닌다. 마치 그 자신을 계속 앞으로 찔러대는 것 같다. 위에서 조명 하나가 그를 비추어, 활력 넘치는 그림자들이 그의 몸을 따라다닌다. 그런 움직임이 그의 뒤쪽 벽 옆에 놓인 크고 둥그스름한 구리 단지에, 묘하게 한 박자 늦게 비친다. 단지는 전에 여기서 상연한 무슨 연극에 쓰던 소품일 것이다.

"내 출생 이야기가 나와서 말인데, 네타니아, 잠시 우주적 사건에 시간을 할애해보자고. 왜냐하면 나는…… 지금 시점의 이야기를 하는 게 아니거든, 내가 연예계의 정점에 올랐을 때, 엄청나게 인기 있는 섹스 심벌이던 때를 얘기하는 거지……" 그는 입을 활짝 벌리고 고개를 끄덕이며, 관객의 웃음이 끝날 때까지 시간을 끈다. "그러니까, 저 먼 과거의 나, 어린 시절, 나의 역사가 동틀녘의 나의 이야기야. 그때 나는 완전히 맛이 간 애였어. 내 머릿속의 전선이 모조리 엉망으로 깔려 있었거든. 내가 얼마나 괴짜였는지 말해도 믿지 못할 거야. 아니, 정말로"—그는 웃음을 짓는다—"좀 웃고 싶어, 네타니아? 정말로 웃고 싶어?" 그러더니 그는 자신을 꾸짖는다. "얼마나 멍청하기 짝이 없는 질문이야! 이보세요오! 이건 스탠드업 쇼라고! 너 아직도 무슨 말인지 모르겠어? 바보!" 그가 엄청나게 힘을 주어 자기 이마를 손바닥으로 갈기자 큰 소리가 난다. "사람들이 여기 온 이유가 그거지! 너를 보고 웃으러 여기 온 거잖아! 그렇지 않아, 친구들?"

끔찍한 가격이었다, 그 이마를 때린 것은. 예기치 않은 폭력의 분출, 완전히 다른 어딘가에 속해 있는 탁한 정보의 유출. 실내는 정적이 흐른다. 누군가가 이로 사탕을 깨물자 그 소리가 클럽 전체에 울려퍼진다. 그는 왜 내가 와야 한다고 고집을 부렸을까? 궁금하다. 혼자서도 저렇게 훌륭하게 일을 잘하고 있는데 고용된 총잡이가 왜 필요할까?

"당신들한테 해줄 이야기가 있어." 그가 소리친다. 이마를 때린 일은 있지도 않았다는 듯이. 이마에 흰색에서 붉은색으로 변해가는 자국이 없기라도 한 것처럼. 안경이 구부러지지 않은 것처럼. "한번은, 열두 살 때쯤, 내가 태어나기 아홉 달 전에 도대체 무슨 일이 있었기에 우리 아빠가 그렇게 달아올라 엄마한테 달려들었는지 알아내겠다고 결심을 한 적이 있어. 당신들한테 미리 말해두는데, 나 외에는 아빠의 바지 안에서 화산활동이 일어났다는 증거가 없어. 그렇다고 아빠가 엄마를 사랑하지 않았다는 건 아니야. 내 말 잘 들어. 그 사람이 평생 아침에 눈을 뜨는 순간부터 밤에 잠자리에 들 때까지 한 모든 일은, 창고와 모터자전거와 여분의 부품과 넝마와 지퍼와 뭔지도 모르겠는 걸 만지작거린 그 모든 행동은—그냥 내가 무슨 말을 하는지 아는 척 해줘, 알았지? 멋진 도시야, 네타니아, 멋진 도시—그 모든 쓰잘데없는 짓은, 아빠한테는 생계를 유지하기 위한 것 이상이었어. 그 모든 것 이상의 일, 바로 엄마한테 잘 보이려는 것이었다고. 아빠는 그저 엄마가 자기한테 웃음을 지으며 머리를 쓰다듬어주기를 바랄 뿐이었지—아이구, 착한 강아지, 아이구, 착한 강아지. 어떤 남자들은 사랑하는 여자한테 시를 써, 맞지?" "맞아." 몇 사람이 여전히 놀란 기색이 가시지 않은 채 대답한다. "또 어떤 남자들은 세레나데를 불러, 맞지?" "맞아!" 약한 목소리가 몇 개 더 끼어든다. "그리고 어떤 남자들은, 모르겠어…… 다이아몬드, 아니면 펜트하우스, 아니면 SUV, 디자이너 브랜드의 관장기를 사줘, 맞지?" "맞아!" 몇몇 목소리가 소리친다. 이제 비위를 맞추려고 열심이다. "그리고 울 아빠 같은 사람들이 있지, 알렌비 스트리트에서 늙은 루마니아 여자한테 짝퉁 청바지 이백 벌을 사다가 이발소 뒷방에서 오리지널 리바이스라고 파는 사람들, 그런데 그게 다 뭘 위해서? 그날 밤에 여자한테 자기가 몇 푼이나 남겼는지 수첩에 적어 보여주려고……"

그는 말을 끊는다, 눈이 실내를 돌아다닌다. 잠시, 까닭을 알 수 없는 일이지만, 관객도 그와 함께 뭔가를 본 것처럼 숨을 죽인다.

"하지만 정말로 여자와 접촉하는 거, 남자가 여자와 접촉하는 식으로 말이야, 현관에서 엉덩이라도 살짝 두드리는 거, 그냥 슬쩍 어루만지는 거—그런 거, 나는 아빠가 그러는 걸 본 적이 없어. 그러니까 말해봐, 친구들. 사실 당신들은 똑똑한 사람들이잖아, 네타니아에서 살겠다고 선택했잖아. 그러니까, 왜 아빠가 어머니와 절대 접촉하지 않았는지 나한테 설명해보라고. 응? 좆도 하느님만 아실 일이지. 잠깐, 뭐라고……?" 그는 뒤꿈치를 들고 쭈그리고 앉아 감정이 섞인, 고마워하는 표정으로 관객을 향해 눈꺼풀을 퍼덕거린다. "정말로 이 얘기를 듣고 싶어? 정말로 우리 왕족의 별로 재미도 없는 이야기를 잔뜩 들어줄 기분이야?" 여기에서 관객은 나뉜다. 일부는 어서 하라고 응원을 보내고, 일부는 빨리 개그를 시작하라고 고함을 질러댄다. 검은 가죽옷을 입은 창백한 두 바이커가 테이블을 손으로 두드리자 맥주잔이 펄쩍펄쩍 뛴다. 그들이 어느 편인지는 알기 힘들다. 어쩌면 그냥 불길에 부채질하는 것을 즐기는지도 모른다. 아직도 그 둘이 젊은 남자애 둘인지, 남자와 여자인지, 여자 둘인지 모르겠다.

"설마! 정말? 정말로, 진실로 '우리 삶의 나날: 그린스테인 대하소설'을 들을 생각이 있는 거야? 아니, 아니, 이건 제대로 해두자고, 네타니아. 지금 혹시 자석처럼 끌어당기는 매력이 있는 내 인간성의 수수께끼를 풀려고 이러는 거야?" 그는 재미있다는 듯 놀리는 표정을 내게 슬쩍 흘린다. "정말 당신들이 모든 연구자와 전기 작가들이 내뺀 곳에서 성공할 수 있다고 생각하는 거야?" 거의 모든 관객이 갈채를 보낸다. "그럼 당신들은 정말로 나의 친구야! 우리는 영원한 베프야, 네타니아! 자매도시야!" 그는 부드러워지며 한없이 순수한 표정으로 눈을 크게 뜬다. 사람들은 어쩔 줄 몰라하며 웃어젖힌다. 서로 마주보며 싱글거린다. 몇 사람의 길 잃은 미소가 심지어 내게까지 다가온다.

그는 무대 앞쪽에 서 있어서 부츠의 뾰족한 끝이 가장자리 너머로 튀어나와 있다. 그가 손가락으로 가설을 헤아린다. "일번, 어쩌면 그 사람은, 우리 아빠는 엄마를 너무 숭배한 나머지 접촉하는 것을 두려워했을지 모른다? 이번, 어쩌면 엄마는 아빠가 머리를 감은 뒤 검은 망을 머리에 쓴 채 집을 돌아다니는 것을 역겨워했을지 모른다? 삼번, 어쩌면 엄마의 홀로코스트, 그리고 아빠는 거기에 있지 않았다는 사실, 엑스트라로도 거기에 있지 않았다는 사실 때문이었을지 모른다? 그러니까 이 작자는 홀로코스트에서 살해되기는커녕 부상도 안 당했다는 거야! 사번, 혹시 당신들과 나 사이에 양가 부모가 만나는 건 아직 너무 이른 일인지도 모른다?" 객석의 웃음, 그리고 그—코미디언, 광대—는 다시 빠르게 무대를 쏘다닌다. 청바지 무릎은 찢어져 있지만, 금색 클립이 달린 빨간 멜빵으로 멋을 부렸고, 카우보이 부츠에는 은색 보안관 별이 장식으로 붙어 있다. 이제야 그의 목덜미에 짧게 땋은 성근 머리카락이 대롱거리는 것을 발견한다.

"간단히 줄여서 말할게, 어서 이 이야기를 끝내고 본격적인 쇼를 시작해야 하니까 말이야, 당신들의 진실한 벗은 달력을 펼치고, 생일에서 정확히 아홉 달 전으로 넘기고, 날짜를 찾아내고, 얼른 아버지가 모으는 수정주의적 시온주의자 뉴스레터 더미로 달려갔지—그게 우리집 한 방의 반을 차지하고 있었거든, 그 수정주의적 시온주의가. 나머지 반은 옷 쪼가리와 청바지와 훌라후프와 자외선 바퀴벌레 살충제가 차지하고 있었고. 그냥……"

"……이해하는 척해줘." 바에서 몇 사람의 목소리가 그의 유행어를 활기차게 마무리한다.

"멋진 도시, 네타니아." 그는 웃음을 터뜨릴 때도 표정이 계산적이고 즐거운 기색이 없어, 자신의 입에서 나온 개그가 올라가 있는 컨베이어 벨트를 관찰하고 있는 듯한 느낌이다. "그리고 우리 셋, 그러니까 우리 가족의 생물학적 물질이라고 할 수 있는 부분, 우리는 남은 방 하나와 반쪽에 비집고 들어가야 했어. 그런데도 아빠는 정당 뉴스레터를 단 한 페이지도 버리지 못하게 했지. '내 말 잘 들어, 이건 미래 세대의 성경이 될 거야!' 아빠는 손가락을 흔들며 그렇게 말했고, 그럴 때면 불알에 전기가 통하는 것처럼 작은 콧수염이 생기를 띠곤 했어. 그런데 거기에서, 정확히 그 날짜에, 내가 부화해 생태적 균형을 돌이킬 수 없이 뒤집어버리기 아홉 달 전에, 당신들의 진실한 벗이 뭐와 마주쳤을 거라고 생각해? 다름아니라 '시나이 전쟁'*이야! 내가 이 이야기를 어디로 끌고 가려는지 알겠어? 이거 무슨 미친 똥 같은 짓 아니야, 안 그래? 압델 나세르가 수에즈운하를 국유화한다고 발표하면서 운하가 우리 면전에서 쾅 닫혀버렸는데, 우리 아빠, 예루살렘의 헤즈켈 그린스테인, 키 158센티미터에 원숭이처럼 털이 많고 소녀 같은 입술의 이 남자는 잠시도 생각을 하지 않고 바로 엄마의 가랑이를 벌리러 간 거야! 그러니까 정말이지, 가만 생각해보면, 보복 작전이라고 할 수도 있어. 무슨 뜻인지 알아? 내가 보복이었다고! 이해하겠어? 우리는 시나이 전쟁, 카라메 전투, 엔테베 작전, 또 무슨무슨 좆같은 작전을 하고 있는데, 우리집에서는 그린스테인 전쟁을 하고 있었다는 거야. 이건 아직도 기밀이 완전히 해제되지 않아서 내가 모든 세부사항을 다 털어놓지는 못하지만, 그래도 우리는 오늘밤 여기에서 우연히도 작전 본부의 희귀한 녹음을 들을 수 있게 되었어. 음질은 그냥 그럭저럭이지만. '가랑이를 벌려라, 그린스테인 부인! 이걸 받아라, 이집트의 압제자여!' 콰과쾅쾅! 미안해요, 엄마! 미안해요, 아빠! 내 말을 앞뒤 문맥을 살피지 않고 한 부분만 똑 떼어서 인용한 거예요! 두 분을 또 배신해버렸네요!"

그는 다시 자기 얼굴을 세게, 두 손을 다 사용해 때린다. 그리

* 수에즈운하를 둘러싸고 이집트와 이스라엘, 영국·프랑스 사이에서 일어난 전쟁. 1956년 10월 29일 이스라엘군이 국경을 넘어 시나이반도를 침공하며 시작되었다.

고 또 한번.

몇 초 동안 입안에 금속의 녹 같은 맛이 느껴진다. 내 근처에 있는 사람들이 눈꺼풀을 퍼덕이며 의자를 뒤로 민다. 옆 테이블의 여자는 남편에게 날카로운 소리로 뭔가 속삭이다 핸드백을 들지만, 남편이 여자의 허벅지에 손을 얹어 주저앉힌다.

"네타니아 몽 셰리*, 세상의 소금이여. 그런데 이 근처에서는 길거리에서 누가 몇시냐고 물으면 마약 단속반일 가능성이 높다는데 사실이야? 농담이야! 그냥 농담!" 그는 온몸을 아래로 한껏 움츠리고, 미간을 바싹 좁히고, 눈으로 주위를 빠르게 둘러본다. "여기 혹시 알페론 집안에서 온 사람 없어, 응? 인사를 좀 드리려고. 아니면 아부트불 집안은? 데데 집안에서 온 사람은? 베베르 아마르 여기 없어? 보리스 엘쿠슈의 친척은? 혹시 티란 시라지께서 오늘밤 이 자리에 참석하는 영광을 우리에게 베풀고 계십니까? 벤 수치는? 엘리야후 루스타슈빌리는……"**

약한 박수 소리가 하나둘 끼어들고, 그 덕에 사람들은 조금 전에 사로잡혔던 마비에서 풀려나오는 듯하다.

"자, 오해하지 마, 네타니아, 그냥 확인하는 것뿐이야, 그냥 정

---

* '친애하는'이라는 뜻의 프랑스어.

** 모두 범죄와 관련된 집안이나 이름들.

찰을 하는 거라고. 알겠지만, 나는 어디에서 공연을 하건, 제일 먼저 하는 게 구글리스크*에 로그온 하는 거야."

갑자기 그는 지친 모습이다, 마치 모든 것을 한꺼번에 쏟아낸 것처럼. 두 손을 허리에 얹고 숨을 빠르게 내쉰다. 허공을 물끄러미 응시하는데, 눈이 노인의 눈처럼 그 자리에서 굳어 생기를 잃어버린 듯하다.

그는 나에게 두 주 전쯤 전화를 했다. 밤 열한시 삼십분이었다. 나는 개를 산책시키고 막 돌아온 참이었다. 그는 긴장했으면서도 함께 기뻐하고 싶은 듯한 기대가 담긴 목소리로 자신을 소개했고, 나는 거기에 부응하지 못했다. 그는 어리둥절하여 내가 맞느냐고, 자기 이름이 귀에 익지 않으냐고 물었다. 나는 귀에 익지 않다고 대답했다. 그리고 기다렸다. 나는 그런 식으로 나를 시험하는 사람을 몹시 싫어한다. 어디서 들어본 이름 같기는 했지만, 아주 어렴풋했다. 일을 통해 만난 사람은 아니었다, 그 점은 확실했다. 내가 느낀 혐오는 다른 종류였다. 더 가까운 집단에 속한 사람이야, 나는 생각했다. 해를 끼칠 가능성이 더 큰 사람.

---

* 'Google'과 위험을 뜻하는 'risk'를 합쳐서 만든 말.

"어이쿠." 그가 빈정거렸다. "네가 틀림없이 기억할 거라고 믿었는데……" 그는 무겁게 껄껄 웃었다. 약간 쉰 목소리였다. 잠시 나는 그가 취했다고 생각했다. "걱정 마." 그가 말했다. "짧지만 즐겁게 끝낼 테니까." 그러더니 이 대목에서 킥킥 웃음을 터뜨렸다. "그게 나야, 짧고 즐거운 거. 날씨가 좋아도 간신히 158센티미터거든."

"이봐, 무슨 볼일이야?"

그는 어리벙벙한지 말이 없다가, 이윽고 다시 내가 맞느냐고 물었다. "너한테 부탁이 있어." 갑자기 그가 정신을 집중해 사무적으로 말했다. "끝까지 듣고 결정해줘. 안 된다고 해도 괜찮아. 나쁜 감정 안 생겨. 네 시간을 많이 잡아먹는 일은 아니야, 그냥 하룻저녁뿐이야. 그리고 돈도 줄 거야, 당연히. 네가 얼마를 말하든, 흥정하지 않을 거야."

나는 부엌에 앉아 있었고, 여전히 개줄을 쥐고 있었다. 개는 힘없이 코를 킁킁거리며 서서, 내가 계속 전화기를 붙들고 있는 것에 놀란 것처럼 그녀 특유의 인간 같은 눈으로 나를 쳐다보고 있었다.

묘하게 진이 빠지는 느낌이었다. 이 남자와 나 사이에 소리 없는 두번째 대화가 진행되고 있는데, 속도가 너무 느려 내가 알아듣지 못하는 느낌이었다. 그는 답을 기다리는 것이 분명했는데,

나는 그가 무엇을 부탁하고 있는지 알지 못했다. 아니면 혹시 이미 요청을 했는데 내가 듣지 못했거나. 그때 내가 신발을 보고 있었다는 기억이 난다. 신발의 무언가 때문에, 신발 두 짝의 앞쪽 끝이 서로를 가리키고 있는 모습 때문에, 목이 메었다.

그가 무대 오른편에 있는, 푹신푹신해 보이는 낡은 붉은색 팔걸이의자를 향해 천천히 걸어간다. 아마 그것도—커다란 구리 단지와 마찬가지로—예전 연극에서 쓰고 그대로 둔 것일 터이다. 그는 한숨을 내쉬며 의자에 주저앉더니, 깊숙이, 더 깊숙이 의자 속으로 파고든다. 당장이라도 의자가 그를 삼켜버릴 것 같다.

사람들은 자기 음료를 물끄러미 바라보고, 와인잔을 빙빙 돌리고, 작은 그릇에 든 너트와 프레첼을 멍하니 주워 먹는다.

정적.

이윽고 숨죽여 킥킥대는 소리들. 그는 거대한 가구 안에 들어가 있는 꼬마처럼 보인다. 몇 사람이 큰 소리로 웃지 않으려고, 그의 눈길을 피하려고 애를 쓰는 것이 보인다, 마치 그가 혼자서 풀고 있는 어떤 복잡한 계산에 자기들도 얽혀들까봐 걱정하는 것처럼. 아마 그들도, 나처럼, 이미 원래 의도했던 것 이상으로 그 계산에, 사람 자체에 말려들었다고 느낄 것이다. 그는 천천히 두 발을 들어, 부츠의 높은, 거의 여성적인 힐을 보여준다. 킥킥거리는 소리들이 점점 커져, 마침내 웃음소리가 클럽 전체를 뒤덮는다.

그는 물에 빠진 사람처럼 발길질을 하고 두 팔을 허우적거리며 고함을 지르고 푸푸 숨을 내뱉다가, 마침내 팔걸이의자 깊은 곳에서 몸을 빼내, 펄쩍 뛰어올라, 몇 걸음 떨어진 곳에 가 서서 숨을 헐떡이며 두려움에 찬 표정으로 의자를 물끄러미 바라본다. 관객은 안도하여 웃음을 터뜨리고—그리운 옛날의 슬랩스틱—그는 관객을 위협적으로 노려보지만, 사람들은 더 크게 웃음을 터뜨린다. 그는 마침내 미소를 하사하여 웃음소리를 빨아들인다. 그 예기치 않은 다정함에 그의 얼굴은 다시 부드러워지고, 관객도 반응한다. 코미디언, 연예인, 광대는 자신을 보는 사람들의 얼굴에 비친 자신의 미소를 음미한다. 잠시 그가 자신의 눈에 보이는 것을 믿는다는 생각이 들 정도다.

그때 다시, 자신에 대한 애정을 일 초 이상은 참아내지 못한다는 듯, 그는 입을 양옆으로 길게 늘려 혐오에 찬 얇은 선을 만들어낸다. 전에도 그 찡그린 표정을 본 적이 있다. 자신을 갉아먹는 작은 쥐.

"이런 식으로 네 인생에 불쑥 치고 들어가서 정말 미안해." 그는 그 심야 전화에서 말했다. "하지만 기대를 좀 했던 것 같아. 어떤, 그러니까, 어린 시절의 뜨거운 마음이 있었으니까"—그는 다시 킥킥거렸다—"사실, 우리는 함께 출발했다고 할 수도 있잖아. 물론, 너는 네 나름의 길로 갔고, 훌륭한 일을 했고, 큰 존경을 받고……" 여기서 그는 말을 끊고 내가 기억하기를, 마침내 깨어나기를 기다렸다. 그는 내가 얼마나 완강하게 나의 혼수상태에 매달려 있는지, 나를 거기에서 떼어내려는 사람에게 얼마나 폭력적으로 대응할 수 있는지 상상하지 못했을 것이다. "설명하는 데 일 분이면 돼, 최대. 그러니까 최악의 시나리오라 해봐야, 네가 나한테 네 인생에서 일 분만 내주면 되는 거야. 쌈빡하지?"

목소리는 내 또래로 들리는데 젊은 세대의 속어를 썼다. 이런 데서는 좋은 게 나오지 않았다. 나는 눈을 감고 기억을 해보려 했다. 어린 시절의 뜨거운 마음…… 어떤 어린 시절을 말하는 걸까? 게데라*에서 보낸 나의 유년? 아버지 사업 때문에 파리로 뉴욕으로 리우데자네이루로 멕시코시티로 돌아다니던 시절? 아니면 혹시 이스라엘로 돌아와 내가 예루살렘에서 고등학교에 다니

* 이스라엘 중부의 도시.

던 때? 나는 빠르게 생각하려고, 탈출로를 찾으려고 애썼다. 그의 목소리는 고통의 느낌, 마음의 그림자를 끌고 다니고 있었다.

"이봐." 그가 소리쳤다. "무슨 연기를 하고 있는 거야? 아니면 네가 워낙 거물이라 심지어…… 어떻게 기억을 못할 수가 있어?!"

오랫동안 나한테 그런 식으로 말한 사람은 없었다. 신선한 공기를 들이쉬는 것 같았다. 은퇴한 지 삼 년이나 지났는데도 나를 둘러싸고 있는 공허한 존경에서 느끼던 혐오감이 정화되는 느낌이었다.

"어떻게 그런 걸 기억 못할 수가 있어?" 그는 계속 씩씩대고 있었다. "우리는 바이트바간에서 그 칼힌스키라는 사람 밑에서 한 해 내내 함께 수업을 받았고, 수업이 끝나면 또 함께 버스를 타러 걸어가곤 했잖아."

서서히 돌아오기 시작했다. 작은 아파트, 한낮에도 어두컴컴하던 아파트가 기억나고, 이어서 우울한 표정의 선생, 큰 키에 마르고 구부정한 선생, 등으로 천장을 받치고 있는 것처럼 보이던 선생이 기억났다. 남자아이들 대여섯 명이 있었는데, 죄다 수학 실력이 형편없어 몇 군데 학교에서 그 선생한테 과외를 받으러 온 것이었다.

그는 계속 격류처럼 말을 쏟아내, 내가 오래전에 잊었던 것들을 일깨워주었다. 상처받은 목소리였다. 나는 들으면서도 듣지 않았다. 이런 감정적 격변을 감당할 힘이 없었다. 부엌을 둘러보자 내가 고쳐야 하고, 칠해야 하고, 기름을 부어야 하고, 새는 데를 막아야 하는 곳들이 보였다. 가택 연금. 타마라는 끝도 없이 이어지는 집안일을 그렇게 부르곤 했다.

"넌 나를 지워버렸어." 그가 마침내 믿기지 않는다는 투로 말했다.

"미안합니다." 나는 중얼거렸고, 내가 그렇게 말하는 소리가 귀에 들렸을 때에야 나에게 미안해할 것이 있다는 것을 깨달았다. 내 목소리에서 따뜻함이 드러나고 있었고, 그 온기로부터 피부가 하얗고 주근깨가 많고 두 뺨이 발그레한 남자아이의 얼굴이 나타났다. 키가 작고 바싹 마른 몸에 안경을 쓰고 튀어나온 입술이 도전적이면서도 불안해 보이던 아이. 말이 빠르고 늘 약간 쉰 목소리가 나던 아이. 하얀 피부와 옅은 분홍색 주근깨에도 불구하고 숱이 많은 곱슬머리는 새까맸고, 이런 색의 대조가 나에게 강한 인상을 주었다는 것도 곧이어 기억났다.

"기억나!" 나는 소리쳤다. "맞아, 우리는 함께 걸어다녔지…… 믿어지지가 않네, 어떻게 내가……"

"다행이야." 그는 한숨을 쉬었다. "막 내가 너를 머릿속에서 만들어냈다는 생각이 들려던 참이었거든."

"아아아안녕하신가아아아아, 네타니아의 눈부신 미인들!" 그는 무대를 가로지르며 딱딱 굽소리와 함께 다시 춤을 추다가 소리를 지른다. "나는 당신들을 알아, 아가씨들! 모두 아주 잘 알아. 속속들이 알지…… 뭐라고, 13번 테이블? 배짱이 좀 있네, 응!" 그의 얼굴이 어두워지고, 잠시 진짜로 상처를 받은 것처럼 보인다. "나처럼 수줍고 내향적인 사람에게 그런 공격적인 질문을 던지다니. 물론 나에게는 네타니아 여자들이 있었지!" 그는 함박웃음을 짓는다. "거지는 선택을 할 수 없잖아. 힘든 시절이니까, 그렇게라도 그냥 견디며 살아야 했지……" 관객은 남녀 할 것 없이 테이블을 손바닥으로 치고, 야유를 하고, 휘파람을 불고, 웃음을 터뜨린다. 그는 머리카락보다 공기가 더 많은 듯한 부풀린 머리에 파란 물을 들이고 몸은 햇볕에 타 갈색인 늙은 여자 셋이 앉은 테이블 맞은편에 한쪽 무릎을 꿇고 웅크린다. "어, 안녕하신가, 8번 테이블! 여기 미인들은 오늘밤 뭘 기념하시나? 한 분이 지금 바로 이 순간 과부가 되고 있는 건가? 우리가 이야기를 나누는 동안 노인 병동에서 말기 환자 한 명이 마지막 숨을 쉬고 있는 건가? '그래, 친구, 계속해.'" 그는 상상의 남편을 응원한다. "'한 번만 더 애쓰면 당신은 자유로워져!'" 여자들은 웃음을 터뜨리며 다정하게 꾸짖는 동작으로 허공을 두드린다. 그가 무대를 돌며 춤을 추다가 무대 아래로 떨어질 뻔하자 관객은 더 크게 웃는다. "세 남자!" 그가 소리를 지르며 손가락 세 개를 들어올린다. "이탈리아 남자, 프랑스 남자, 유대인 남자가 바에 앉아 여자를 어떻게 즐겁게 해주는지 이야기를 하고 있었어. 프랑스 남자가 말했어. '난 말이야, 노르망디산 버터를 나의 마드무아젤의 머리에서 발끝까지 발라주는데, 그러면 마드무아젤은 절정에 오르고 나서 오 분 동안 소리를 질러.' 이탈리아 남자가 말했어. '난 말이야, 나의 시뇨라하고 한판 할 때 무엇보다 먼저 위에서 아래까지 몸 전체에 시칠리아 어떤 마을에서 산 올리브오일을 발라주는데, 시뇨라는 절정에 오르고 나서 십 분 동안 계속 소리를 질러.' 유대인 남자는 입을 다물고 있었어. 아무 말도 하지 않았지. 프랑스 남자와 이탈리아 남자가 그를 봤어. '너는 어때?' '나?' 유대인 남자가 말했어. '나는 나의 골다한테 슈말츠* 를 발라주는데, 골다는 절정에 오르고 나서 한 시간 동안 소리를 질러.' '한 시간?' 프랑스 남자와 이탈리아 남자는 자기 귀를 믿을 수가 없었어. '도대체 그 여자한테 어떻게 하는데?' '아,' 유대인 남자가 말했어. '나는 커튼에 손을 닦거든.'"

* 닭의 지방.

커다란 웃음. 내 주위의 남자들과 여자들은 오래 머무는, 배우자끼리의 눈길을 교환한다. 나는 갑자기 시장기가 돌아 포카치아와 함께 타히니소스를 뿌린 구운 가지를 주문한다.

"어디까지 얘기했더라?" 그가 흥겹게 말하며, 곁눈질로 나와 웨이트리스의 대화를 좇는다. 내가 음식을 주문한 것이 무척 기쁜 듯하다. "슈말츠, 유대인 남자, 부인⋯⋯ 우리는 정말 특별한 민족이야, 안 그래, 내 친구들? 다른 어떤 민족도 우리 유대인과 비교할 수 없어. 우리는 선택받은 민족이야! 하느님한테는 다른 선택지가 있었지만 우리를 골랐다고!" 사람들이 박수를 친다. "그러니까 생각나네, 이건 좀 엄청난 건데—그게 그 여자 표현이었어—난 정말이지 새로운 반유대주의는 지겨워, 알아? 진지하게 말하는데, 이제야 옛날 거에 익숙해졌다고. 심지어 그게 조금씩 좋아지고 있다고 말할 수도 있어. 알잖아, '시온의 장로들'이 나오는 매혹적인 동화도 있고 말이야.* 턱수염을 기른 늙은 매부리코 트롤**들이 둘러앉아 고수 잎과 역병을 넣은 나병 타파스를 우적우적 씹으면서, 우물에 넣는 독약에 살짝 볶고 약한 불에 끓인 퀴노아 요리법을 서로 나누고, 이따금 유월절***을 위해 기

---

* 유대인의 세계 지배 계획을 담고 있다는 날조 문서 '시온 장로 의정서'를 말하는 것으로, 반유대주의를 부추겼다.

** 북유럽 신화에 나오는 비인간적 존재.

독교도 아이를 도살하기도 한다는 거잖아—이봐, 친구들, 어째 올해에는 아이들 맛이 좀 떫은 것 같은데, 자네들은 어때? 어쨌든, 우리는 그 모든 걸 감당하며 사는 법을 배웠고, 거기에 익숙해져서, 마치 그게 우리 유산의 일부처럼 느껴져. 그런데 이 작자들이 새로운 반유대주의를 들고 나타난 거야…… 모르겠어…… 나한테는 맞지 않아. 심지어 약간 반감마저 든다고 말할 수밖에 없을 것 같군." 그는 정말 곤란하다는 표정으로 두 손의 손가락들을 맞대고 어깨를 으쓱한다. "새로운 반유대주의자들의 기분을 상하게 하지 않고 이 이야기를 어떻게 계속하면 좋을지 모르겠네, 참 나. 하지만 씨발 뭐 어때, 이 사람들아, 당신들 태도가 조금은 짜증난다고 생각하지 않아? 왜냐하면 가끔 나는, 가령 이스라엘 과학자가 암 치료제를 만들어내면 이럴 거란 느낌을 받기 때문이야, 응? 그놈의 암을 단번에 끝장낼 약 말이야. 자, 그렇게 되면 내 장담하는데, 다음날 전 세계 사람들이 떠들어대기 시작할 거야. 항의, 시위, UN 표결에 온 유럽 신문에는 사설이 실릴 거야. 전부 이렇게 말하겠지. '자, 잠깐 기다려봐라, 왜 우리가 암을 해쳐야 하는가? 꼭 그래야 한다 해도, 우리가 정말로 즉시 암을 완전히 소멸시킬 필요가 있는가? 먼저 타협을 해보려고

*** 유대인들의 최대 명절.

노력할 수는 없나? 왜 곧바로 무력을 사용하는가? 왜 입장을 바꿔서 암의 관점에서 암 자체가 그 병을 어떻게 경험하는지 이해해보지 않는가? 암에 몇 가지 긍정적인 점도 있다는 것을 잊지 말자. 사실, 많은 환자들이 암에 대처하면서 자신이 더 나은 사람이 되었다고 말할 것이다. 또 암 연구가 다른 병의 치료제 개발을 이끌었다는 사실도 기억해야 한다. 그런데도 우리는 그런 파괴적인 방법으로 그 모든 것에 종지부를 찍을 것인가? 우리는 역사에서 배운 게 없단 말인가? 암흑시대를 잊었단 말인가? 게다가'"—그는 생각에 잠긴 표정을 짓는다—"'정말로 인간이 암보다 조금이라도 우월해서 암을 파괴할 자격이 있다는 것인가?'"

관객이 군데군데에서 박수를 친다. 그는 앞으로 돌격한다.

"아아아아안녕하신가아아아아아, 모든 남자들이여! 당신들이 온 것도 괜찮아. 조용히 앉아 있으면 그냥 구경꾼으로 있게 해줄 거야. 하지만 얌전하게 굴지 않으면 옆방에 보내 화학적 거세를 받게 할 거야, 좋지? 그러니 숙녀분들, 이제 내가 드디어 제대로 내 소개를 하도록 해줘. 멋대로 추측하는 건 이제 그만, 나도 당신들이 이 신비한 로맨스의 사나이의 정체를 파악하고 싶어 죽을 지경이라는 걸 잘 알고 있다고. 도발레 G가 이름이야, 그게 내 존함이라고요. 나일강 남부의 계몽된 세계 전체에서 가장 성공을 거둔 브랜드인데, 외우기도 쉬워. 도발레, 줄여 부르면 도브Dov, 비둘기라는 뜻의 'dove'하고 비슷한데, 다만 그만큼 평화롭지는 않지. 그리고 G, 이건 나의 거시기가 애지중지하는 G 스폿의 그 G야. 자, 숙녀분들, 나는 모두 그대들의 것이야! 지금부터 자정까지 나는 그대들의 가장 뜨거운 판타지 재료야. '왜 자정까지만?' 그렇게 애처롭게 묻는 소리가 들리는군. 자정에 나는 집에 가고 그대들 미인들 가운데 행운을 잡은 오직 한 사람만 나와 동행해 하룻밤 동안 친밀하게 나의 벨벳 같은 몸과 수직으로 또 수평으로 하나가 되지. 그러나 주로 바이러스로 하나가 돼. 물론 그 작고 파란 행복의 알약으로 가능해진 모든 것을 누리면서 말이야. 그게 나에게 몇 시간을 주거든, 그러니까 전립선암이 훔쳐간 것을 되돌려준단 말이야. 괄호 열고. 정말 멍청해, 그 암이란 것은, 내 의견을 묻는다면 말이야. 진지하게 말하는데, 한번 생각해봐, 내 신체 부위들은 아주 훌륭해. 그래서 저멀리 아슈켈론*에서부터 이 예술작품을 구경하러 오지. 예를 들어 나의 완벽하게 동그란 뒤꿈치를"—그는 관객에게 등을 돌리고 부츠를 매력적으로 흔든다—"또는 나의 조각 같은 허벅지를, 또는 나의 비단 같은 가슴을, 또는 나의 물결처럼 흘러내리는 머리카락을. 하지만 그놈의 타락한 암은 내 전립선에 탐닉하는 쪽이

* 이스라엘 남부 지중해 연안의 도시.

좋다는 거야! 내 잠지를 갖고 놀면 짜릿한가봐. 나는 이 녀석한테 정말 실망했어. 괄호 닫고. 하지만 자정까지는, 언니들, 이 클럽이 박수와 웃음소리로 무너져내리게 만들 거야, 내 개그와 흉내로, 과거 이십 년간 내 쇼의 메들리로, 광고는 하지 않았지만. 네타니아 무료 주간지에 실리는 우표만한 광고가 아니면 아무도 이 공연 홍보에 일 세겔도 쓰려 하지 않거든. 씨발놈들이 나무에 광고지 한 장도 안 붙여요. 네 돈 아끼려는 거지, 응, 요아브? 하느님의 축복이 있기를, 너는 착한 사람이야. 이 근처 전봇대에는 피카소라는 이름의 잃어버린 로트바일러가 나보다 상영관이 더 많아. 내가 확인해봤어, 산업 지구의 전봇대 하나하나를 다 지나가봤다고. 존경한다, 피카소, 대단하더구나, 내가 너라면 서둘러 집에 돌아가지 않을 거야. 내 말 들어, 어딘가에서 대접받는 가장 좋은 방법은 거기 없는 거란다, 알아듣겠니? 그게 하느님의 홀로코스트 계획 전체에 깔린 아이디어 아니었겠어? 정말이지 죽음이라는 개념 전체의 밑바닥에 깔린 아이디어가 그거 아니야?"

관객은 그에게 정신없이 빠져든다.

"정말이지, 말해봐, 네타니아. 사람들이 잃어버린 애완동물을 찾아달라는 안내문을 내다붙일 때 잠시 정신줄을 놓는다고 생각하지 않아? 찾아주세요. 한쪽 다리를 저는 골든햄스터, 백내장을 앓고 있고, 글루텐에 민감하고, 아몬드밀크 알레르기가 있어요. 이보세요오오오! 도대체 당신 왜 이래? 내가 찾아보지 않아도 이 자리에서 당신이 찾고 있는 게 어디 있는지 말해줄 수 있어. 당신 햄스터는 양로원에 있다고!"

사람들은 속에서 우러나오는 웃음을 터뜨리며 약간 긴장을 푼다. 어딘가에서 잘못돼 위험한 곳으로 접어들었다가 이제 빠져나왔다고 느끼고 있다.

"내 쇼에 와주었으면 좋겠어." 그는 전화기에 대고 말했다. 그가 나의 고집스러운 기억을 마침내 부수고 들어온 뒤였다. 우리는 일주일에 두 번씩 바이트바간에서 버스를 타러 함께 걸어갔었는데—나는 그곳에서 버스를 타고 탈피오트의 집까지 갔다—그때의 기억에서 놀랄 만큼 유쾌한 일 몇 가지를 들춰냈다. 그는 그렇게 걷던 길 이야기를 열성적으로 했다. "거기서 우리의 진짜 우정이 시작됐어." 그는 그 말을 두어 번 하며 자기 혼자 행복감에 젖어 킥킥 웃었다. "우린 끝도 없이 걷고 얘기했어. 워키토키* 우정이었지." 그는 그 짧은 애착이 그에게 평생 일어난 가장 좋은 일이었던 것처럼 아주 세세하게 회상해나갔다.

* walkie-talkie. '무전기'라는 뜻. '걸으면서 말한다'는 말로 이루어져 있다.

나는 참을성 있게 귀를 기울이며 그가 나에게 원하는 것이 정확히 무엇인지 알아내려고 기다렸다. 그를 너무 불쾌하게 만들지 않고 거절을 하여 다시 내 삶에서 내보내려는 것이었다.

"나더러 보라는 게 어떤 쇼야?" 그가 숨을 쉬기 위해 말을 멈췄을 때 내가 끼어들었다.

"뭐, 기본적으로……" 그가 서둘러 내뱉었다. "난 스탠드업을 해."

"아, 난 그쪽은 별론데." 나는 안도하며 말했다.

"그러니까 스탠드업을 안다는 거야?" 그가 웃음을 터뜨렸다. "그러니까 나는 네가 평생…… 쇼를 본 적은 있어?"

"가끔 봤지, 텔레비전에서. 개인적으로 받아들이지는 마. 하지만 정말이지 나랑은 잘 맞지 않는 분야야." 나는 전화를 받는 순간 나를 사로잡았던 마비에서 순식간에 풀려났다. 그가 처음 했던 제안에 어떤 수수께끼가 있었다 해도, 어떤 막연한 가능성이 있었다 해도—예를 들어 옛 우정을 되살린다든가—이제는 싹 증발해버렸다. 스탠드업 코미디라니. "이봐," 내가 말했다. "나는 그쪽 바닥하고는 거리가 멀어. 농담하고, 개그하고, 연기하고, 그런 건 나하고 안 맞아, 내 나이에는. 미안해."

그는 천천히 말했다. "좋아, 아주 분명하게 네 생각을 말해줬군. 아무도 네가 모호한 사람이라고 비난하지는 못하겠어."

"오해하지 마." 내가 대꾸하자, 개가 귀를 쫑긋 세우고 걱정 어린 표정으로 나를 보았다. "그런 연예물을 좋아하는 사람도 틀림없이 아주 많겠지. 난 누굴 비판하는 게 아냐. 각자에게는 자기만의……"

그런 종류의 이야기를 몇 마디 더 했을 것이다. 다 기억나지는 않는다, 다행히도. 내 행동을 변호할 방법은 없다. 맨 처음부터 이 사람이 해골 열쇠*(어린 시절의 표현이 갑자기 떠올랐다)를 닮았고, 아주 조심해야겠다는 느낌—어쩌면 희미한 기억—이 있었다는 것 말고는.

그렇다고는 해도 물론 그런 느낌 또한 나의 공격을 정당화할 수는 없을 것이다. 갑자기, 느닷없이, 나는 그가 인류의 모든 종류의 경솔함을 대표하는 사람이기라도 한 것처럼 그를 나무랐기 때문이다. "사실 너 같은 사람들에게는," 나는 부글부글 끓었다. "모든 게 농담거리지. 모든 사실 하나하나와 모든 사람 한 명 한 명이, 뭐든지, 왜 아니겠어. 순발력이 조금만 있고 머리가 빨리 돌아가기만 하면 뭘 가지고도 개그나 패러디나 희화화가 가능하잖아. 병이든 죽음이든 전쟁이든, 모두가 만만한 대상이지, 응?"

긴 침묵이 흘렀다. 머리에서 서서히 피가 빠져나가고, 뇌에는

* 여러 자물쇠에 맞는 곁쇠를 가리키는 말.

찬 기운만 남았다. 나 자신에 대한, 조금 전 나의 변한 모습에 대한 경악.

나는 그가 숨쉬는 소리를 들었다. 내 안에서 타마라가 움츠러드는 것이 느껴졌다. 당신은 분노로 가득해, 그녀는 말했다. 나는 갈망으로 가득해, 하고 나는 생각했다. 보이지 않아? 나는 독성이 강한 갈망을 앓고 있어.

"그런데," 그가 시들고 우울한 목소리로 중얼거렸고, 나는 그 목소리에 짓눌리는 느낌이었다. "사실 나는 전만큼 스탠드업에 흥미가 없어. 한때는, 그래, 나한테는 그게 외줄타기 같은 거였어. 당장이라도 관객 전체 앞에서 완전히 잡쳐버릴 수도 있는 거였지. 털끝 차이로 포인트가 빗나가고, 말을 하다가 단어를 잘못 배치하고, 목소리가 낮아지는 대신 약간 높아지고—그럼 바로 그 자리에서 사람들은 차가워져. 하지만 바로 뒤에 제대로 만져주기만 하면 사람들은 다리를 벌리지."

개가 물을 조금 마셨다. 개의 긴 귀가 접시의 양옆 바닥에 닿았다. 온몸에 군데군데 크게 헐벗은 데가 있었고 눈은 거의 멀었다. 수의사는 안락사를 시키기를 바란다. 서른한 살의 남자다. 아마 그가 보기에는 나도 안락사 후보일 것이다. 나는 두 발을 의자에 올리고 진정하려고 노력했다. 삼 년 전, 이런 감정 폭발 때문에 일자리를 잃었다. 문득 이런 생각이 떠오른다. 내가 지금 뭘 잃어버리고 사는지 누가 알까?

"그런데 곱하기 그런데," 그가 말을 이어나갔고, 그제야 나는 우리 둘 다 각자 생각에 잠긴 채 아주 긴 정적이 이어졌다는 것을 깨달았다. "스탠드업을 하다보면 가끔 사람들을 진짜로 웃게 만드는데, 그건 작은 게 아냐."

그는 마지막 몇 마디를 작게, 마치 혼잣말을 하듯이 했고, 나는 생각했다. 그 말이 맞아, 그건 정말 작은 게 아니야. 큰 거지. 가령 나를 봐. 나는 내 웃음소리도 거의 기억나지 않아. 나는 하마터면 물어볼 뻔했다, 우리가 대화를 전부 처음부터 다시 시작할 수 있을지, 이번에는 두 인간으로서 대화를 할 수 있을지, 그래서 이번에는 최소한, 내가 그를 잊을 수 있었다는 것, 엄청나게 고통스러운 기억을 되살리는 것을 극구 피하다보면 과거의 거대한 부분이 천천히 무뎌지고 지워지기도 한다는 것을 설명할 수 있도록.

"내가 너한테 뭘 원하느냐고?" 그는 깊은숨을 내쉬었다. "음, 솔직히 말해서, 지금은 그게 의미가 있는지도 자신이 없네."

"나더러 네 쇼를 보러 와달라고 하는 거라고 알아들었는데."

"그래."

"하지만 왜? 왜 내가 거기 있어야 하는 거야?"

"이봐, 그게 까다로운 부분이야…… 어떻게 말해야 할지도 모르겠어…… 이런 걸 누구한테 부탁하다니 묘한 기분이야." 그는 킥킥 웃었다. "핵심은, 내가 이 생각을 많이 했고, 오랫동안 곱씹었고, 그런데 결정을 내릴 수 없었고, 자신이 없었다는 것, 하지만 그러다가 마침내, 네가 이런 부탁을 할 수 있는 유일한 사람이라는 걸 깨달았다는 거야."

그의 목소리가 왠지 달라진 듯했다. 거의 간청하는 목소리였다. 마지막 요청의 절박함. 나는 의자에서 발을 내렸다.

"계속 이야기해봐." 내가 말했다.

"나를 봐주면 좋겠어." 그가 격하게 토해냈다. "나를 봐주면, 정말로 봐주면, 그런 다음에 말해주면 좋겠어."

"뭘 말해줘?"

"네가 본 걸."

"잘 들어, 네타니아 베이비! 우리는 오늘밤 모든 쇼의 어머니를 자빠뜨릴 거야! 당신들의 진실한 벗은 지금 브라를 던지는 팬 수백 명을 마주보고 있어! 그래, 그 후크를 풀어, 10번 테이블, 완전히 풀어…… 그렇지! 방금 저기서 대포 두 대가 예포를 쏘는 소리가 들렸지, 그렇지?!"

사람들은 웃음을 터뜨리지만 짧고 활기 없는 웃음이다. 젊은 사람들이 약간 더 길게 웃고, 무대 위의 남자는 기분이 상한다. 그의 손이 마치 가장 아픈 곳을 찾듯 얼굴 앞에서 빙글빙글 돈다. 사람들은 정신이 팔려 그 손을 지켜보고, 손가락들은 펼쳐졌다가 다시 한데 모인다. 이건 말이 안 돼, 나는 생각한다. 이런 일은 있을 수 없어, 사람들은 그냥 저렇게 자기를 때리지 않아.

"바보." 그는 쉰 목소리로 말하는데, 꼭 손이 그렇게 소곤거리는 것처럼 보인다. "이 바보야! 사람들이 또 제대로 웃지 않았잖아! 앞으로 이 밤을 어떻게 헤쳐나갈 거냐?" 그는 손가락들로 이루어진 철창 뒤에서 경직된 미소를 슬쩍 드러낸다. "이건 네가 전에 얻던 웃음이 아니야." 그는 생각에 잠긴 표정으로 서글프게 혼잣말을 주절거리고 우리는 귀를 기울인다. "어쩌면 너는 직업을 잘못 택한 건지도 몰라, 도발레, 이제 물러날 때가 온 건지도 몰라." 그는 단조롭게 말을 이어가는데 그 사무적인 느낌이 들 정도의 차분함이 섬뜩하다. "그래, 이 바닥에서 물러나, 장화를 벗어서 매달아놔,* 그리고—그러는 김에—네 목도 매달고. 하지만 어때, 우리 앵무새를 한번 해볼까? 마지막 기회라 여기고?" 그는 손을 얼굴 옆으로 치우지만 그대로 허공에 놓아둔다. "자, 잠시도 쉬지 않고 욕을 하는 앵무새를 기르는 남자가 있었어. 앵

* 은퇴한다는 뜻.

무새는 눈을 뜰 때부터 잘 때까지 생각할 수 있는 가장 천박하고 역겨운 욕을 퍼부어댔어. 그런데 이 남자는 아주 교양 있고, 교육도 잘 받고, 예의도 바른 신사였거든……"

관객은 개그와 개그를 하는 사람이라는 두 분할 화면을 좇으며, 양쪽에 다 빨려든다.

"결국 선택의 여지가 없어진 이 남자는 앵무새를 위협하기 시작했지. '그만두지 않으면 옷장에 가둬버릴 거야!' 앵무새는 더 열이 받아서 이디시어*로도 욕을 하기 시작했어……" 그는 말을 멈추고 큰 소리로 웃음을 터뜨리며 자신의 허벅지를 살짝 때린다. "진지하게 하는 말인데, 네타니아, 당신들은 이 개그를 정말 좋아할 거야, 당신들은 이걸 좋아하지 않을 도리가 없어."

사람들은 그를 물끄러미 바라본다. 눈 몇 쌍이 가늘어진다. 손이 얼굴로 빠르게 날아갈 것에 대비하는 것이다.

"어쨌든 남자는 앵무새를 잡아 옷장 안에 던져넣고 문을 잠갔어. 앵무새가 그 안에서 더러운 말을 엄청나게 쏟아내는 바람에 남자는 죽고 싶었지, 너무 창피했어. 마침내 더 들어줄 수가 없어서 옷장을 열고 두 손으로 앵무새를 잡았어. 앵무새는 비명을 지르고, 욕을 하고, 물고, 중상을 하고, 심지어 명예훼손까지 했

* 중부 및 동부 유럽 출신 유대인이 사용하는 언어.

어. 남자는 앵무새를 부엌으로 데려가 냉장고를 열고 안에 던져 넣은 다음 문을 쾅 닫았어."

실내는 조용하다. 경계를 풀지 않는 미소가 여기저기서 몇 개 나타난다. 사람들은 남자의 두 손에 초점을 맞추고 있는 듯한데, 두 손은 똬리를 푸는 뱀처럼 천천히 원을 그리며 서로의 주위를 돈다.

"남자가 냉장고에 귀를 대자 안에서 욕설, 긁는 소리, 날개 퍼덕이는 소리가 들렸어. 그러다 잠시 후에 잠잠해졌어. 일 분, 또 일 분이 흘렀고, 그래도 아무 소리도 나지 않았어. 정적. 찍 소리도 없었어. 남자는 걱정이 되기 시작했어. 양심이 다시 가동되기 시작했지. 앵무새가 저 안에서 얼어죽었나보다, 저체온증이나 뭐 그딴 걸로. 그는 최악을 각오하고 냉장고 문을 열었어. 그랬더니 앵무새가 발을 부들부들 떨며 걸어나와 남자의 어깨에 올라가서 말했어. '선생님, 말로는 제 죄송한 마음을 다 표현할 수 없습니다. 이 순간부터 주인님께서는 제 입에서 교양 없는 말이 한마디라도 나오는 것을 듣지 못할 겁니다.' 남자는 자기 귀를 믿을 수가 없어 앵무새를 쳐다봤어. 그랬더니 앵무새가 말했어. '그런데, 주인님, 저 닭은 도대체 무슨 짓을 했기에 저렇게 된 겁니까?'"

사람들이 웃음을 터뜨린다. 깊이 들이마셨던 큰 숨이 웃음으로 터져나온다. 그들은, 내 생각에는, 무대 위의 남자를 그 자신의 손으로부터 구해내기 위해 웃는 것이기도 하다. 지금 여기에서 무슨 이상한 계약이 이루어지고 있고, 거기에서 나의 역할은 무엇일까? 창백한 젊은 커플이 테이블 위로 몸을 기댄다. 긴장해서 튀어나온 입술 때문에 두 사람이 뜨거운 감정에 사로잡혀 있다는 느낌마저 든다. 혹시 그가 다시 자기를 때리기를 바라는 것일까? 도발레가 웃음소리에 귀를 기울인다, 머리를 기울이고 이마에 주름을 잡고 있다. "아 좋아." 그는 음량과 지속 시간을 측정한 뒤 한숨을 쉰다. "이게 이 사람들한테서 내가 뽑아낼 수 있는 전부인 것 같군. 너는 지금 여기서 부담스럽고 까다로운 사람들을 상대하고 있는 것 같아, 도비. 일부는 심지어 좌파일지도 모르니, 자기주장을 내세우는 태도가 필요하고, 거기에 독선도 약간 섞어야 돼." 그러더니 그는 버럭 화를 내며 소리를 지른다. "어디까지 얘기했지?! 생일 얘긴 했어. 생일은 당신들도 알다시피 결산을 하는 날, 영혼을 탐색하는 날이야, 적어도 영혼이 있는 사람들에게는 말이야. 그런데 우리끼리 얘기지만, 현재 나의 상태에서, 나는 영혼을 유지할 자원이 없어. 진지하게 하는 말인데, 영혼은 잠시도 쉬지 않고 계속 정비해줄 것을 요구하잖아, 안 그래? 절대 끝나지를 않아! 매일, 하루종일, 영혼을 끌고 들어와 손을 봐줘야 해. 내 말이 맞아, 아니면 내 말이 맞아?"

인정하는 뜻으로 맥주잔들이 올라간다. 아직도 그의 얼굴 주위를 떠도는 손의 영향하에 있는 사람은 나뿐인 듯하다. 나, 그리고 어쩌면 나한테서 별로 멀지 않은 곳에 앉아 있는 아주 작은 여자. 그녀는 그가 무대를 걸어다니기 시작한 순간부터 경이에 사로잡혀 그를 바라보고 있는데, 이런 생물이 세상에 존재할 수 있다는 것이 도무지 믿어지지 않는다는 표정이다. "내 말이 맞아 아니면 내 말이 맞아?" 그는 다시 고함을 지르고, 몇 사람이 웅얼웅얼 나지막이 동의를 표하는 소리가 들린다. "내 말이 맞아 아니면 내 말이 맞아?" 그가 최대한 크게 소리를 버럭 지르고, 사람들도 악을 쓴다. "맞아! 맞아!" 사람들 목소리가 커질수록 그도 행복해지는 것 같다. 그가 불길에 부채질을 하는 것, 어떤 천박하고 부패한 샘腺을 자극하는 것을 즐긴다는 느낌이 드는 순간, 나는 갑자기 가장 분명하고 단순한 방식으로 내가 이곳에 있고 싶지 않고, 있을 필요가 없다는 것을 깨닫는다.

"좆같은 영혼이 언제나 변덕을 부리며 우리를 갖고 놀기 때문이야, 알고 있었어? 그거 알고 있었어, 네타니아?" 사람들이 마주 고함을 지른다. 그들도 알고 있었다! "처음에는 이걸 원한다고 하다가, 그다음엔 다른 걸 원해. 한순간은 행복감과 폭죽으로 당신들을 환하게 밝히다가, 다음 순간에는 몽둥이로 정수리를 내리쳐. 한순간은 발정해서 껄떡대다가, 다음 순간에는 맛이 가고, 멋이 가고, 내가 가버려! 어떻게 함께 살 수가 있겠어, 당신들한테 묻고 싶어, 누가 그걸 원하겠어?" 그는 씨근거리고 나는 주위를 둘러보는데, 이번에도 나 말고는 그 여자, 아주 작아서 거의 난쟁이처럼 보이는 여자를 제외하면 모두가 아주 만족한 것 같다. 내가 대체 여기서 뭘 하고 있는 것인가? 사십몇 년 전에 과외를 함께 받은 사람에게 내가 무슨 의무감을 갖고 있는가? 그에게 오 분, 정확히 오 분의 시간을 더 주고, 그뒤에 어떤 반전이 없으면 떠나겠다.

어찌된 일인지, 전화로는, 그의 제안에 매력적인 데가 있었고, 또 무대에서 그가 실제로 아주 잘하는 순간들이 있다는 것도 부정할 수 없다. 그러나 그가 자신을 때렸을 때, 거기에 뭔가가 있었다. 무엇인지는 확실치 않지만, 어떤 유혹의 심연이 열렸다. 그리고 저자는 바보가 아니다. 한 번도 바보였던 적이 없고, 그렇기에 오늘밤 내가 그에게서 뭔가를 놓치고 있다는 것도 분명하다. 콕 집어내기는 힘든 어떤 신호, 나를 부르고 있는 그의 내부의 어떤 것.

나는 금방 나갈 수 있도록 준비를 하기 시작한다. 아니, 그는 불평할 수 없다. 나는 노력했다. 나는 예루살렘에서 왔고, 거의 삼십 분 동안 그의 이야기를 들었고, 어린 시절도 뜨거운 마음도 발견하지 못했고, 이제 이 이상의 손실을 막아야 할 때다.

그는 '영혼의 좆같은 불멸성이라는 엉터리 관념'에 반대하는 장광설을 다시 열렬하게 늘어놓는다. 선택할 수만 있다면 그는 두 번 생각하지 않고 몸을 고를 것이라는 게 드러난다. "몸, 방해받지 않는 몸을 상상해봐!" 그는 소리친다. "아무 생각도 없고, 아무 기억도 없고, 좀비처럼 초원을 뛰어 돌아다니고, 아무 생각 없이 먹고 마시고 씹을 하는, 말을 하지 않는 몸." 이 대목에서 그는 자기 말을 몸으로 보여준다. 깡충깡충 뛰어다니면서 흉겹게 엉덩이를 내밀고 싱글거리는 웃음을 번득인다. 나는 웨이트리스에게 계산서를 달라고 신호를 보낸다. 나는 그의 초대 손님이 되는 영광을 누리지 않고도 잘살 수 있다. 나는 그에게 어떤 빚도 지고 싶지 않다. 나는 실제로 바늘겨레처럼 이 세상을 걸어다닌다. 여기 온 것은 큰 실수였다. 그는 웨이트리스를 향해 내가 한 동작을 보고 얼굴이 침울해진다, 정말로 참담해진다.

"아니, 진지하게 말하는데!" 그는 소리를 지르더니, 말에 속도를 낸다. "요즘 세상에 영혼을 유지하는 게 어떤 의미인지 알고 있어? 그건 사치야, 좆도, 농담 아니라니까! 계산을 해보면 마그네슘 휠보다 돈이 더 들어간다는 걸 알게 될 거야! 나는 지금 기본 모델 영혼 이야기를 하는 거야, 무슨 셰익스피어나 체호프나 카프카가 아니라. 다들 훌륭하지, 그렇다고 들었어, 개인적으로는 하나도 읽어본 적 없지만. 이제 감정적인 고백을 할 거야, 나는 심한 난독증이야, 불치병이지, 맹세해, 이건 내가 아직 태아였을 때 발견됐어, 나를 진단한 의사가 부모한테 낙태를 고려해보라고 제안했지……"

사람들이 웃는다. 나는 웃지 않는다. 예전에, 이 년 뒤 치를 대학 입학시험에 나온다는 것은 알고 있었지만 그때까지는 제목만 들어봤던 책들을 그가 언급했던 기억이 난다. 하지만 그는 자기가 실제로 그 책들을 읽은 것처럼 이야기했다. 『죄와 벌』이 그중 하나였고, 내가 착각하는 것이 아니라면 『소송』이나 『성』도 있었다. 지금, 무대에서, 그는 제목과 저자들을 줄줄이 토해내면서도 관객에게 자신은 단 한 권도 읽은 적이 없다고 힘주어 말한다. 등 위쪽이 근질거리기 시작한다. 그가 그저 관객의 비위를 맞추려고 무식한 시골 촌놈 같은 면을 팔아먹고 있는 건 아닌지 궁금하다. 아니면 결국에는 나를 노리게 될 어떤 일을 꾸미는 건 아닌지. 나는 웨이트리스에게 안달하는 눈길을 던진다.

"왜냐하면 나는 뭔가, 결국에는?" 그가 소리를 꽥 지른다. "나는 남을 등쳐먹는 사람이야, 안 그래?" 이 대목에서 그는 온몸을 내 쪽으로 돌리며 나에게 씁쓸한 웃음을 던진다. "왜냐하면 스탠드업이 뭐야, 결국? 한 번이라도 생각해본 적 있어? 내 말 잘 들어둬, 네타니아, 핵심을 이야기하자면, 이건 아주 한심한 형태의 연예야, 솔직해지자고. 왠지 알아? 당신들이 우리 땀냄새를 맡을 수 있기 때문이야! 당신들을 웃게 하려는 우리의 노력! 그게 이유라고!" 그가 겨드랑이에 코를 대고 킁킁거리다 얼굴을 찌푸리자 관객은 살짝 웃음을 터뜨리면서도 어리둥절한 표정이다. 나는 앉은 채로 허리를 곧게 펴고 가슴에 팔짱을 낀다. 이게 선전포고라고 믿기 때문이다.

"당신들은 우리 얼굴에서 스트레스를 볼 수 있어." 그는 목소리를 더 높인다. "어떤 대가를 치르더라도 사람들을 웃게 만들어야 하는 스트레스, 그리고 우리가 기본적으로 당신들에게 우리를 사랑해달라고 구걸한다는 것." (이 말들도, 내 생각으로는, 우리 전화 대화에서 골라낸 진주들이다.) "그게 바로, 신사 숙녀 여러분, 내가 이제 크나큰 흥분과 경의를 느끼면서, 이 나라 사법부 최고의 자리에서 온, 대법원 판사 아비샤이 라자르를 환영하고 싶은 이유야. 라자르 판사는 오늘 저녁, 공적으로 우리의 한심한, 비참한 예술을 지원하러, 비공개로 이 자리에 왔습니다! 신사 숙녀 여러분, 대애애애애애애법원입니다!"

기만적인 어릿광대는 두 뒤꿈치를 소리 내어 붙이며 차려 자세를 취하더니 내 쪽으로 깊이 고개를 숙인다. 점점 많은 사람들이 고개를 돌려 나를 보고, 몇 사람은 아무 생각 없이 순순히 박수를 치고, 나는 멍청하게 중얼거린다. "대법원이 아니고 지방법원입니다. 그리고 어차피, 나는 이미 퇴직한 몸입니다." 그가 낮고 따뜻하게 울려퍼지는 웃음을 터뜨려 나도 어쩔 수 없이 덩달아 미소를 짓는 척할 수밖에 없다.

나는 그가 나를 여기에서 쉽게 빠져나가게 해주지 않으리라는 것을 내내 알고 있었다. 이 일 전체, 초대와 우스꽝스러운 요청은 덫, 그의 개인적인 복수의 덫이었고, 나는 바보처럼 그 덫으로 걸어들어왔다. 그가 오늘이 자기 생일이라고 말한 순간부터—우리가 이야기를 나눌 때는 전혀 언급하지 않은 사항—나는 숨이 막혀오는 것을 느꼈다. 웨이트리스는 최악의 타이밍이라는 것이 무엇인지 보여주려는 듯 계산서를 가져온다. 관객 모두가 응시한다. 어떻게 대응할지 궁리해보려 하지만, 나에게는 모든 일이 너무 빨리 일어나는 느낌이다. 실제로 저녁이 시작된 이후로 계속 나의 외로운 생활이 얼마나 속도가 느린지, 그게 나를 얼마나 굼뜨게 만들었는지 느끼고 있다. 나는 계산서를 접어 재떨이 밑에 끼우고 그를 응시한다.

"그래, 어쨌든, 나는 소박한 영혼 이야기를 하는 거야." 그는 작은 미소를 삼키면서 클럽 매니저더러 나에게 맥주를 한 잔 더 가져다주라고 손짓한다, 자신이 내는 걸로 하고. "신참 영혼, 업그레이드도 안 되어 있고, 블링블링하지도 않은, 당신들의 기본적인 일반형 영혼, 그냥 잘 먹고 조금 마시고 뽕 가고 하루에 한 번 빽 가고 일주일에 한 번 씹하고 어떤 것도 걱정할 필요가 없기를 바라는 영혼. 그런 줄 알았는데 알고 보니 똥구멍의 가시 같은 좆같은 영혼이 허벌나게 많은 요구를 해! 심지어 자기네 노조 대표도 있어!" 그는 다시 손을 들어올리더니 손가락을 헤아린다. "마음의 아픔—하나! 양심의 고통—둘! 악의 사절들—셋! 앞으로 어떤 일이 일어나고 결과가 어떻게 될지 두려워 악몽을 꾸고 전전반측하는 것—넷!"

사람들은 공감하여 고개를 끄덕이고, 그는 웃음을 터뜨린다. "하느님께 맹세하는데, 평생 마지막으로 아무런 문제가 없었던 때는 아직 포피包皮가 있었을 때였어." 사람들이 와 하고 웃음을 터뜨린다. 나는 너트를 몇 줌 입안에 털어넣고 그의 뼈라도 되는 것처럼 씹어서 가루로 만든다. 그는 무대 한가운데, 스포트라이트 바로 아래 서서 눈을 감은 채 마치 대단한 삶의 철학이라도 이야기하는 양 고개를 주억거리고 있다. 여기저기서 박수 소리가 몇 번 울려퍼지더니, 갑자기 "와!" 하는 상스러운 외침이 따라나온다. 특히 여자들한테서. 이 사람은, 내 생각으로는, 잘생기지도 흥미롭지도 매력적이지도 않지만, 사람들의 어디를 건드리면 그들이 폭도로, 천민으로 변하는지 정확히 파악하고 있다.

그는 내 마음을 읽기라도 하는 것처럼 손으로 관객을 잠재운다. 얼굴이 일그러진다. 그 순간 그에게서 내가 방금 생각했던 것과 정반대를 본다. 사람들이 그에게 동의한다는 것, 누가 되었든 뭔가에 관해 그에게 동의한다는 것이 그에게는 반감, 심지어 혐오를 일으킨다는 사실—저 찌푸림, 저 주름진 콧구멍—마치 여기 앉아 있는 모든 사람이 그를 만지려고 달려들기라도 하는 것처럼.

"자, 신사 숙녀 여러분, 이제, 내가 여기까지 오도록 이끌어준 한 사람, 여자들과 아이들과 동료들과 친구들이 나를 버리고 차고 포기한 뒤에도 기꺼이, 무조건적으로 내 곁에 남아준 사람에게 감사를 드릴 시간이 됐어"—그는 나를 향해 바늘로 콕 찌르는 듯한 눈길을 던지고 웃음을 터뜨린다—"심지어 교장인 핀카스 바르아돈 선생님에게 버림받은 뒤에도. 자 우리 모두 그분 영혼의 승천을 위해 기도합시다—그런데 그분은 아직 살아있어—그분은 내가 열다섯 살 때 나를 곧바로 '거리 과학 대학'으로 쫓아버렸고 내 성적표에 이렇게 설명을 적어놓기까지 했지—잘 들어, 네타니아—'내가 교사 일을 하면서 이 아이 같은 늙은 냉소주의자는 만나본 적이 없다.' 강력하지 않아, 응? 통렬해! 그런 모든 일이 있고 나서도, 절대 나를 떠나지 않고 절대 나를 버리지 않고 절대 나를 벌판에 홀로 두지 않은 유일한 사람은 오직 나 자신뿐이었어. 그래." 그의 엉덩이가 흔들리고, 그의 두 손이 유혹하듯 자기 몸을 아래위로 훑어내린다. "잘 봐, 친구들, 그리고 보이는 걸 얘기해줘. 나는 지금 진지해, 뭐가 보여? 인간의 먼지, 안 그래? 제로 물질이나 마찬가지야. 진짜 과학을 쬐끔 아는 척하자면, 반물질이라고도 말할 수 있을 것 같아. 당신들은 이게 고물상으로 가야 할 물건이라는 걸 잘 알 수 있어, 맞지?" 그는 킥킥거리고 나에게 한쪽 눈을 찡긋한다. 내게 아부를 하는 것이고, 어쩌면 화가 났더라도 약속을 지키라고 요구하는 것일지도 모른다.

"하지만 봐, 네타니아! 오십칠 년이라는 더럽게 긴 세월 동안 의리를 지키고 헌신한다는 것이 무엇을 의미하는지 보라고. 도발레가 된다는 실패한 기획을 추구하는 일에 헌신적으로 부지런하게 달려든 것이 무엇을 의미하는지 봐! 아니, 누가 되는 건 둘째 치고 그냥 살아 있자는 기획에!" 그는 태엽을 감은 장난감처럼 무대를 쏘다니며 말을 뱉어낸다. "살아 있는 거! 살아 있는 거! 살아 있는 거!" 그는 동작을 멈추고 볼일을 마친 사기꾼, 도둑, 소매치기의 번들번들 빛나는 얼굴로 천천히 관객을 돌아본다. "그냥 살아 있자는 게 얼마나 놀라운 생각인지 이해할 수 있어? 그게 얼마나 전복적인 것인지?" 그는 볼을 부풀려, 거품이 터지듯이 가볍게 푸프프프프 소리를 낸다. "도발레 G야, 신사 숙녀 여러분, 일명 도브치크, 일병 도브 그린스테인, 특히 이스라엘 국가 대 도브 그린스테인 위자료 지불 불이행 사건 서류에서는 그렇게 부르더군." 그는 괴롭힘을 당하는 순진한 사람의 표정으로 나를 보며 두 손을 비튼다. "맙소사, 그 아이들이 얼마나 많이 먹어대는지 놀랍습니다, 재판장님! 다르푸르*에 사는 아버지가 아이 양육비로 얼마를 내야 하는지 궁금합니다. G 씨야, 숙녀들! 이 좆같은 우주에서 무료로 온밤을 기꺼이 나와 함께 보내주려는 유일한 사람. 그게 나에게는 우정의 가장 순수하고, 가장 객관적인 척도야. 결국 이렇게 되는 거야, 엘 아우디엔코**! 인생이란 이렇게 되고 마는 거야. 인간은 계획하고, 신은 그 인간을 좆같이 망쳐버리지."

일주일에 두 번, 일요일과 수요일 세시 삼십분에 우리는 과외 수업을 끝마쳤다. 선생은 쓸쓸해 보이는 신앙심 깊은 사람으로 절대 우리 눈을 보지 않았고, 비음이 섞인 말은 간신히 알아들을 수 있었다. 그 집의 답답한 공기에 정신이 멍해지고, 그의 부인이 하는 음식 냄새에 질려 미칠 지경에 이를 때쯤 우리는 함께 그 집에서 나왔고 나오자마자 그룹의 다른 아이들과 헤어졌다. 우리는 차가 거의 다니지 않는 조용한 동네의 한가운데를 걸어

* 수단의 서단 지역으로 분쟁 때문에 인종 학살이 벌어지고 있다.

** '관객'이라는 뜻의 스페인어.

내려갔고, 레르만의 모퉁이 가게 옆에 있는 12번 버스 정류장에 이르면 서로 마주보다 의견이 일치하곤 했다. "다음 정류장까지 계속?" 그런 식으로 대여섯 정류장을 지나 그가 사는 동네인 로메마 근처에 있는 중앙 버스 터미널까지 가서 탈피오트로 가는 내 버스를 함께 기다렸다. 우리는 잡초가 무성한, 무너져내린 돌담에 앉아 이야기를 하곤 했다. 아니, 나는 앉아 있었다. 그는 한 곳에 이 분 이상 앉거나 서 있지를 못했다.

그는 질문을 했고 나는 대답을 했다. 그것이 우리의 분업이었는데, 그가 세운 체계였고 나는 거기에 끌려들었다. 나는 사교적이지 않았다. 오히려 과묵하고 내향적인 소년으로, 강인함과 어둠으로 이루어진 약간 우스꽝스러운—나는 그랬다고 생각한다—후광을 달고 다녔다. 원한다 해도 그것을 떨쳐버릴 방법을 알지 못했다.

아마 나 자신의 결함 때문이겠지만, 아니면 우리 가족이 아버지 일 때문에 자주 이사를 다녔기 때문이겠지만, 나에게는 영혼의 친구가 없었다. 여기저기 친구가 있었고, 학교에서는 외교관이나 국외 생활자의 자녀들과 짧은 우정을 맺었다. 하지만 이스라엘로 돌아와 예루살렘에, 아무도 알지 못하고 아무도 나를 알려고 노력하지 않는 동네와 학교에 자리를 잡은 뒤, 나는 훨씬 고독하고 과민해졌다. 그러다가 이 조그만 녀석이 튀어나왔는데, 그는 다른 학교에 다녔고 자신이 나와 나의 과민함에 주눅이 들어야 할 이유를 알지 못했으며, 내가 애처롭게 꾸미고 다니는 태도에 완전히 무심했다.

"네 엄마는 이름이 뭐야?" 그것이 우리가 과외 교사의 아파트에서 나설 때 그가 처음 던진 질문이었다. 내가 깜짝 놀라 킥킥거리던 것이 기억난다. 이 주근깨 많고 조그만 땅속 요정 같은 놈이 주제넘게도 나에게 어머니가 당연히 있을 것이라고 지레짐작하다니!

"우리 엄마 이름은 사라야!" 하고 그는 선포했다. 그는 갑자기 나를 지나 달려가더니, 몸을 빙그르 돌려 내 얼굴을 마주보았다. "네 엄마 이름이 뭐라고 했지? 이스라엘에서 태어나셨어? 너희 부모님은 어디에서 만났어? 너희 부모님도 홀로코스트를 겪었어?"

탈피오트행 버스가 여러 대 멈췄다 가고 우리는 계속 이야기를 나눴다. 우리는 이렇게 보였을 것이다. 나는 담벼락에 앉아 있다. 키가 크고 여윈(그래, 그래) 아이로, 얼굴은 좁고 강인하며 입은 오므리고 있고, 가급적 웃음을 짓는 것은 피한다. 그 주위를 조그만 아이가 달리고 있다. 나보다 적어도 한 살은 어리다. 머리는 검고 피부는 아주 희며, 영리하고도 고집스러워 나를 껍질에서 빼낼 수 있다. 그래서 나는 서서히 게데라와 파리와 뉴욕을, 리우의 카니발을, 멕시코의 망자의 날, 페루의 태양 축제, 세렌게티의 누gnu 무리 위를 지나가는 기구 여행을 기억하고, 이야기하고 싶어진다. 그에게 들려주고 싶어진다.

그의 질문을 받다보니 나에게 진귀한 보물이 있다는 것을 이해하게 되었다. 인생 경험. 나의 삶이, 당시까지 여행, 그리고 아파트나 학교나 언어나 얼굴의 빈번한 변화로 이루어진 부담스러운 소용돌이로 견뎌왔던 그 삶이 사실은 엄청난 모험이었던 것이다. 나는 곧 과장을 좀 하면 따뜻하게 환영받는다는 것을 알게 되었다. 그렇다고 누가 바늘로 내가 탄 기구를 터뜨리지야 않겠지만, 각각의 이야기를 되풀이하면서 꾸밈이 들어가고, 플롯에 반전이 자리잡고, 일부는 사실이지만 일부는 그랬을 수도 있는 일로 바뀌었다. 나는 그와 함께 있을 때의 나 자신을 알아볼 수가 없었다. 나에게서 나타난 의욕과 활기에 찬 소년을 알아보지 못했다. 생각과 이미지로 타오르는 관자놀이의 뜨거움을 처음 느껴보았다. 그리고 무엇보다 나의 새로운 재능에 대한 보상을 받아들이는 즐거움도 처음 느꼈다. 놀라움과 행복과 웃음으로 커지는 눈. 그 짙푸른 광채. 그것이 내가 받는 입장료였다는 생각이 든다.

우리는 일 년 내내 이런 관계를 유지했다, 일주일에 두 번씩. 나는 수학을 싫어했지만, 도발레 때문에 단 한 수업도 빼먹지 않으려고 노력했다. 버스는 계속 섰다가 갔고 우리는 정말로 헤어져야 할 때까지 우리 세계에 완전히 빠져든 채 그곳에 남아 있었다. 나는 그가 어머니를 데리러 다섯시 삼십분 정각까지 어딘가로 가야 한다는 것을 알았다. 그는 자기 어머니가 정부 부서의 "고위 관리"라고 말했으며, 나는 왜 그가 "어머니를 데리러" 가야 하는지 이해하지 못했다. 그의 가는 팔목을 어른들이 차는 독사Doxa 시계가 덮고 있던 것이 기억난다. 가야 할 시간이 다가오면 그는 안절부절못하면서 시계를 흘끔거렸다.

매번 헤어질 때마다 허공에서 맴도는 가능성이 있었지만 우리 둘 다 감히 그것을 입 밖에 소리 내어 말하지는 못했다, 마치 현실이 이 섬세하고 부서지기 쉬운 이야기를 다룰 방법을 알 거라고 아직 믿지 못하는 것처럼. 혹시 우리가 수업 끝난 뒤가 아니라 다른 때 그냥 만날 수 있지 않을까? 혹시 영화를 보러 갈 수 있지 않을까? 혹시 내가 너희 집에 갈 수 있지 않을까?

그는 두 팔을 허공에 흔든다. "우리가 '빅 버거러*' 이야기를 하고 있으니, 신사 숙녀 여러분, 이렇게 이른 저녁 시간이지만,

---

* 남색을 하는 사람.

역사적 정의를 위해, 여러분 모두를 대신해 '여자'에게 진심 어린 감사를 전하는 걸 허락해줘. 세상 모든 여자에게! 왜 큰 걸 노리지 않는 거야, 친구들? 왜 한 번이라도 우리 행복의 분홍색 새가 정말로 있는 곳, 우리 존재의 목적을 대표하는 것, 우리의 검색 엔진을 움직이는 힘을 인정하지 않는 거야? 왜 한 번이라도 고개를 숙이고 에덴동산에서 우리에게 주어진 매우면서도 달콤한 생명의 양념에 제대로 감사하지 않는 거야?" 그러더니 그는 정말로 고개를 숙인다. 그가 객석의 여러 여자를 향해 되풀이하여 머리와 상체를 까닥이자, 그 여자들 하나하나, 심지어 파트너와 함께 앉아 있는 여자조차 자기도 모르게 얼른 눈을 반짝여 응답을 하는 것 같다. 그는 두 팔을 흔들어 남자 관객들더러 자기를 따라 하라고 부추긴다. 대부분은 코웃음을 치고, 몇 명은 얼어붙은 여자들 옆에 얼어붙은 채로 앉아 있지만, 네댓 명은 자리에서 일어나 쑥스러워 킥킥거리면서 파트너에게 뻣뻣하게 고개를 숙인다.

이 값싸고 감상적인 행동이 실없게 느껴지지만, 놀랍게도 나도 모르게 내 옆의 빈 의자를 향해 짧게, 거의 눈에 띄지 않게 고개를 숙이고 있다. 이것은 오늘밤 내가 여기서 얼마나 박약하고 불안정한 상태인지 다시 한번 보여줄 뿐이다. 공정하게 말하자면, 그저 잠깐 머리를 끄덕인 것뿐, 또 무심코 작게 윙크를 한 것뿐이다. 그녀와 내가 늘, 심지어 싸우는 와중에도 나누던 윙크, 눈에서 눈으로 날아가는 두 개의 불꽃. 그녀에게선 나를 향한 불꽃, 내게선 그녀를 향한 불꽃.

나는 테킬라 한 잔을 주문하고 스웨터를 벗는다. 이곳이 더워질 수도 있다는 것을 미처 생각하지 못했다. (옆 테이블의 여자가 "마침내" 하고 소곤거리는 느낌이다.) 나는 가슴에 팔짱을 끼고 무대 위의 남자를 지켜본다. 그의 빛바랜 눈에서 나 자신과 그가 보이고, 우리라는 그 느낌이 기억난다. 흥분의 불길이 떠오르고, 그와 함께 있을 때면 늘 느끼던 당혹스러움도 떠오른다. 당시에 남자아이들은 그런 식으로 이야기하지 않았다. 그런 것들에 관해 이야기하지도 않았고, 그런 언어로 이야기하지도 않았다. 다른 남자아이들과의 덧없던 모든 우정에서는 편안하고 남성적인 일종의 상호 익명성이 있었지만, 그와는……

호주머니들, 이어 지갑을 뒤진다. 몇 년 전이라면 절대 수첩 없이 집을 나서지 않았을 것이다. 작은 주황색 수첩들은 만에 하나에 대비해 우리와 함께 침대에서 잤다. 잠이 들거나 꿈을 꾸는 동안 판결에 들어갈 논거, 또는 도드라지는 은유, 또는 눈이 번쩍 뜨이는 인용(나는 이것으로 약간 악명을 얻었다)을 위한 아이디어가 떠오를 수 있기 때문이었다. 펜은 세 개가 나오지만 종이는 한 조각도 없다. 나는 웨이트리스에게 손짓을 하고, 그녀는 녹색 냅킨 몇 장을 가져다준다. 멀리서 멍청하게 미소를 띤 채 손에 쥔 냅킨을 펄럭거리며 다가온다.

사실은 예쁘고 달콤한 미소였다.

"하지만 무엇보다도, 내 형제자매들이여." 그는 고함을 지른다. 내 냅킨과 펜을 보고 기뻐서 울음을 터뜨릴 것 같은 표정이다. "세상의 모든 여자에게 전체적으로 감사를 한 뒤, 특히 세계를 향한 나의 섹스 계획을 자기 혼자 독점해버린 내 모든 귀한 여인들에게 감사를 하고 싶어. 열여섯 살 때부터 입으로 나를 덮치고 아래로 나를 덮친 여인들, 흔들어대고, 아래위로 펌프질을 해대고, 빨아대고, 올라타 말놀이를 하고……"

관객 대부분은 즐거워하지만 몇 사람은 콧방귀를 뀐다. 멀리 떨어지지 않은 곳에서 한 여자가 좁은 구두에서 발을 빼내 다른 다리의 종아리에 대고 비비자, 내장이 오늘밤 세번째인가 네번째로 뒤틀리고—타마라의 강하고 단단한 두 다리—나 자신이 내뱉는 신음이 들린다. 오래전에 잊었던 소리다.

무대에서 그의 옛 미소, 매혹적이고 강렬한 미소가 보이고, 그러자 숨쉴 공간이 약간 열린다. 시작부터 쇼를 짓눌렀던 고통이 약간 스러진 듯하여, 나는 굴복하고 그에게 웃음을 짓는다. 좋은 순간, 우리 둘 사이의 사적인 순간이다. 공기가 간지럽히는 것처럼 환호하고 소리치고 웃음을 터뜨리며 그가 내 주위를 뛰어다니던 것이 기억난다. 지금 그의 눈이 그때와 똑같은 휘도輝度다. 작은 광선이 나를 향하고 있다, 나를 믿고 있다. 마치 모든 것이 여전히 복구 가능한 것처럼 느껴진다, 심지어 우리에게도, 나와 그에게도.

하지만 그 웃음은 순식간에 사라진다, 늘 그렇듯이, 우리 발밑의 깔개를 확 채가듯이 사라진다, 특히 나의 발밑으로부터. 다시 나는 깊고 어두운 기만을 느낀다, 말이 이르지 못하는 곳에서 발생하는 기만.

"믿어지지가 않네!" 그가 갑자기 고함을 지른다. "당신, 립스틱을 바른 작은 여자, 그래, 당신, 어두운 데서 화장을 한 여자! 아니면 당신 화장을 해준 사람이 파킨슨병에 걸렸나? 말해봐, 인형 같은 얼굴, 내가 여기 이 위에서 당신을 웃기려고 엉덩이가 부서져라 노력하고 있는데 당신은 문자질이나 하는 게 합당하다고 생각해?"

그는 나한테서 멀지 않은 테이블에 혼자 앉아 있는 아주 작은 여인에게 말을 하고 있다. 그녀의 머리는 복잡하게 쌓아올린 묘한 탑 같다. 땋아올린 원뿔에 붉은 장미 한 송이가 박혀 있다.

"그게 올바른 자세야? 나는 여기서 땀을 뻘뻘 흘리고, 가슴을 다 열고, 속을 다 뒤집어 보이고, 머리에서 전립선까지 의상을 벗고—의상을 벗고?! 홀딱 벗고 있는데! 그런데 당신은 거기 앉아 문자나 보내고 있어? 괜찮다면 그렇게, 그렇게 긴급하게 보내는 문자가 도대체 뭔지 좀 말해줄래?"

그녀는 아주 진지하게, 거의 책망하는 투로 대답한다. "나는 문자를 하는 게 아니에요!"

"거짓말하는 건 좋지 않아, 귀염둥이, 내가 봤거든! 딸깍-딸깍-딸깍! 재빠르게 움직이는 작은 손가락들! 그런데 지금 앉아 있는 거야, 서 있는 거야?"

"뭐라고요?" 그녀는 재빨리 머리를 두 어깨 사이에 움츠린다. "아니…… 나는 나 자신에게 편지를 쓰고 있었어요."

"오, 당신 자신에게……" 그는 눈을 동그랗게 뜨고 관객을 본다. 관객과 편을 먹고 그녀에게 대항하려는 것이다.

"나한테는 메모를 하는 앱이 있어요." 그녀가 중얼거린다.

"그거 정말 우리 모두에게 아주 흥미로운 일인걸, 귀염둥이. 당신과 당신 자신이 맺는 즐거운 관계를 방해하지 않도록 우리 모두 잠시 자리를 비켜드릴까요?"

"뭐라고요?" 그녀는 놀라서 고개를 젓는다. "아니, 아니에요, 나가지 마세요."

그녀에게는 묘한 언어장애가 있다. 목소리는 아이 같고 높지만, 말은 더듬더듬 나온다.

"그럼 당신 자신에게 뭐라고 쓰고 있었는지 말해줘." 그는 환희에 가슴이 벅차올라, 그녀가 답할 시간을 주지 않는다. "나 자신에게, 안됐지만 우리는 헤어져야 할 것 같아, 오늘 저녁에, 나의 귀여운 어린 양, 내가 꿈꾸던 남자를 만났거든. 나는 그 남자를 내 운명으로 묶어놓을 거야, 아니면 적어도 일주일 동안 극한의 섹스로 내 침대에 묶어놓을 거야……"

여자는 그를 물끄러미 바라보며 입을 약간 벌린다. 정형외과에서 주는 치료용 검은 신발을 신은 발은 바닥에 닿지 않는다. 빨갛게 빛나는 큰 핸드백이 그녀의 몸과 테이블 사이에 놓여 있다. 그가 이 모든 걸 무대에서 볼 수 있는지 궁금하다.

"아니요." 그녀는 천천히 생각한 뒤에 말한다. "그건 다 사실이 아니에요, 나는 그런 얘긴 하나도 쓰지 않았어요."

"그럼 뭘 썼는데?" 그가 소리치며, 짐짓 절망하는 양 두 손으로 머리를 움켜쥔다. 처음에는 전도가 유망하다고 생각했던 대화가 거추장스러워지자 그는 중단하기로 결정한다.

"사적인 거예요." 그녀가 작은 소리로 말한다.

"사-적!" 그는 물러나기 시작하지만, 그 말이 그의 목을 올가미처럼 엮어 다시 그녀에게로 끌고 간다. 그는 춤을 추며 뒷걸음질하면서 공포에 질린 얼굴로 우리를 돌아본다, 마치 아주 더러운 말이 방금 허공에 발사된 것처럼. "그럼 혹시 말씀해주실 수 있을까, 우리의 매우 사적이고 내밀한 부인이 받은 소명이 무엇인지?"

관객 사이로 서늘한 바람이 분다.

"나는 손 관리사예요."

"어이쿠, 설마!" 그는 눈알을 굴리고, 두 손을 내밀어 손가락을 펼치고, 고개를 한쪽으로 기울인다. "프렌치 매니큐어로 부탁해! 아니, 잠깐, 반짝이로!" 그는 손톱마다 입으로 바람을 내뿜는다. "크리스털 패턴이 좋을까? 미네랄은 어떻지, 귀염둥이? 말린 꽃은?"

"하지만 나는 마을에 있는 우리 클럽에서만 일하는 게 허락되는데요." 여자는 이렇게 중얼거리더니 덧붙인다. "나는 또 영매이기도 해요." 여자는 자신의 대담함에 깜짝 놀라 빨간 핸드백을 더 높이 들어올려 그와 자신 사이에 장벽처럼 세워놓는다.

"영-매?" 그의 눈 속의 여우가 추적을 중단하고 자리에 앉아 입술을 핥는다. "신사 숙녀 여러분," 그가 엄숙하게 말한다. "주목해주기 바라. 오늘 저녁 이 자리에 손 관리사의 독점 참석이 이루어졌는데, 이분은, 당신들은 그냥 스몰 사이즈라고 생각했을지 모르지만, 사실은 미디엄이야!* 손바닥을 마주쳐! 손톱을 마주쳐!"

* 'medium'에는 '중간 사이즈'라는 뜻 외에 '영매'라는 뜻도 있다.

관객은 불편한 얼굴로 시키는 대로 한다. 내가 보기에 관객 대부분은 그가 그녀를 놓아주고 더 어울리는 먹이를 사냥하기를 바라는 것 같다.

그는 고개를 숙이고, 뒷짐을 지고, 천천히 무대를 가로지른다. 그의 존재 전체가 사색과 개방적 태도를 보여주고 있다. "영매. 그러니까, 당신이 다른 세상들과 교신한다는 거야?"

"뭐라고요? 아니요…… 지금은 영혼들하고만 해요."

"죽은 사람의?"

그녀는 고개를 끄덕인다. 어둠 속인데도 잘 보면 그녀의 목의 핏줄이 고동치는 것이 보인다.

"오……" 그는 짐짓 이해하는 척 고개를 끄덕인다. 그가 이 만남으로 인해 촉발된 흉내와 조롱의 진주들을 건져올리려고 자신의 내부로 깊이 잠수하는 것이 보인다. "그럼 혹시 영매 부인께서는 우리에게 말해주실 수…… 아니, 잠깐, 어디 출신이지, 엄지공주님?"

"나를 그런 식으로 부르면 안 돼요."

"미안." 그는 선을 넘은 것을 느끼고 즉시 물러난다. 완전 똥 같은 놈은 아니로군, 나는 냅킨에 적는다.

"나는 여기, 네타니아 근처 출신이에요." 여자가 말한다. 모욕으로 인한 고통 때문에 아직도 얼굴이 긴장해 있다. "여기 우리가 만든 마을이 있어요…… 사람들…… 나 같은 사람들을 위한. 하지만 꼬마였을 때는 댁의 이웃에 살았어요."

"당신이 버킹엄궁전 옆에 살았다고?" 그는 소리를 지르고 허공에서 북을 쳐 다시 흐릿한 웃음소리를 끌어낸다. 순간적으로 "꼬마였을 때"를 가지고 한마디할까 망설이다 그러지 않기로 결정하는 게 내 눈에 잡혔다. 그에게 있을 거라고 예상치 못했던 금도를 따라가는 것이 재미있게 느껴진다. 동정과 품위의 아주 작은 섬들.

하지만 이제 여자가 그에게 하고 있는 말이 귀에 들어온다.

"아니요." 여자는 똑같이 엄격한 태도로 강하게, 또박또박 단어를 뱉어낸다. "버킹엄궁전은 영국에 있죠. 내가 그걸 아는 건……"

"그게 뭔데? 뭐라고 했어?"

"내가 단어 찾기 놀이를 하기 때문이에요. 나는 모든 나라를 다 알……"

"아니, 그전에. 요아브?"

매니저가 그녀에게로 조명을 돌린다. 빙빙 돌며 위로 갈수록 가늘어지는 그녀의 희끗희끗한 머리 무더기 안에 자주색 줄무늬가 있다. 그녀는 내가 생각했던 것보다 나이가 들었지만 얼굴은 매끈해 상아 같은 느낌이다. 코는 납작하고 눈은 부었지만, 여전히, 어떤 각도에서 보면, 베일에 싸인 어렴풋한 아름다움이 있다.

여러 쌍의 눈이 자신에게로 향하자 그녀는 얼어붙는다. 젊은 바이커들은 흥분해서 소곤거린다. 그녀가 그들의 뭔가를 자극한다. 나는 그런 유형을 안다. 악의 꽃들. 판사석에서 내가 냉정함을 잃게 만들곤 하던 바로 그런 종류의 인간들. 나는 그들의 눈으로 그녀를 본다. 파티 드레스, 머리의 장미, 번진 립스틱. 숙녀 복장으로 거리를 걸어다니는 어린 소녀처럼 보이는데, 그녀는 자신에게 곧 뭔가 나쁜 일이 일어날 것임을 알고 있다.

"당신이 내 이웃에 살았다고?" 그가 머뭇머뭇 묻는다.

"네, 로메마에서요. 댁이 들어오는 순간 알아봤어요." 그녀가 고개를 숙이고 작은 소리로 말한다. "전혀 안 변했네요."

"내가 전혀 안 변했다고?" 그가 코웃음을 친다. "내가 전혀 안 변했다고?" 그는 눈 위에 손으로 차양을 치고 열중하여 여자를 살핀다. 관객도 눈앞에 펼쳐지는 과정, 생명 물질이 우스갯거리로 변하는 과정에 매혹되어 그를 따른다.

"나라는 게 확실해?"

"당연하죠." 여자는 깔깔거리고 얼굴도 밝아진다. "물구나무로 걸어다니던 아이잖아요."

클럽이 조용해진다. 나는 입안이 마른다. 나는 그가 물구나무로 걷는 것을 한 번밖에 보지 못했다. 내가 그를 마지막으로 본

날이었다.

"늘 물구나무로 다녔어요." 여자는 웃음을 터뜨리며 손으로 입을 가린다.

"요즘에는 똑바로도 간신히 걸어." 그가 중얼거린다.

"댁은 큰 장화를 신은 부인 뒤에서 걸어다니곤 했어요."

그는 가볍게 숨을 헐떡인다.

"한번은," 여자는 말을 이어나간다. "댁의 아버지 이발소에서 댁이 똑바로 서 있는 걸 봤는데, 댁인지 못 알아봤지 뭐예요."

사람들은 어떻게 반응해야 할지 몰라 옆에 있는 사람들을 흘끔거린다. 그는 씩씩거리며, 약이 오른 표정으로 나를 본다. 이건 프로그램에 없던 거야, 그는 우리의 사적인 주파수로 말을 한다, 이건 절대 받아들일 수 없어. 나는 네가 원시적인 상태의 나를 봐주기를 바랐어, 어떤 엑스트라도 없이. 이윽고 그는 무대 가장자리로 다가오더니 한쪽 무릎을 꿇는다. 여전히 이마에 손을 올린 채 그녀를 바라본다. "이름이 뭐라고 했더라?"

"그건 중요하지 않아요……" 여자가 두 어깨 사이로 머리를 가라앉히자 목덜미에서 작은 언덕이 튀어나온다.

"중요하지." 그가 말한다.

"아줄라이. 우리 부모님은 에즈리와 에스더예요, 두 분 다 평안히 안식하시기를." 그녀는 혹시 그가 그 이름들을 아는가 싶어 그의 얼굴을 살핀다. "댁은 그분들을 기억하지 못하는 게 분명하군요. 우리는 거기에서 잠깐 살았어요. 우리집 남자 형제들은 댁의 아버지네 가게에서 머리를 깎았죠." 여자가 자신을 의식하지 않자 언어장애가 더 두드러진다. 목구멍에 뭔가 뜨거운 게 걸린 것처럼. "나는 꼬마였어요, 여덟 살 반 정도, 그리고 댁은 아마 바르미츠바*였을 거고, 늘 물구나무로 걸어다녔고, 심지어 그런 자세로 나한테 말도 걸었어요, 밑에서부터……"

"그건 당신 치마 속을 훔쳐보려던 거였어." 그는 관객을 향해 윙크한다.

여자가 고개를 힘차게 젓자 탑 같은 머리가 흔들린다. "아니, 그건 사실이 아니에요! 댁이 말을 건 건 세 번인데 나는 그때 발목까지 오는 긴 드레스, 파란 체크무늬 드레스를 입고 있었어요. 그리고 나도 댁한테 이야기를 했어요, 안 되는 일이었지만……"

"안 되는 일이었다고?" 그는 발톱을 드러내고 그 단어를 향해 달려든다. "하지만 왜? 왜 안 되는 일이었는데?"

"그건 중요하지 않아요."

"중요하지 않긴 뭐가 중요하지 않아!" 그가 으르렁거린다. "사람들이 당신한테 뭐라 그랬는데?"

* 유대교에서 13세 성인식을 치른 소년.

여자는 고집스럽게 고개를 젓는다.

"사람들이 뭐라 그랬는지 그 얘기만 해봐."

"댁이 미친 아이라고 했어요." 여자가 마침내 불쑥 말한다. "하지만 나는 댁하고 얘기를 했어요. 세 번 했어요."

여자는 입을 다물더니 자기 손가락을 본다. 얼굴이 땀으로 번들거린다. 그녀 뒤의 테이블에서 어떤 여자가 몸을 기울이더니 남편 귀에 대고 뭔가 소곤거린다. 남편이 고개를 끄덕인다. 나는 완전히 혼란에 빠진다. 어리둥절하다. 냅킨에 얼른 기록해 질서를 잡으려 한다. 내가 알던 소년. 여자가 알던 소년. 무대 위의 남자.

"그러니까 우리가 세 번 이야기를 했다는 거지?" 그는 꿀꺽 침을 삼킨다. 표정으로 보아 아주 쓴 침일 듯하다. "글쎄, 그거 아주 멋진데……" 그는 간신히 평정을 되찾고 관객에게 윙크를 보낸다. "그럼 틀림없이 우리가 무슨 얘기를 했는지도 기억하겠네?"

"처음에 댁은 나한테 우리가 이미 만난 적이 있다고 말했어요."

"어디에서?"

"댁의 인생에서는 모든 일이 두 번 일어난다고 했어요."

"이렇게 오랜 세월이 지났는데도 내가 그런 말을 했다는 게 기억난다고?"

"그리고 댁은 우리가 홀로코스트에 함께 있었다고, 아니면 성경 이야기 속에 있었거나, 아니면 혈거인穴居人들과 같이 살았는데, 정확히는 기억이 안 난다고 했어요. 어쨌든 그게 우리가 첫 번째 만난 거고, 댁은 극장 배우고 나는 댄서였다고……"

"신사 숙-녀 당신들!" 그는 여자의 말을 자르고, 벌떡 일어나 얼른 자리를 옮긴다. "여기 당신들의 진실한 벗이 꼬마였던 시절 그 꼬마의 성격에 대해 증언해줄 진귀한 인물이 계시네! 내가 말하지 않았던가? 내가 이미 주의를 주지 않았던가? 마을의 백치, 미친 아이! 이미 들었지. 어린 여자애들한테 수작을 걸기도 하고! 그리고 다른 무엇보다 환상의 나라에 살고 있었어. 우리는 홀로코스트에 함께 있었고, 성경 이야기 속에도 있었고…… 근데 나는 모르겠는걸!" 여기에서 그는 함박웃음을 지으며 이를 드러내지만 아무도 그 미소를 믿지 않는다. 이어 그는 이 작은 여자가 나타나도록 내가 손을 썼다는 의심이 갑자기 들기라도 하는 것처럼, 내게 어이없다는 눈길을 짧게 던진다. 나는 변명하듯 고개를 젓는다. 내가 무엇을 변명하고 있는 걸까? 나는 정말로 저 여자를 모른다. 내가 집까지 함께 걸어가주겠다고 할 때마다 그는 거절했고, 핑계를 댔고, 길고 복잡한 이야기를 했기 때문에 나는 그와 함께 그의 동네에 가본 적이 없었다.

"내가 옛날부터 늘 그런 식이었다는 걸 당신들이 알았으면 해!" 이제 그는 거의 비명을 지르고 있다. "심지어 우리 동네 동물들도 나를 놀렸어! 진지하게 말하는데, 내가 지나갈 때마다 침을 뱉는 검은 고양이도 있었어. 당신이 말해줘, 달콤한 파이 같은 아가씨!"

"아니, 아니에요." 그가 관객에게 말하는 동안 그녀는 누가 목을 졸라 숨이 막혀 헐떡거리는 것처럼 테이블 밑을 짧은 다리로 걷어찬다. "댁은 어렸을 때……"

"잠깐, 우리 의사와 간호사 놀이 하지 않았어? 내가 간호사였고?"

"그건 전혀 사실이 아니에요!" 여자는 소리치고, 약간 힘겹게 의자에서 벗어나 몸을 일으킨다. 얼마나 작은지 믿기지 않을 정도다. "왜 이러는 거예요? 댁은 착한 아이였어요!"

클럽은 조용해진다.

"그게 뭔데?" 그는 코웃음을 치고, 그의 뺨 한쪽이 아까 스스로를 때릴 때보다 훨씬 아프게 따귀를 맞은 것처럼 갑자기 벌겋게 달아오른다. "나한테 뭐라 그랬어?"

여자는 다시 의자에 올라앉아 침울한 표정으로 어깨를 늘어뜨린다.

"있잖아, 엄지공주, 나의 나쁜 평판에 해를 주었다고 당신을 고소할 수도 있어." 그는 양쪽 허벅지를 찰싹 때리며 웃음을 터뜨린다. 그는 뱃속 깊은 데서 넓게 울려퍼지는 웃음을 끌어내는 방법을 알지만, 거의 모든 관객이 그의 웃음의 물결로 들어가고 싫어하지 않는다.

여자는 고개를 숙인다. 정확하고 작은 동작으로 테이블 밑에서 손가락을 꼼지락거린다. 한쪽 손가락들이 다른 쪽 손가락들을 마주보고, 서로 맞은편으로 넘어가고, 마침내 얽힌다. 그 나름의 규칙이 있는 비밀의 춤.

깊은 정적. 쇼는 순식간에 구겨져버린다. 그는 안경을 벗고 눈을 세게 비빈다. 객석에 앉은 사람들은 외면한다. 수군수군 퍼지던 먼 곳의 붕괴 소문이 내부까지 파고 들어온 양, 불투명한 고통이 클럽 안으로 퍼져나간다.

물론 그는 오늘 저녁의 쇼가 자신의 눈앞에서 무너져내리는 것을 볼 수 있고, 그 즉시 일종의 내적인 슬랄롬*을 감행한다. 눈을 크게 뜨고 행복한 표정을 짓는다. "당신들은 정말 믿어지지 않는, 두 번 다시 볼 수 없는 관객이야!" 그는 소리를 지르고, 다시 무대를 쏘다니며 우스꽝스러운 카우보이 부츠로 딱딱 소리를 낸다. "친구들, 당신들은 귀중하고 소중한 사람들이야, 여기 당신들은……" 하지만 그가 희석하려는 불쾌감은 밀폐된 공간 속 방귀 냄새처럼 퍼져나간다. "쉬운 게 아니야!" 그는 소리치며 두

* 스키, 스케이트 등의 경기에서 복잡하게 설치된 장애물 사이를 지그재그로 통과하는 것.

팔을 활짝 벌려 허공을 크게 끌어안으려 한다. "쉰일곱이 되는 건 쉬운 게 아니야. 게다가 여기까지 온 건, 우리가 방금 들었듯이, 홀로코스트와 더불어 성경에서도 살아남은 뒤의 일이었단 말이야!"

여자는 뒤로 움츠러들고, 머리는 두 어깨 사이로 깊이 감춰진다. 그는 음량을 훨씬 높여 그녀의 침묵을 삼키려 한다.

"이 나이가 되어 가장 좋은 건 이제부터는 다음과 같이 적힌 표지판이 분명하게 보인다는 거야. 여기 도발레와 벌레들이 행복하게 살고 있다. 거기 당신들, 내 친구들!" 그가 고함을 지른다. "와줘서 정말 기뻐! 우린 오늘 여기서 광란의 밤을 보낼 거야. 당신들은 전국 각지에서 왔어. 다 보이네, 예루살렘에서 온 사람들, 또 베르셰바, 로시하인……"

클럽 뒤편에서 목소리들이 마주 소리친다. "아리엘에서도! 에프라트에서도!"

그는 놀란 표정이다. "잠깐, 정착촌*에서도 왔다고? 그럼 누가 남아 아랍인을 두들겨 패려고? 농담이야! 내가 농담하는 거 알지, 그렇지? 당장 가서 이주 보상금을 받아. 이천만 달러를 챙기라고, 그래야 문화센터에 세울 그네나 검볼 머신을 살 수 있지,

* 팔레스타인 영토 가운데 이스라엘이 군사 점령하여 이스라엘인을 정착시킨 곳.

바루크 골드스테인*을 기념하는 문화센터, 그 살인…… 어이쿠, 성자라고 말하려 했는데 말이 헛나왔어. 하느님, 그가 흘린 피의 복수를 해주소서. 그걸로도 부족해? 문제없어! 1에이커를, 염소 한 마리를 더 빼앗아, 모든 염소를 빼앗아, 축산업 전체를 빼앗아, 염병할 온 나라를 빼앗으라고! 아, 맞아, 이미 그렇게 했지!"

갈채가 사라진다. 클럽 가장자리의 젊은 사람 몇 명, 휴가를 나온 또 한 무리의 군인들로 보이는 젊은이들이 테이블을 쾅 내리친다.

"괜찮아, 대빵! 요아브, 내 친구. 저 친구 얼굴 좀 봐! 뭘 두려워하고 그래, 대빵? 맹세하는데, 그런 이야기는 더 하지 않을 거야, 다 했다고, 그런다고 했잖아, 약속했잖아, 다짐했어, 알아, 그냥 무심결에 나와버린 거야, 그뿐이야, 이제 정치도 없고, 점령도 없고, 팔레스타인 사람도 없고, 세상도 없고, 현실도 없고, 헤브론 카스바를 걸어가는 두 정착민도 없어. 아, 좀, 요아브, 딱 한 번만, 마지막으로 딱 한 번만……"

나는 그가 지금 하고 있는 게 뭔지, 그가 지금 간절히 요구하는 게 뭔지 알 것 같지만, 요아브는 단호하게 고개를 젓고, 관객

* 미국계 이스라엘인 극단주의자로 1994년 헤브론 정착촌에서 팔레스타인 이슬람교도 수십 명을 학살하고 생존자들에게 맞아 죽었다.

도 정치를 원하지 않는다. 공간은 다시 휘파람 소리와 주먹으로 내리치는 소리와 스탠드업으로 돌아가라는 요구로 꽉 찬다. "잠깐만, 여러분." 그가 강하게 다그친다. "이건 좋아할 거야, 미칠 거야, 보장해, 그냥 들어만 봐. 헤브론에서 한 아랍인이 거리를 걷고 있었어, 그 옆에는 정착민 두 명이 있었지. 그 아랍인을 '꼬마 아메드'라고 부르자고." 휘파람 소리와 두들기는 소리가 잦아든다. 여기저기서 미소가 몇 개 나타난다. "갑자기 군대 확성기에서 오 분 뒤 아랍인의 통행금지가 시작된다고 알리는 소리가 들렸어. 그러자 한 정착민이 어깨에서 라이플을 내려 꼬마 아메드의 머리에 총알을 박아넣었지. 다른 정착민은 약간 놀랐어. '맙소사, 거룩한 형제여, 왜 그런 거야?' 거룩한 형제는 그를 보더니 말했어. '이 사람이 어디 사는지 아는데, 늦지 않게 집에 돌아갈 방법이 없거든.'"

관객이 약간 어색하게 웃음을 터뜨린다. 일부는 크게 한숨을 내쉬어 못마땅함을 드러내고, 한 여자는 야유를 하기도 한다. 하지만 클럽 매니저는 희한하게 꺽꺽대는 목소리로 웃음을 터뜨리고, 그러자 사람들 사이에서도 더 편해진 웃음소리가 나온다.

"보여, 요아비?" 그는 환희에 차서 말한다. 그도 자신의 책략이 먹히고 있음을 느낄 수 있다. "아무 일도 없잖아! 이게 유머의 위대한 점이라고. 가끔은 그냥 웃어넘길 수도 있는 거야! 한마디

해도 좋다면, 내 친구들, 그게 좌파의 가장 큰 문제야—그 사람들은 웃을 줄을 몰라. 내 말은, 진지하게 하는 말인데, 당신들 좌파가 웃는 거 본 적 있어? 장담하는데, 천 퍼센트 본 적 없을 거야. 그 사람들은 혼자 있을 때도 웃지를 않아요, 대개 혼자 있지만. 어떻게 된 일인지 그 사람들은 어떤 상황에서 유머를 보지 못해." 그는 뱃속에서 터져나오는 웃음소리를 펼치고, 사람들도 그와 함께 흘러가기 시작한다. "좌파가 없으면 세상이 어떤 모습일지 궁금한 적 있어?" 그는 요아브를 슬쩍 보고는 다시 관객을 본다. 점수를 좀 땄다고 느끼고 앞으로 더 밀고 나간다. "얼마나 재미있을지 한번 생각해봐, 네타니아, 내 사랑. 잠깐 눈을 감고, 무엇이든—무엇이든!—당신들 하고 싶은 대로 하고 그래도 아무도 벌금을 물리지 않는 세상을 생각해봐. 벌금도, 경고도, 벌점도 없어! 텔레비전에 찌푸린 얼굴도 나오지 않고, 신문에 궤양을 일으키는 사설도 실리지 않아! 점령인지 망령인지 때문에 오십 년 동안 밤이나 낮이나 골치 아플 일도 없어. 자기혐오에 빠진 유대인도 없어!" 사람들이 반응한다. 사람들은 그의 것이다. 그는 그들의 열기를 자신의 연료로 삼으면서, 조그만 여자는 주의깊게 피한다. "팔레스타인 마을에 일주일 동안 통금을 걸고 싶지? 쾅—통행금지! 매일 매일 매일, 아무리 길더라도 원하는 만큼……" 다시 매니저를 흘끗 본다. "좌파를 놀리는 건 정치가 아냐, 맞지, 요아비? 그건 그냥 사실 진술일 뿐이라고, 응? 좋아, 어디까지 했더라? 아 그래, 아랍인이 검문소에서 춤을 추는 걸 보고 싶지? 쾅! 말만 하면 아랍인들이 춤을 추고, 아랍인들이 노래를 하고, 아랍인들이 옷을 벗어. 나는 그 이국적인 민족이 삶의 기쁨joie de vivre을 누리는 게 너무 좋아! 검문소의 특별한 분위기가 진정으로 그들의 마음을 열게 하지. 아랍인들이 검문소에서 함께 노래를 부르는 모습은 너무나 사랑스러워. 코-홀오드 발레에에에에-바브 페-에-니이-마아아아아![*]" 사람들은 국가國歌를 이렇게 부르는 것에 어떻게 반응해야 할지 알지 못한다. "그리고 그 사람들이 자신들의 여성적인 면을 드러내는 모습! 군인들 여기, 군인들 거기, 군인들, 내 모든 곳에 씹을 해줘!" 그는 몸을 회전시킨다. 박자에 맞춰 골반과 엉덩이를 돌리고, 천천히, 신중하게 손뼉을 친다. "군인들 여기, 군인들 거기, 군인들, 내 모든 곳에 씹을 해줘!" 뒤에 있는 구리 단지에 비친 그의 몸이 흐릿하게 물결친다. 남자들 몇 명이 따라 부르고, 그가 노래하는 방식에 자극을 받아 그들도 자기들 나름대로 어색한 아랍 억양을 흉내낸다. 군인들이 가장 크게 부른다. 이제 여자들도 서너 명 함께 부르며, 가사의 어떤 단어에서 꺅 소리를 내거나 웅얼

---

* 이스라엘 국가의 첫 부분.

거리지만, 대신 열렬히 손뼉을 치며 보완한다. 그 가운데 한 명은 크게 고함을 내지른다. 하지만 이 노래 따라 부르기는 전체적으로 겉보기와는 다르다, 고 나는 생각한다. 완전히 다르다. 공연자는 관객을 놀리고 그들과 함께 놀고 있지만, 잠시 시간이 흐르자, 교활하게 그를 그 자신이 파놓은 함정으로 끌고 가는 것은 관객인 것 같다. 이런 상호작용으로 둘은 어떤 회피적이고 유동적인 범죄의 공모자가 된다. 이제 그는 노래하는 사람들을 남자와 여자로 나누어 열렬하게 지휘하고, 눈을 깜빡여 가짜 눈물을 털어낸다. 클럽의 거의 모두가 그와 함께 노래하고 환호하고 있다. 그러다가—나는 그가 우리의 내장 깊은 곳을 따끔따끔 찌르면서 끈적하고 너저분한 쾌감, 역겨운 동시에 유혹적인 쾌감을 부추기는 이런 탁한 공모의 느낌을 처음부터 노리고 있지 않았나 하는 의심이 든다—그러다가 지휘자가 팔을 한 번 휘저어 모든 사람의 목소리를 자신의 손바닥 안에 모으자, 조용하고 음악적인 휴지가 찾아온다. 그가 속으로 박자를 세는 게 느껴질 정도다. 하나, 둘, 셋, 넷, 이어 그는 다시 전선으로 돌격한다. "아침 식사 전에 우물 두어 개를 막고 싶지, 나의 의로운 친구들? 그러면 당신들의 요정 대모가 나타나 자기 마법의 지팡이를 일주일 동안…… 젠장, 오십 년 동안 쓰게 해줘! 보복의 정의가 필요한 때야? 행정적 무기無期 구금? 인간 방패?" 그가 천천히 박자를 맞춰 자신의 머리를 두드리고 발로 목제 무대를 쿵쿵 딛자 관객도 이를 따라 하고, 그 소리가 클럽 전체에 무겁게 메아리친다. "'수용收用 모노폴리' 게임을 한번 하고 싶어? 통금-진-러미 게임을 하고 싶어? 도로 차단-고-피시 게임을?* 시몬 가라사대, 전원을 올려—전원을 내려! 살균 도로?** 오줌은-농작물에-뭐-아메드-그래야-싱싱해지지?" 그는 점점 열을 내고, 그럴수록 이목구비는 더욱 선명하게 두드러진다. 누군가가 그의 이목구비를 펜으로 트레이싱하는 것 같다. "당신들은 그런 걸 다 할 수 있어!" 그가 소리친다. "다 허락돼! 그러니 놀아, 내 귀여운 것들, 당신들의 꿈을 다 펼쳐! 다만, 내 귀염둥이들, 마법의 지팡이가 영원히 효과가 있는 건 아니라는 점만 잊지 마—그리고 아주 작은 시스템상의 기능 불량이 있어. 오, 젠장!" 그는 화가 나서 눈알을 굴리며 아이처럼 발을 구른다. "그래, 염병할 지팡이에 버그가 있다고! 하지만 당신들도 이미 그건 알고 있어, 안 그래, 나의 착한 강낭콩들? 왜냐하면 알고 보니"—그는 무대 가장자리에서 몸을 기울이더니 손에 입을 갖다 대고 은밀하게 말한다—"요정 대모가 변덕스러운 년이거든. 요정 대모들이라는 게 원래 그래. 그

* 모두 아이들 놀이와 이스라엘의 점령지 정책을 연결시킨 말.

** 팔레스타인 사람들의 통행이 금지된 도로.

년은 자주 상황을 반대로 뒤집는 걸 좋아해. 그 말은, 우리가 한 동안 즐기고 게임을 한 뒤에는, 이번에는 우리가—짜잔!—그들의 도로 차단 검문소에서 빌라디 빌라디*를 부르게 된다는 거야! 오 그래, 팔레스타인 사람들, 그 사람들이 우리한테 자기네 국가를 부르게 할 거고, 우리는 그 사람들의 구호를 읊어야 돼. 카이바르, 카이바르 야 야후드, 자이시 무함마드 사 야후드!** 그러니까 나와 함께 노래를 해, 나의 의로운 친구들! 너 자유로운 영혼, 너! 너 자유로운 닭이 낳은 달걀, 너! 카이바르, 카이바르 야 야후드……" 관객은 이번에는 넘어가지 않는다—사람들은 손으로 테이블을 치고 휘파람을 불고 야유를 한다. 관객은 쉽게 속는 사람들이 아니다. 머리를 박박 민 키가 큰 청년 한 명이, 아마 휴가를 나온 군인일 텐데, 아주 힘차게 휘파람을 불다 의자에서 떨어질 뻔한다.

"그래, 당신들이 맞아, 당신들이 맞아!" 그는 졌다고 두 손을 들어올리고 애정과 호의만 드러내는 웃음을 짓는다. "하긴 그따위 걸 뭐하러 생각하겠어? 그런 일이 벌어지려면 시간이 엄청 걸릴 텐데. 요아브 말이 절대적으로 옳아, 정치는 안 돼! 어차피 우

* '조국이여, 조국이여' 하고 시작하는 팔레스타인 국가.

** '유대인이여, 카이바르 전투를 기억하라, 무함마드의 군대가 돌아온다'는 뜻의 투쟁 구호.

리 애들이 크고 나서야 일어날 일이고, 따라서 걔네들 문제지. 게다가 누가 걔네들한테 우리가 싸질러놓은 걸 먹으며 여기 눌어붙어 있으라고 했나? 그러니 왜 지금 그것 때문에 짜증을 내겠어? 왜 싸우고 말다툼하고 내전을 벌이겠어? 왜 그런 생각을 해? 왜 생각 같은 걸 해? 생각하지 않는 것에 두 손 모아 박수를!" 그가 소리를 지르자 목에서 옅은 녹색 힘줄들이 불거진다. "어이, 요아비! 조명 좀더 비춰주지 않을래, 여기가 지금 어떻게 되어가는지 좀 보게? 가득 비춰! 그래, 클럽을 다 비춰…… 어이 거기, 언니들, 여기 들러주다니 정말 고맙네! 아디 아슈케나지* 의 쇼가 매진인 모양이로군, 응? 이봐, 당신 뜨겁지? 어떻게 뜨겁지 않을 수가 있겠어? 날 봐, 이 위에서 사방에 땀을 뚝뚝 흘리고 있잖아." 그는 겨드랑이에 코를 대고 킁킁거리다 숨을 깊이 들이마신다. "아아아아아! 왜 사향 상인들은 필요할 땐 안 보이는 거야? 에어컨 좀 빵빵하게 틀어, 이 사람아! 한 번만이라도 우리한테 돈 낭비 좀 해보라고! 내가 낼게! 어디까지 했더라?"

그는 흥분했고 초점을 잃었다. 허리케인처럼 자극을 해댔지만 그 작디작은 여자가 그에게 저질러놓은 것을 극복하는 데는 도움이 되지 않은 것으로 보인다. 나는 그것을 느낄 수 있다. 사람

* 이스라엘의 여성 배우이자 코미디언.

들은 그것을 느낄 수 있다.

"지팡이의 버그 얘기까지 했지…… 빌라디 빌라디…… 우리의 좆돼버린 아이들…… 속기사, 마지막 몇 문장만 좀 읽어주겠어요……" 그는 무대를 지그재그로 움직이다가 고개를 푹 숙이고 앉아 있는 작은 여자에게 곤혹스러운 눈길을 던진다. 그의 얼굴이 팽창하며 독을 품은 조롱의 빛을 띤다. 그 표정이 뭔지 서서히 알 것 같다. 내적 폭력의 번쩍임. 아니, 어쩌면 깊이 묻혀 있는 외향적 폭력.

"착한 아이, 응? 훌륭한 아이……" 그는 중얼거리고, 누가 심장을 짓밟기라도 한 것처럼 얼굴이 일그러진다. "당신들은 아주 재미있어, 맹세해! 내가 어디 가서 당신 같은 사람들을 찾아내겠어? 이게 내가 받는 생일 선물이야, 이 점쟁이가? 어떻게 된 거야, 네타니아? 동페리뇽 한 병도 가져올 수가 없었어? 꼭 이렇게 독창적인 선물로 나를 뭉개야 했어? 내 말은, 생각해보란 말이야, 전 세계에서 나 정도 관록이 있는 공연자면, 케이크에서 벌거벗은 새끈한 계집애가 튀어나와, 알아? 여기 이 여잔 오레오 과자에서 튀어나와도 되겠다! 농담이야, 그렇게 인상 쓰지 마, 자, 자, 인형 아가씨, 모두 좋은 마음으로 한 이야기야, 울지 마, 안 돼…… 오, 자, 자…… 안 돼, 귀염둥이……"

여자는 울고 있지 않다. 얼굴은 고통으로 뒤틀렸지만, 울지 않는다. 그는 그녀를 빤히 본다. 그의 얼굴은 자기도 모르는 새 그녀의 얼굴을 반영하고 있다. 그는 팔걸이의자로 다가가 앉는다. 지치고 패배한 표정이다. 누군가가 투덜거린다. "어서 계속합시다, 잠 깨고!" 파란 운동복을 입은 여윈 남자가 소리친다. "어서, 쇼나 진행합시다! 지금 저 여자하고 집단심리치료를 시도하려는 거요?" 그 말에 많은 사람이 웃음을 터뜨린다. 사람들이 깨어나기 시작한다, 마치 이상한 꿈에서 깨어나는 것처럼. 바 옆의 테이블에 앉아 있는 여자가 소리친다. "우유 한잔 들이켜는 게 어때요?" 그녀의 친구들이 박수를 치고, 여기저기 테이블 몇 군데에서 웃음이 터져나오고 격려하는 외침이 들린다. 도발레는 한 손가락을 곧추세우더니 팔걸이의자 뒤를 더듬어 크고 빨간 보온병을 꺼낸다. 관객 몇 사람은 이미 즐겁게 웃고 있고, 나는 그의 쇼에 두 번, 세 번 오는 사람들을 이해하려고 노력해본다. 그가 이 사람들한테 뭘 주고 있는 걸까?

저렇게 진부하기 짝이 없는데…… 그가 줘야 하는 게 도대체 뭘까?

어쩌면 떠나지 않은 게 잘한 일인지도 몰라, 나는 흥분 때문에 묘하게 간질거리는 것을 느끼며 생각한다. 결국 이 자리에서 이걸 다 보게 된 게 좋은 일이야.

그는 보온병을 흔들어댄다. 보온병에 영어로, 검은색 글씨를 크게 손으로 써놨다. MILK. 관객은 환호한다. 그는 천천히 마개를 열고, 한 모금 마시고, 탐욕스럽게 입술을 핥고, 싱긋 웃는다. "아…… 왕년의 맛, 창녀가 노인을 빨아주고 그렇게 말하잖아." 그는 다시 마시고, 빠르게, 목젖이 오르내린다. 이윽고 그는 보온병을 두 발 사이 바닥에 내려놓고 팔걸이의자에 조금 더 머문다. 작은 여인을 오랫동안 바라보다 당황한 표정으로 고개를 젓는다. 그는 상체 전체를 앞으로 숙여 두 무릎 사이에 고개를 박고 두 팔을 다리 옆에 늘어뜨린다. 그의 몸에서는 숨을 쉬는 동작도 거의 느껴지지 않는다.

클럽은 다시 고요해진다. 갑자기 공기가 빽빽하게 느껴진다. 그가 다시는 일어나지 않을지도 모른다는 생각이 모든 사람의 마음을 스쳐가고 있다, 고 나는 생각한다. 한 사람 한 사람이 저 바깥 어딘가에서, 멀리 떨어진 어느 변덕스러운 법정에서, 동전 하나가 공중으로 던져졌고, 이제 그 동전은 어느 쪽 면으로도 내려올 수 있다고 느끼는 것 같다.

그가 어떻게 이걸 해냈을까? 궁금하다. 어떻게, 그렇게 짧은 시간에, 그는 관객을, 심지어 나까지도 어느 정도, 그의 영혼의 식구로 바꿔놓았을까? 그의 영혼의 인질로 바꿔놓았을까?

그는 그 묘한 자세에서 서둘러 몸을 일으킬 생각이 없다. 오히려 더 깊이, 깊이 가라앉는다. 성기게 땋은 머리가 이제 두개골을 넘어 앞으로 늘어져 있는데, 이 각도에서 보니—게다가 그가 몸을 웅크리고 있는 상태라서—두개골이 믿을 수 없을 정도로 작고 오래되어 보인다. 그의 나이보다 훨씬 오래되어 보인다. 거의 오그라든 것 같다.

나는 잘못 움직이면 실 한 가닥이라도 끊어질까 싶어 조심조심 둘러본다. 사람들은 대부분 몸을 앞으로 기울이고, 홀린 듯 뚫어져라 그를 보고 있다. 젊은 바이커 한 사람이 천천히 아랫입술을 핥는다. 그것이 내가 탐지한 거의 유일한 움직임이다.

마침내 그가 깊숙한 팔걸이의자에서 몸을 끌어내 일어서서 허리를 펴고 우리를 마주볼 때, 그의 얼굴에 뭔가 새로운 것이 있다.

"잠깐, 기다려, 조용히! 다 중단하고 처음부터 다시 시작해. 오늘 저녁을 맨 처음부터 다시 시작하자고! 다 실수였어! 딜리트! 백스페이스! 당신들이 이해 못했다는 게 아냐, 당신들은 훌륭했어. 당신들이 아냐, 내가 문제야. 나한테 얼마나 큰 기회가 주어졌는지 이해 못했어. 맙소사……" 그는 두 손으로 머리를 감싼다. "당신들은 오늘밤 여기에서 무슨 일이 벌어지게 될지 믿지 못할 거야, 네타니아! 오 네타니아, 다이아몬드의 도시여, 당신들은 운좋고 사랑스러운 관객이야. 당신들은 오늘 저녁 여기에서 기적을 보게 될 거야. 당신들은 잭팟을 터뜨린 거야!" 그는 관객에게 말하고 있지만 눈으로는 내 눈을 찌르며, 뭔가 다급한 것, 표정으로는 다 담을 수 없는 복잡한 것을 이야기하려 한다.

"당신들의 진실한 벗은 결정했어, 철두철미하게 생각하고 매니저가 수돗물로 잔뜩 희석한 가토 네그로*와 상의한 끝에—자알 했어, 요아브, 내 사랑—어쨌든, 나는 결정했어…… 내가 결정한 건…… 어디 보자…… 말이 잘 안 나오네. 아, 그래. 나는 결정했어, 당신들이 내 생일을 축하하러 와준 것에 대한 내 개인적인 감사 표시로, 물론 작은 새 한 마리가 내 귀에 대고 속삭이기를—이 새가 조류독감 때문에 목소리가 쉬어버려서 그렇게 작게 속삭이는 거야—당신들이 사실은 오늘이 내 생일이란 걸 잊어버렸을지도 모른다고……"

그는 제자리걸음을 하고 있다. 머릿속에 떠오른 복잡한 아이디어를 소화하고 다음 수를 계획하는 동안 우리의 시선을 다른 데로 돌리고 있다.

"하지만 어쨌든 당신들은 왔잖아. 그 관대함 때문에, 당신들이 나와 파티를 하러 한꺼번에 와주었기 때문에, 나는 오늘밤 자발적으로 당신들에게 작은 기념품을 주기로 결정했어, 마음에서 나오는 뭔가를. 내가 그런 사람이야. 관대가 내 중간 이름이

* 와인 브랜드.

지. 도브 다 내주는 그린스테인, 내 묘비에 그렇게 적힐 거야. 그 밑에는 이렇게. 여기 위대한 잠재력이 누워 있다. 그 밑으로 더 내려가면 이렇게. 98년형 스바루 이용 가능, 민트급. 하지만 우리끼리 이야긴데, 내 친구들, 내가 당신들에게 뭘 줘야 할까? 돈이라면, 이미 확인한 대로, 난 그건 없어. 내 몸에 걸친 이 셔츠밖에 없어—몸조차 겨우 붙어 있지만. 게다가 자식이 다섯인데, 내 곁에는 한 명도 없어. 사실 내 인생의 가장 큰 업적은 내가 단결된 대가족을 만들어냈다는 거야, 나에 맞서 단결된. 핵심은, 네타니아, 당신들은 이해했지—나에게 아무것도 없다는 걸. 하지만 그래도 나는 당신들한테 다른 누구에게도 준 적이 없는 걸 줄 거야. 더럽혀지지 않은 거. 인생 이야기. 그래, 그게 가장 훌륭한 이야기지. 난 그거 좋아해, 그거 좋아해. 뭐가 문제야, 6번 테이블? 왜 공포에 사로잡혀, 이 사람아? 그냥 이야기일 뿐인데, 당신들은 뇌분비선을 그렇게 혹사하지 않아도 돼, 자기한테 뇌분비선이 있다는 것도 눈치채지 못할 거야. 그냥 말뿐이야. 풍경風磬. 한쪽 귀로 듣고, 다른 귀로 흘리는 거지."

그는 다시 나를 본다. 그의 눈이 다급하게, 애원하듯 나를 꿰뚫고 있다.

"나를 보러 오면 좋겠어." 그날 밤 내가 공격하고 나서 한참을 사과한 뒤 그가 전화로 말했다. "그냥 한 시간 반, 기껏해야 두 시간만 앉아 있으면 돼, 흐름에 따라 시간은 좀 달라져. 아무도 너를 귀찮게 하지 못하게 옆쪽 테이블을 마련해놓을게. 음료, 음식, 원하면 택시도, 다 내가 낼게. 그 일을 하는 데 필요한 게 있으면 뭐든 말만 해, 내가 낼게."

"잠깐, 아직도 나는 이게 무슨 일인지 이해하지 못했어."

"말했잖아. 원한다면, 녹음을 해도 좋고, 휴대전화로 사진을 찍어도 돼, 상관없어. 네가 나를 봐주기만 하면."

"그런 다음에는?"

"그런 다음에는, 네가 마음이 내키면, 나한테 전화를 해서 본 걸 말해줘."

"이봐, 이런 게 왜 필요한 거야?"

그는 족히 삼십 초는 생각했다.

"이유는 없어. 날 위한 거야. 모르겠어. 이봐, 나도 이게 느닷없다는 거 알아. 하지만 갑자기 그러고 싶어, 그뿐이야. 때가 된 거지."

나는 웃음을 터뜨렸다. "이해를 좀 해보자고. 나더러 네 공연을 비평해달라는 거야? 아니면 그냥 네가 어떻게 보이는지 알고 싶다는 거야? 어느 쪽이든 나는 그런 일에 적임자가 아니야."

"아니지, 물론 아니야…… 왜 그렇게 말을 할까……" 그는 킥킥거렸다. "정말이야, 나는 내가 어떻게 보이는지 잘 알아." 그는 깊은숨을 들이쉬었다가 빠르게 토해냈다, 마치 이 텍스트를 오랫동안 연습해온 것처럼. "나는 듣고 싶어, 네가 동의한다면, 아비샤이 바로 너 같은 사람한테서 듣고 싶어, 이런 일을 하도록 훈련받은 사람, 그러니까, 평생 사람들을 보고 순식간에 그 사람들을 읽어내고, 사람들 뿌리까지 쑥 내려가……"

"이봐, 이봐, 이봐." 내가 말을 끊었다. "너 좀 흥분한 것 같다."

"아니, 아니, 나는 그저…… 나는 내가 무슨 말을 하는지 알아. 네가 재판한 사건이 신문에 나면 읽어보곤 했어. 나는 늘 뉴스를 봐. 그런데 거기 네 판결이 인용되더라고, 네가 피고에 관해서, 변호사에 관해서 한 말들. 네 말은 칼처럼 잘라내. 최근에는 별로 듣지 못했지만, 네가 온 나라를 떠들썩하게 만든 큰 사건들을 맡았던 게 기억나…… 그런데 정말이야, 아비샤이, 존경하는 재판장님, 뭐라고 불러야 할지 모르겠네, 나는 그런 걸 보는 눈이 있어. 가끔은 책을 읽는 것 같았어."

나는 그의 순진함이 재미있었다. 재미있는 것 이상이었다. 나는 내 판결문에 관해 생각했다. 나는 그것을 마지막 문장까지 갈고 다듬었으며, 그 안에 가끔—물론 겸손하게 절제해가면서—맛깔나는 은유나 페소아, 또는 카바피, 또는 나단 자크의 시, 또는 심지어 나 자신의 시적 심상을 인용하기도 했다. 갑자기 그 잊힌 보석들에 대한 자부심이 가슴에 차올랐다.

내 안에서 어떤 장면이 하나 스쳐갔다. 타마라, 오 년 전쯤, 다리 하나를 깔고 앉은 자세로 부엌에 있고, 테이블에는 프레시민트를 넣은 뜨거운 물 한 잔. 날카롭게 깎은 연필 한 자루가 그녀의 이를 두드리며 나를 미치게 만드는 소리를 낸다. 그녀는 '존경하는 재판장님이 빠져드는 경향이 있는 감상적 형용사와 격한 이미지를 비롯한 과한 것들을 걸러내는 참빗을 들고' 내가 쓴 것을 검토하고 있다. (나는 거실에서 어슬렁거리며 그녀의 판결을 기다린다.)

"그래서 나한테 원하는 게 뭐야?" 나는 웃음을 터뜨렸다. 갑자기 숨을 들이쉬어야 했다. "개인적 판결을 원해? 이거 사법 체계의 사유화 아니야? 판사의 왕진인가? 나쁘지 않지……"

"판결?" 깜짝 놀란 목소리였다. "무슨 소리야, 판결이라니?"

"아, 그게 아닌가? 네가 나한테 말하고 싶은 게 있는지도 모른다고 생각했지, 그래서 내가 그걸……"

"하지만 왜 '판결'이라고 해?" 전화기를 통해 베일 것 같은 서늘한 바람이 불어왔다. 그는 침을 삼켰다. "그냥 내 쇼에 와, 잠시 나를 봐줘, 정말로 그게 다야. 그런 다음에 말해줘—하지만 나를 동정하지는 마, 그게 중요해—나한테 두세 문장만 말해줘.

나는 네가 그렇게 할 수 있다는 걸 알아. 내가 너를 선택한 데에는 다 이유가 있다고……" 그는 다시 킥킥거렸지만, 이제 그의 목소리에서 의심이 들렸다.

나는 그것이 다가 아니라고 확신했다. 뭔가가 감춰져 있었는데, 어쩌면 그 자신도 그게 뭔지 모르는 것 같았다. 나는 몇 가지 질문을 더 던졌다. 이 각도 저 각도에서 시도해보고, 최대한 칼날을 갈아보았지만 도움이 되지 않았다. 그는 내가 그를 '봐주기를' 바란다는 막연한 욕망 이상은 분명하게 설명할 능력이 전혀 없었다. 대화가 맴돌기 시작했다. 사십여 년간 떨어져 있었음에도 우리가 여전히 순간적으로 깊은 이해를 공유할 수 있을 것이라는, 그의 순진하고 어린아이 같은 희망이 점차 희미해지는 것이 느껴졌다.

"그냥……" 그가 중얼거릴 때 이미 나는 거절할 말을 정리하고 있었다. "그냥 네가 거기 앉아서 나를 한 시간, 한 시간 반 동안 지켜보는 것뿐이야, 그게 다야, 말했잖아, 시간은 흐름에 따라 달라질 수 있다고. 그런 다음에 나한테 전화를 하면 돼, 아니면 우편으로 보내도 되고, 상관없어, 빚 수금 대행업자가 아닌 사람에게서 편지를 받으면 멋질 거야, 한 페이지, 아니, 몇 줄이어도 좋아, 그냥 한 문장이라도. 내 말은, 너는 한 문장으로도 사람을 짓밟을 수 있는 능력이……"

"하지만 뭐에 대해? 뭐에 관해?"

그는 당황하여 다시 킥킥거렸다. "나한테 있는 이게 뭔지 네가 말해줄 수 있을 것 같아…… 아니, 마음 쓰지 마, 됐어."

"계속해봐……"

"내 말은, 있잖아, 사람들이 나를 볼 때 뭘 얻느냐는 거야. 나를 볼 때 뭘 알게 되지…… 나에게서 나오는 것을 볼 때? 내 말 알아듣겠어?"

나는 모르겠다고 말했다. 개가 거짓말 냄새를 맡고 고개를 들었다.

"알았어." 그는 한숨을 쉬었다. "자러 가게 해줄게. 얘기가 잘 안 될 것 같다."

"잠깐, 계속해봐."

그 순간 그 안의 뭔가가 탁 열리면서 말이 흘러나오기 시작했다. "내가 거리에서 걷다가 어떤 사람을 지나친다고 해보자고. 그 사람은 나를 본 적이 없어, 나를 전혀 몰라. 처음 보는 거지—쾅! 그 사람이 뭘 파악할까? 그의 마음에 나에 관해 뭐가 기록될까? 내가 제대로 설명을 하는 건지 모르겠다……"

나는 일어서서 전화기를 들고 부엌을 어슬렁거리기 시작했다.

"하지만 나는 전에 널 본 적이 있는걸." 내가 지적했다.

"오래됐잖아." 그가 즉시 말했다. "나는 내가 아니야, 너도 네가 아니고."

나는 기억했다. 얼굴에 비하면 너무 큰 파란 눈과 튀어나온 입술 때문에, 그는 이목구비가 날카로운 묘한 오리새끼처럼 보였다. 빠르게 고동치는 생명의 입자.

"그거," 그가 작은 소리로 말했다. "어떤 사람에게서 제어 불가능하게 그냥 흘러나오는 거 있잖아. 세상에서 오직 이 한 사람만 가지고 있을 수도 있는 그거."

개성의 광채, 나는 생각했다. 내적인 빛. 아니면 내적인 어둠. 비밀, 진동처럼 전해지는 고유성. 어떤 사람을 묘사하는 말 너머, 그 사람에게 일어난 일과 그 사람에게서 잘못되고 뒤틀린 것들 너머에 놓인 모든 것. 오래전, 내가 판사 생활을 막 시작했을 때, 순진하게도 피고인이건 증인이건 내 앞에 선 모든 사람에게서 찾겠다고 맹세했던 것. 절대 무관심하지 않겠다고, 나의 판결의 출발점이 될 거라고 맹세했던 것.

"판사 노릇을 안 한 지 거의 삼 년이 됐어." 나는 갑자기 몰리는 심정이 되어 말했다. "은퇴한 지, 아마, 삼 년은 됐을걸."

"벌써? 무슨 일이 있었어?"

잠시 나는 그에게 털어놓을까 진지하게 고민했다. "조기 퇴직을 신청했어."

"그래서 지금은 뭘 해?"

"별거 없어. 집에 앉아 있지 뭐. 정원 일도 좀 하고. 책도 읽고." 그는 아무 말도 하지 않았다. 그가 주의하는 것이 느껴졌고, 나는 그게 마음에 들었다. "무슨 일이 있었느냐 하면," 나는 설명을 시작했고, 나 자신도 놀랐다. "내 판결이 이 시스템이 감당하기에는 조금 지나치게 신랄했어."

"오."

"공격적이라나." 나는 코웃음을 쳤다. "대법원에서 모조리 뒤집혔어."

나는 또 뻔뻔스럽게 거짓말을 하는 증인 몇 사람에게, 피해자에게 끔찍하고 야비한 짓을 한 피고인들에게, 반대심문으로 피해자를 계속 괴롭히는 그들의 변호사들에게 몇 번 분통을 터뜨렸다는 이야기도 했다. "내 잘못은," 나는 그와 일상적으로 이야기를 나누곤 했던 것처럼 말을 이어나갔다. "연줄이 아주 좋고 이름도 알려진 변호사에게 내가 그를 인간쓰레기라고 생각한다는 말을 했다는 거야. 사실 그걸로 모든 게 끝났지."

"몰랐어. 최근에는 뉴스를 잘 보지 않았거든."

"이런 종류의 일은 우리 시스템에서는 조용하고 빠르게 처리돼. 서너 달이면 모든 게 끝나지." 나는 웃음을 터뜨렸다. "봐, 가끔 정의의 수레바퀴가 빨리 돌기도 한다니까."

그는 응답하지 않았다. 나는 코미디언을 웃기지 못한 나의 무능에 약간 실망했다.

"네 이름을 어딘가에서 볼 때마다," 그는 말했다. "나는 우리가 어땠는지 떠올리곤 했어. 나는 네가 하고 있는 일, 네가 있는 곳에 관심을 가졌지. 네가 나를 기억하기나 할까 궁금했어. 나는 네가 사다리를 올라가는 걸 지켜봤고, 너 때문에 정말로 행복했어, 솔직하게 하는 말이야."

개가 거의 인간처럼, 작은 한숨을 내쉬었다. 나는 차마 그녀를 영원히 재울 수가 없다. 타마라의 너무 많은 것—냄새, 목소리, 손길, 표정—이 여전히 이 개에게 체현되어 있다.

다시 우리 사이에 침묵이 흘렀지만, 이제는 달랐다. 나는 생각했다. 사람들은 나에게서 어떤 첫인상을 받을까? 사람들은 얼마 전까지 나였던 존재를 여전히 볼 수 있을까? 내가 알던 사랑이 남긴 흔적이 있을까? 두번째 모반母斑으로서? 나는 오랫동안 이런 생각을 해본 적이 없었기 때문에, 그 생각은 나를 혼란에 빠뜨리고 내 안에서 사물들을 갈아엎기 시작했다. 여전히 내가 실수를 하고 있다는 느낌이 없지 않았지만, 어쩌면, 여느 때와는 달리, 나에게 맞는 실수인 것 같았다. 내가 말했다. "내가 이걸 한다면, 아직 진짜로 할 건지는 잘 모르겠지만, 내가 너를 동정하지 않을 거라는 건 알아둘 필요가 있어."

그는 웃음을 터뜨렸다. "그게 네 조건이 아니라 내 조건이라는 걸 잊었군."

나는 그의 제안이 마치 자신을 죽여달라고 암살자를 고용하는 것처럼 들린다고 말했다.

그는 다시 웃음을 터뜨렸다. "네가 이 일에 적임자라는 걸 알고 있었어. 잊지 마—한 방, 똑바로 심장에."

나는 또 웃음을 터뜨렸고, 우리의 그 시절로부터 희미한 김, 잊고 있던 따뜻한 김이 피어올랐다. 우리는 새롭게 찾아온 가벼운 마음으로, 심지어 애정이 깨어나는 것을 느끼며 작별인사를 했다. 그 순간, 아마 우리의 작별인사 때문이었겠지만, 나는 예상치 못한 충격을 받았다. 우리가 베르오라에, 가드나 캠프에 함께 있었을 때 그에게, 또 나에게 일어난 일이 기억났기 때문이다. 잠시 나는 나의 망각 능력에 공포를 느끼면서 그냥 얼어붙고 말았다.

또 그가 나에게 그 기억을 일깨우지 않았다는, 단 한마디도 이야기하지 않았다는 사실에도 공포를 느끼면서.

"하지만 참을성 있게 기다려야 할 거야, 친구들, 이건 하느님한테 맹세코, 쇼에서는 한 번도 한 적 없는 이야기니까. 어떤 쇼에서도 말한 적 없고, 어떤 사람에게도 말한 적 없어. 그런데 오늘밤에 드디어……"

그의 함박웃음이 커질수록, 얼굴은 점점 우울해진다. 그는 나를 보며 무기력하게 어깨를 으쓱한다. 그의 존재 전체가 자신이 곧 피할 수 없는 커다란, 그러나 참담한 도약을 할 것이라는 느낌을 전하고 있다.

"자, 이제부터 시작이야. 완전 반짝반짝한 신상 재료, 아직 수축포장도 뜯지 않은 거야. 말의 느낌이 아직 나에게도 전해지지 않아. 즉 오늘 저녁, 신사 숙녀 여러분, 당신들이 나의 모르모트라는 거야. 나는 당신들한테 홀딱 반했어, 네타니아!"

다시 불가피한 갈채와 환호. 다시 그는 보온병을 들어 한 모금 마시고, 그의 유난히 튀어나온 목젖이 오르내린다. 모든 사람이 그의 간절한 목마름을 눈치채고, 그도 그들이 눈치채는 것을 느낄 수 있다. 목젖이 움직임을 멈춘다. 두 눈이 보온병 너머로 관객을 똑바로 본다. 그가 당황하는 모습이 약간 놀랍고 감동적이기까지 하다. 그의 목소리가 날카롭게 올라간다. "네타니아, 버려진 기획이여! 나와 함께 있는 거야? 무서워서 달아나지 않은 거야? 멋져, 잘됐어, 지금 당신들은 나와 함께 있어야 돼, 당신들이 오래전에 잃어버린 오빠나 형처럼 나를 안아줘야 돼. 당신도, 영매. 당신은 오늘 저녁 나를 놀라게 했어, 인정해. 당신은 어떤 곳, 내가 이미…… 어떤 백인도 오랫동안 발을 들여놓지 않왔던 곳으로부터 나에게 다가왔어……" 그는 바짓자락을 걷어 올려 앙상하고 매끈한, 뼈에 양피지 같은 피부가 덮인 정강이를 드러내고 그것을 바라본다. "그래, 뭐, 노래지는 사람의 발도 못 들어가보긴 마찬가지야. 하지만 그래도, 당신이 와줘서 기뻐, 영매. 당신이 왜 오늘밤 여기 왔는지 모르겠지만, 어쨌든 왔어, 어쩌면 이 이야기에 직업적인 관심이 있을지도 몰라, 이 이야기에는…… 뭐라고 표현해야 할까…… 이 이야기에는 일종의 유령이 나오거든. 어쩌면 당신이 그 유령과 이야기를 해볼 수도 있겠다. 하지만 미리 말해두는데, 수신자 요금 부담이야!

자, 진지하게 말하는데, 이 이야기는 풀기 어려운 사건이라고 할 수 있지, 정말이야. 살인 사건, 그렇게 말할 수 있을지도 몰라. 다만, 누가 살해당했는지, 과연 이걸 살인이라고 부를 수 있는지, 또 누가 평생 살해당했는지가 분명치 않아." 그는 입을 헤벌린 광대 같은 웃음을 슬쩍 짓는다. "더 수선 떨지 않고, 나의 첫번째 장례식의 화끈하고 환희에 찬 이야기를 해줄게!"

그는 팔걸이의자 주위를 돌며 춤을 추고, 허공을 상대로 권투를 한다. 잽을 넣고, 잽싸게 페인트 모션을 취하면서 몸을 요리조리 피하다 다시 주먹을 날린다. "나비처럼 날아 벌처럼 쏜다."*

---

* 권투 선수 무하마드 알리가 했던 말.

그는 회당의 성가처럼 읊조린다. 객석 몇 군데에서 킥킥거리는 웃음이 터져나오고, 헛기침을 하는 소리는 사람들이 즐거움을 기대하며 긴장을 푼다는 것을 알려준다. 하지만 나는 다시 불안해진다. 극심하게 불안해진다. 내 테이블과 출구 사이는 겨우 다섯 걸음 거리다.

"내 처어어어엇번째 장례에에에에에에에식!" 그는 다시 선포하는데, 이번에는 곡마단장처럼 돌아다니며 알리고 있다. 클럽 가장자리에서 머리가 짚 색깔인 호리호리한 여자가 딱딱 끊어지는 웃음소리를 토해내자, 그는 신발로 날카로운 소리를 내며 발을 멈추더니 꼬챙이로 찌르듯이 그녀를 본다. "제기랄, 네타니아 남부! '장례식'이라 그랬는데 웃어? 그게 여기 사람들 본능이야?" 관객은 더 큰 웃음으로 응답하지만 그는 웃음을 짓지 않는다. 그는 무대를 빙빙 돌며 혼잣말을 하고 몸짓을 한다. "이 사람들 왜 이래? 이런 걸 갖고 웃는 사람은 도대체 뭐야? 하지만 너도 봤잖아. 네가 웃긴 거야! 도발레 지진계로 강도 7.2의 웃음소리였다고. 이 사람들을 도무지 이해 못하겠어……"

그는 발을 멈추더니 팔걸이의자 등받이에 몸을 기댄다. "나는 '장례식'이라 그랬어, 언니." 그는 호리호리한 여자를 뚫어져라 바라본다. "조금만 가엾게 봐달라고 하는 게 너무 심한 건가, 자기? 아주 약간의 동정심. 그 말을 들어는 봤나, 레이디 맥베스? 동정심! 내 말은 우리가 지금 죽음 이야기를 하고 있다는 거야, 레이디! 죽음을 위하여 박수를!" 그는 갑자기 무시무시하게 으르렁거리는 목소리로 시동을 걸더니, 비행기 날개처럼 두 팔을 펼치고 무대를 가로지르며 달려가 박자를 맞춰 자기 머리를 두드리고, 관객도 따라 하도록 들들 볶는다. "죽음을 위하여 박수를!" 사람들은 어색하게 웃음을 터뜨린다. 구호도 사람들의 신경을 자극하고, 소리를 지르며 무대 여기저기를 종종걸음 치는 그도 사람들의 신경을 자극한다. 사람들의 눈이 그를 지켜보다가 게슴츠레해지고, 이제야 나는 이게 무슨 장치인지 깨닫는다. 그는 자신을 부추겨 광기의 상태로 들어가고, 그럼으로써 사람들도 부추긴다. 그는 자신을 불태워 사람들에게도 불을 붙인다. 어떻게 그것이 먹히는지는 잘 이해하지 못하겠지만 어쨌든 먹힌다. 나조차 허공에서, 내 몸안에서 진동을 느낄 수 있다. 자기 내부의 원시적 요소와 이렇게 철저하게 융합된 사람과 마주했는데 무관심한 채로 남아 있는 것은 정말 힘든 일일지도 모른다고 속으로 중얼거린다. 하지만 그것으로는 나 자신의 뱃속에 갇힌, 일 초 일 초 시간이 흐를 때마다 커지는 포효를 설명할 수 없다. 여기저기서 남자 몇 명이 가담한다—오직 남자들만. 아마 그를 침묵시키기 위해, 자신의 고함으로 그의 외침을 익사시키기 위해 그러는 것이겠지만 그들도 그와 함께 소리를 지르고 있다. 뭔가가 그들을 사로잡았다—박자, 광기. "죽음을 위하여 박수를!" 그는 악을 쓴다. 땀을 뻘뻘 흘리고 숨을 헐떡이며, 두 뺨은 병적으로 붉게 타오른다. "지붕이 무너져라 박수를!" 그가 날카롭게 소리를 지르자, 젊은 사람들, 특히 군인들이 머리 위로 손을 들어 박수를 치며 그와 함께 고함을 지르고, 그는 조롱하는 웃음을 지으며 그들을 계속 자극한다. 두 바이커가 있는 힘껏 소리를 지른다. 이제 나는 그들이 남자와 여자라는 것을 알 수 있다. 어쩌면 쌍둥이인지도 모르겠다. 날카로운 이목구비 때문에, 그들은 그를 지켜보고 두 눈으로 그의 모든 움직임을 삼키는 야수 새끼들처럼 보인다. 바 근처에 앉은 커플들도 부산스럽게 움직이고, 한 남자는 심지어 의자에 앉은 채로 춤을 추고 있다. 눈과 뺨이 푹 꺼지고 안색이 잿빛인 핼쑥한 남자는 거칠게 두 손을 흔들며 소리를 지른다. "죽음을 위하여 박수를!" 구릿빛 늙은 여자 세 명이 열광한다. 가는 두 팔을 공중에 쳐들고 소리를 지르고 너무 크게 웃는 바람에 눈에 눈물이 고인다. 도발레 자신도 폭발하고 있다. 그는 광기에 사로잡혀 손과 팔을 빠른 속도로 움직인다. 사람들은 웃음소리에 잠겨 있고, 마구 날뛰는 광기에 휩쓸리고 있다. 내 주위에는 남자와 여자, 늙은이와 젊은이가 예순 명 또는 일흔 명 있다. 그들의 입에는 유독한 거품을 뿜으며 팡 터지는 캔디가 가득하다—처음에는 어색한 웅얼거림, 곁눈질로 시작하지만,

이내 한 사람 한 사람 차례로 뭔가가 빛나고, 외침으로 목이 부풀어오르고, 순식간에 공중으로 떠올라, 중력으로부터 풀려난, 어리석음과 자유의 풍선이 되어, 절대 패할 수 없는 유일한 진영에 가담하기 위해 달려간다. "죽음을 위하여 박수를!" 이제 거의 모든 관객이 소리를 지르며 박자를 맞춰 박수를 치고, 나 또한, 적어도 마음속으로는 함께한다—왜 더 하지 않는가? 왜 더 할 수 없는가? 왜 한 번이라도 나 자신으로부터, 지난 몇 년간 내보여온 청산가리처럼 독한 얼굴로부터, 갇힌 눈물 때문에 늘 빨간 눈으로부터 잠시도 벗어나지 못하는가. 왜 의자에 뛰어올라가 폭발하듯 소리치지 못하는가, 죽음을 위하여 박수를. 여섯 주라는 좆같이 짧은 시간 만에, 나한테서 내가 정말로 또 진심으로 사랑했던 한 사람을 낚아채가버린 죽음. 처음 본 순간부터 나는 삶을 갈망하는 마음으로, 삶을 기뻐하는 마음으로 너를 사랑했지, 네 빛으로 가득한 동그란 얼굴을 처음 본 순간부터, 그 아름답고 지혜롭고 순수한 이마, 멍청하게도 너의 삶에 대한 굳센 장악력을 증명한다고 믿었던 그 빽빽하게 뿌리 내린 강한 머리카락, 그리고 너의 넓고, 크고, 풍만한, 춤추는 듯한 몸을 처음 본 순간부터—누구라도 감히 이 형용사 가운데 하나라도 지우려고만 해봐—너는 나에게 약이었어, 나를 옥죄어오던 메마른 독신 생활을 치료하는 약, 나의 인격을 거의 대체한 '재판관 기질'을 치료하는 약, 너 없이 살았던 그 모든 세월 동안 내 핏속에 축적되어 온, 생명에 대한 모든 항체를 없애는 약, 네가 오기 전까지, 너의 모든 것이 오기 전까지……

너—나는 지금도 그냥 냅킨 위라 할지라도, 글로, 이제 하려는 말이 최종적으로 확고부동한 사실이 되었다고 인정하는 것을 정말이지 몸으로 혐오하지만—나보다 열다섯 살이 어렸고, 이제는 열여덟 살이 어리고, 매일 그렇게 더욱 어려지는 너.

너, 내게 청혼하면서, 늘 다정한 눈으로 나를 보겠다고 약속했던 너. 애정이 담긴 목격자의 눈, 너는 그렇게 말했지. 누구도 나에게 그보다 어여쁜 말을 한 적이 없었어.

"나하고 아기를 만들자, 죽음이여!" 그는 소리를 지르고 병에서 나온 지니처럼 뛰어 돌아다닌다. 몸은 땀에 흠뻑 젖었고 얼굴은 불타오른다. 사람들은 외침과 웃음으로 그의 목소리를 반향하고, 그는 포효한다. "죽음이여, 죽음이여, 그래, 네가 이겼어! 네가 최고야! 우리를 데려가라, 죽음이여, 우리가 다수파에 참여하게 하라!" 나는 터질 듯한 가슴으로 그와 함께 포효하면서, 일어나 그와 함께 큰 소리로 외치겠다고 맹세한다, 여기 사람들이 나를 알아도, 심지어 존경하는 재판장님이심에도. 일어나 그와 함께 큰 소리로 외치고, 달과 별을 바라보는 자칼, 샤워부스 안의 그릇에 아직 담겨 있는 그녀의 작은 비누들과 침대 밑의 그녀의 분홍색 슬리퍼와 우리가 저녁으로 함께 만들어 먹곤 하던 볼로냐 스파게티를 보는 자칼처럼 으르렁거리겠다고. 내 옆구리를 찌르는 무정한 가시처럼, 두 손가락으로 귀를 틀어막고 있는 저 수심에 잠긴 난쟁이를 보지만 않아도 된다면 그렇게 하겠다고.

나는 패배감에 젖어 축 늘어진다.

도발레는 허리를 굽히더니 두 손을 무릎 위에 얹는다. 입은 해골 같은 미소로 벌어져 있고, 얼굴에서는 땀이 뚝뚝 듣는다. "그만, 그만." 그는 청중에게 간청하며 헐떡거리는 웃음을 터뜨린다. "당신들 정말 멋져. 이젠 감당이 안 돼."

하지만 그가 어지러워하며 딸꾹질 같은 웃음을 쏟아내자 사람들은 정신을 차리고 금방 식어버린다. 혐오감이 담긴 눈으로 그를 본다. 정적이 클럽 안으로 퍼져나가고, 정적 속에서 우리 모두에게 그가 자신의 한계를 훨씬 넘어선 곳까지 자신을 몰아가고 있다는 것이 분명해진다.

자신을 위해 그렇게 한 것이다, 이건 게임이 아니다.

사람들은 의자에 등을 기대고 축 늘어져 가쁜 숨을 쉰다. 웨이트리스들이 다시 빠르게 테이블 사이를 움직이기 시작한다. 주방문이 연거푸 열렸다 닫힌다. 모두가 갑자기 목이 마르고, 모두가 배가 고프다.

그는 병이 들었다. 나는 그 확실한 사실 인식과 마주친다. 그는 아픈 사람이다. 어쩌면 몹시 아픈지도 모른다. 어떻게 내가 그것을 놓칠 수 있었을까? 어떻게 내가 그것을 알지 못할 수 있었을까? 그는 심지어 분명하게 말하기까지 했다. 전립선, 암, 그 외에도 지나치다 싶을 정도로 힌트들이 많았지만, 나는 그게 또 하나의 나쁜 농담이라고 생각했다. 또는 공감을 쥐어짜내는, 그리고 나의 판결은 말할 것도 없고 우리 관객의 예술적 판단에서 너그러움을 쥐어짜내는 방법이라고 생각했다. 결국, 나는 합리화할 수밖에 없었다, 그는 어떤 짓이든 할 수 있다고. 그의 말에 진실의 핵이 있다 해도, 그가 한때 아팠다 해도, 그의 상태가 지금은 심각할 리 없다고 생각했던 것이 분명하다—생각이란 것을 했다면. 그렇지 않고서야 쇼를 하지 않을 테니까, 쇼를 감당하지 못할 테니까, 신체적으로나 정신적으로나, 안 그런가?

그러니 이것을 어떻게 이해해야 할까? 내가—이십오 년 동안 모든 실마리를 관찰하고, 듣고, 주의를 기울이는 경험을 한 내가—그의 조건에 이렇게 눈을 감고, 이렇게 나 자신에게만 빠져 있었다는 사실을 어떻게 설명해야 할까? 어떻게 그의 광적인 수다와 신경질적인 개그가, 섬광전구가 간질 환자에게 영향을 주는 것처럼 나에게 영향을 주었을까? 어떻게 나는 계속 내부로만, 나 자신의 삶으로만 고개를 돌렸던 것일까?

그리고 어떻게 그는, 그런 상태에서, 궁극적으로 지난 삼 년간 내가 읽은 모든 책과 내가 본 영화와 친구와 친척이 해준 위로도 하지 못한 일을 나에게 한 것일까?

그의 병은 쇼가 시작되고 나서 첫 한 시간 내내 나를 정면으로 보고 있었다. 해골만 남은 이목구비, 무시무시하게 여윈 몸. 그럼에도 나는 그것을 부정했다, 내 뇌의 어떤 부분에서는 그것이 사실임을 알고 있었음에도. 그것을 무시해버렸다, 고통이 점점 예리해지고 있을 때조차도—춤을 추고 돌진하고 쉴새없이 떠드는 이 사람이 곧 이곳에 없게 될 것임을 깨닫는 익숙한 고통. 살아 있는 거! 그는 몇 분 전에 교활하게 미소를 지으며 소리쳤다. 얼마나 멋지고 전복적인 생각인가.

“그래서, 나의 첫번째 장례식……” 그는 웃음을 터뜨리며 가는 두 팔을 활짝 펼친다. “죽어서 하늘의 안내센터에 들어간 사람들 이야기 들어봤어? 거기서는 그 사람들을 천국에 갈 사람과 네탄, 그러니까 지옥에 갈 사람으로 나누지. 아니, 진지하게 말하는데, 그게 가장 큰 공포 아니야—결국에는 랍비들 말이 옳았다는 것이 드러난다는 게? 지옥이 진짜로 존재하는 장소라는 게?” 관객은 미지근하게 킥킥거린다. 사람들은 눈을 내리깔고 그를 보기를 주저한다.

“들어봐, 이 사람들아, 나는 제반 조건이 완비된 지옥 이야기를 하고 있는 거야, 모조리 다. 불, 뿔 달린 악마, 그리고 그 작은 갈퀴, 쇠스랑, 또 고문하는 바퀴와 끓는 타르를 비롯해 사탄이 사용하는 그 모든 장치들…… 지난 몇 달 동안 그 생각을 하는 것만으로도 한숨도 못 잤어, 맹세해. 밤이 최악이었어. 그런 것들이 완전히 나를 사로잡아서 나는 당신들이 지금 생각하고 있는 것과 똑같은 걸 생각하게 돼. 제기랄, 왜 그 파리 여행에서 굳이 그 새우를 먹었을까? 유월절에 아부고시에서 피타 빵은 왜 먹고? 왜 우리는 모두 토라유대주의에 투표하지 않았을까?"* 그는 목소리를 쫙 깔더니 왕왕 울리는 소리로 말한다. "이젠 늦었다, 인간쓰레기들아. 다 타르로 들어가!"

사람들은 웃음을 터뜨린다.

"좋아, 나는 첫번째 장례식 이야기를 하고 있었지. 그런데 당신들은 웃었고, 더러운 인간들, 무정한 사람들—당신들은 1월의 아슈케나지 유대인**만큼이나 차가워. 나는 지금 겨우 열네 살 된 아이 이야기를 하고 있는 건데 말이야. 도비크, 도발레, 엄마가 자기 눈동자처럼 아끼던 아이. 이제 나를 봐—보여? 꼭 이렇게 생겼지, 대머리와 까칠한 수염과 인류에 대한 혐오만 빼고."

자신의 의지를 거스르는 듯한 태도로 그는 작은 여자를 본다.

---

* 앞의 두 가지는 식생활에 관한 유대교의 율법과 관련된 언급이고, 마지막 문장은 정통 유대교에 기초한 근본주의적 정당 토라유대주의연합을 말한다.

** 중부나 동부 유럽에 살던 유대인의 후손.

그녀의 승인 또는 부인을 구하듯이. 그 둘 가운데 어느 쪽을 그가 좋아할지 나는 판단하기 힘들다. 다만 처음으로 그가 나를 먼저 보지 않았다는 점을 나는 놓치지 않는다.

여자는 그를 보려 하지 않는다. 계속 외면하고 있다. 그런 채로 그가 자기 자신을 욕할 때마다 그녀는 숙인 머리를 흔들며 그가 말하는 동안 소리 없이 입술을 움직인다. 내 테이블에서 보면 그녀는 그가 말하는 모든 것을 자신의 말로 지워버리고 있는 것 같다. 그는 다시 한번 그녀에게 달려들지 말지 갈등하고 있다. 그녀의 뭔가가, 내 느낌에, 그의 피를 끓게 한다. 그의 침샘이 이미 독을 뿜어내고 있다……

그는 여자를 그냥 놓아둔다.

찰나의 순간, 빠르고 얼굴이 창백하고 웃음을 잘 터뜨리는 소년이 물구나무를 서서 아파트 단지 뒤쪽의 흙길을 걷고 있다. 그는 체크무늬 드레스를 입은 아주 작은 소녀를 만난다. 그는 소녀의 웃음을 터뜨리려고 애쓴다.

"그 도발레, 평화롭게 안식하기를, 그는 땅콩만했어, 꼬마였지. 그런데, 그냥 알려주려고 하는 말인데, 열네 살에 나는 딱 지금 키였어, 그걸로 끝이었지." 그는 예측 가능한 경멸적인 코웃음을 터뜨린다. "물론 당신들도 알겠지만, 내 신뢰하는 친구들, 나는 수직의 영역에서는"—그는 두 손으로 천천히 몸을 쓸어내린다, 머리에서 무릎까지—"어떻게 된 일인지 위대함을 성취하지 못했지. 원자를 분해하거나 신의 입자를 발견하는 분야와는 달리 말이야. 그런 분야는, 잘 알려져 있듯이, 내가 뛰어났거든." 그의 눈이 흐릿해지더니 손으로 다정하게 자기 음부를 쓰다듬는다. "아, 신의 입자…… 하지만 진지하게 말하는데, 우리 집안에는, 친가 쪽으로는, 남자가 바르미츠바 즈음에 정점을 찍고 그것으로 끝인 현상이 있어. 동결이지! 평생 그게 끝인 거야! 기록이 다 남아 있어. 심지어 멩겔레*도 우리를, 적어도 우리의 일부를, 특히 허벅지와 팔뚝 뼈를 연구한 게 분명해. 그래, 우리 집안 사람들은 그 세련되고 내향적인 사람의 호기심을 자극했지. 아버지 집안에서 적어도 스무 명이 그의 연구소를 거쳐갔고, 그들 모두가 그 친절한 의사의 도움으로, 뭐든지 가능하다는 것을 발견했어." 그는 활짝 웃는다. "하지만 아빠만, 우리 아버지만, 그 교활한 새끼만, 멩겔레 연구에서 큰 기회를 놓쳤지. 거기에서 그 모든 게 시작되기 삼십 초 전에 선발대로 이스라엘로 이주했거든. 하지만 엄마는 곧바로 그에게 달려갔어, 의사한테 말이야, 그리고 어머니 집안 사람들도 다. 사실 그 나름의 특별한 방식으로 멩겔레는 우리 가족 주치의와 같았다고도 할 수 있어, 응? 안

* 나치 친위대 장교이자 강제수용소 의사로 유대인 생체 실험을 했다.

그래?" 그는 관객을 향해 눈까풀을 깜빡거리지만, 관객은 점점 입을 다물고 있다. "그리고 한번 생각 좀 해봐, 그 사람은 엄청나게 바빴어, 전 유럽에서 사람들이 그를 보러 오고, 그가 있는 곳으로 가는 기차를 타려고 서로 밀치고 했으니까. 그럼에도, 그는 모든 사람을 개인적으로 만날 시간을 냈어. 비록 다른 의사의 진단을 받아보는 것은 절대 허용하지 않았지만. 오직 그 사람에게만, 오직 아주 짧은 시간 동안만 진료를 받을 수 있었어. 오른쪽, 왼쪽, 왼쪽, 왼쪽……"

아마 열다섯 번 이상 그의 머리가 앞으로 나아가지 못하는 시곗바늘처럼 경련을 일으키듯 왼쪽으로 움직였을 것이다. 투덜거리는 소리와 항의하는 소리 때문에 객석이 부산스럽다. 사람들은 앉은 자리에서 몸을 움직이고 눈길을 교환한다. 하지만 머뭇머뭇 킥킥거리는 소리도 들리는데, 주로 젊은 축에 속하는 사람들에게서 나온다. 바이커 두 사람만이 편하게 큰 소리로 웃음을 터뜨린다. 코에 걸린 링들과 입술에 걸린 링들이 반짝거린다. 내 옆 테이블에 앉은 여자는 그들에게 눈길을 던지더니 일어서서 걸어나가며 크게 한숨을 쉰다. 사람들이 그녀를 빤히 본다. 어쩔 줄 몰라하는 남편은 잠시 그대로 앉아 있다가, 서둘러 그 뒤를 쫓는다.

도발레는 무대 뒤쪽 목제 이젤에 놓인 작은 칠판으로 걸어간다. 지금에야 칠판이 내 눈에 들어온다. 그는 빨간 분필을 집어들더니 직선을 그리고, 그 옆에 그보다 짧은 곡선을 하나 더 그린다. 객석에서 깔깔거리는 소리와 소곤거리는 소리가 들린다.

"이렇게 보이는 도발레를 상상해봐. 좀 멍청하고, 따귀를 때려주십사 하는 얼굴에, 이렇게 두꺼운 안경을 쓰고, 허리띠가 젖꼭지 근처까지 올라오는 반바지를 입고—아빠는 나한테 네 치수는 큰 걸 사주곤 했거든, 바라기는 엄청 바라신 거지. 자, 이걸 다 뒤집어서 물구나무를 세워봐. 응? 이해했어? 어떻게 되는 건지 알겠어?" 그는 동작을 멈추고 잠시 생각하더니, 몸을 바닥으로 던지며 두 팔을 나무 바닥으로 뻗는다. 그가 몸을 들어올리려 하자 하체가 멈칫거린다. 두 다리가 퍼덕거리다 몸이 한쪽으로 쓰러지며, 빰이 바닥에 닿아 납작해진다.

"어디를 가나 나는 이렇게 했어. 배낭을 앞에 대롱거리며 학교에 가는 길에, 집안에서, 복도에서, 방에서 부엌까지, 아버지가 집에 올 때까지 천 번은 왔다갔다했지. 그리고 동네에서도, 마당을 지날 때도, 층계를 내려가고 층계를 올라갈 때도. 엄청 쉬웠어, 넘어지고, 다시 일어서고, 다시 훌쩍 물구나무를 서고." 그는 계속 이야기를 한다. 그런 식으로, 널브러진 채 꼼짝도 않고. 오직 입만 살아서, 벌어지고, 움직이는 것을 보자니 불안 불안하다. "어디서 배웠는지는 모르겠어. 아니, 알아, 그때는 어머니 앞에서 연극을 했거든. 거기서 시작된 거야. 저녁이 되면 피가로*가 집에 오고 우리 모두 품위를 지켜야 했기 때문에, 그전에 어머니를 위해 촌극을 공연하곤 했어. 어느 날, 나도 모르겠어, 그냥 바닥에 두 손을 대고, 두 다리를 위로 번쩍 들었고, 한 번 쓰러졌고, 두 번 쓰러졌고, 엄마는 박수를 쳤어, 내가 자기를 웃기려고 그런다고 생각한 거지. 어쩌면 그랬는지도 몰라, 나는 평생 엄마를 웃기려고 했으니까." 그는 말을 멈춘다. 눈을 감는다. 갑자기 그냥 몸뚱어리만 남는다. 생명 없는. 다시 실내를 가로지르며 지나가는 절망적인 웅얼거림이 들리는 듯하다. 도대체 이게 뭐야?

그는 일어선다. 흩어진 옷가지를 줍는 사람처럼 신체 부위를 바닥에서 하나하나 조용히 모은다—팔, 다리, 머리, 손, 엉덩이. 조용한 웃음이 객석에 스며든다, 오늘밤에는 처음 들어보는 종류의 웃음소리. 그의 정확성, 그의 섬세함, 공연에 관한 그의 지혜에 경탄하는 부드러운 웃음.

"엄마가 그걸 좋아한다는 것을 알 수 있었기 때문에 나는 다시 두 다리를 훌쩍 들어올리고, 흔들리다 쓰러지고, 다시 들어올리고, 엄마는 웃었어. 정말로 엄마가 웃는 소리를 들었지. 그래서

* 오페라 〈세비야의 이발사〉의 주인공. 여기서는 이발사인 도발레의 아버지를 가리킨다.

다시, 또다시 시도하다가 마침내 요령을 익히고 머리가 제자리를 잡은 거야. 그러자 차분해졌고, 행복했어. 피가 흐르는 소리만 내 귀에 들릴 뿐, 조용했어, 모든 소리가 멈췄어. 마침내 세상의 공기 속에서 나 말고 아무도 없는 하나의 자리를 찾아낸 느낌이었어."

그는 어색하게 킥킥거리고, 나는 그가 나에게 자기 안에서 봐달라고 했던 것을 떠올린다. 어떤 사람에게서 그 자신의 의지에 반해 나오는 것. 어쩌면 세상에서 오직 한 사람만이 갖고 있을 수도 있는 것.

"더 할까?" 그가 묻는다, 거의 수줍은 표정으로.

"개그나 한두 개 해주는 게 어때, 이 사람아?" 누군가가 소리치고, 다른 남자도 툴툴거린다. "우리는 개그를 들으러 여기 온 거야!" 어떤 여자가 그들을 향해 마주 소리친다. "오늘은 저 사람 자체가 개그인 게 보이지 않아?" 그녀는 산사태처럼 터지는 웃음 전체를 거두어들인다.

"나는 균형을 잡는 데는 아무 문제가 없었어." 그는 계속 말하지만, 나는 그가 상처받았다는 걸 알 수 있다. 그의 입술이 하얗게 질렸다. "사실, 일반적인 방식으로는, 그러니까 두 발로 걸을 때는 늘 약간 휘청거리는 느낌이었거든, 꼭 쓰러질 것처럼 말이야. 게다가 언제나 무서웠어. 우리 동네에는 아름다운 전통이 있었지. 도발레를 때려라. 대단한 건 아니고, 여기서 따귀, 저기서 발길질, 배에 가볍게 주먹 한 방 정도였어. 뭐 악의가 있는 건 아니었고, 그저, 알잖아, 형식적인 거, 출근 카드 찍는 거처럼. 너 오늘 안 까먹고 도발레 때려줬지?"

자신을 놀렸던 여자를 바라보는 날카로운 눈길. 관객이 웃음을 터뜨린다. 나는 웃지 않는다. 나는 그런 일이 벌어지는 것을 베르오라의 가드나 캠프에서 나흘 내내 보았다.

"하지만 내가 물구나무를 섰더니, 그랬더니 말이야, 거꾸로 걸어다니는 아이는 아무도 때리지 않더라고. 이건 사실이야. 거꾸로 선 아이의 따귀를 때린다고 해보자고. 자, 어떻게 그 아이 얼굴에 손을 대겠어? 내 말은, 땅바닥까지 몸을 굽혀야 따귀를 때릴 수 있지 않느냐는 거야, 맞지? 또 그 아이를 걷어차고 싶다고 해보자고. 정확히 어디를 찰 거야? 지금 그 아이 불알은 도대체 어디 있어? 헷갈리지, 응? 착각하게 만들어! 어쩌면 그 아이가 약간 겁나기 시작할지도 몰라. 그래, 거꾸로 선 아이는 우습게 볼 수 없거든. 가끔"—그는 슬쩍 영매를 본다—"미친 아이라는 생각도 들고. 엄마, 엄마, 봐요, 물구나무로 돌아다니는 애야! 야, 입 다물고 손목 긋는 남자나 봐! 아야……" 그는 한숨을 쉰다. "나는 완전히 미치광이였어. 내가 동네에서 얼마나 웃음거리였는지 저 여자한테 물어보면 돼." 그는 그녀를 보지 않고 엄지를 그녀 쪽으로 홱 젖힌다. 그녀는 말 한마디 한마디 무게를 달듯 귀를 기울이고 있다가 단호하게 고개를 계속 젓는다. 아니.

"맙소사, 얼마나 더……" 그는 두 손을 들어올리고 무슨 이유에서인지 나를 본다. 또다시, 그녀가 여기 온 것에 대해 그가 내게 책임을 묻는다는 생각이 든다, 마치 내가 의도적으로 적대적 증인을 소환하기라도 한 것처럼.

"저 여자가 계속 거슬려." 그는 큰 소리로 혼잣말을 한다. "못하겠어, 저 여자가 내 페이스를 흔들어. 나는 이야기를 짜나가려 하는데 저 여자는……" 그는 자신의 가슴을 마사지한다, 세게. "당신들은 내 말에 귀를 기울여야 해, 저 여자 말 말고, 알았지? 정말로 망쳤어, 게임을 어떻게 풀어야 할지 모르겠어, 어떤 게임도. 뭘 향해 고개를 젓는 거야, 조그만 언니? 당신이 나 자신보다 나를 더 잘 안다는 거야?" 이제 그는 짜증을 내고 있다.

이것은 이제 쇼가 아니다. 여기에는 뭔가가 있고, 관객은, 비록 불안하게나마, 거기에 끌리고 있다. 사람들은, 적어도 몇 분 동안은, 원래 여기에 온 이유를 기꺼이 포기하려는 것 같다. 나는 다시 나를 사로잡는 마비를 극복하려 애쓴다. 나를 깨워, 다가오는 것에 대비하려 애쓴다. 그게 다가오고 있다는 것에는 의심의 여지가 없다.

"한 가지 예를 들게. 어떤 사람이 어느 날 우리 아빠한테 다가

오더니 내가 이런저런 짓을 하고 물구나무로 걸어다닌다고 말한 거야. 누군가가 길을 가다가 내가 엄마 뒤에서 물구나무로 걸어가는 걸 본 거지. 당신들의 이해를 돕기 위해—괄호 치고—당신들의 진실한 벗이 하는 일은 다섯시 반에 엄마가 교대 근무를 마치고 돌아올 때 버스 정류장에서 기다렸다가 엄마를 집까지 데려오는 거야, 엄마가 길을 잃지 않도록, 다른 데로 가지 않도록, 성으로 몰래 들어가 왕의 잔치에서 음식을 먹지 않도록…… 그냥 이해하는 척해줘. 좋은 도시야, 네타니아." 사람들은 웃음을 터뜨리고, 나는 '고위 관리'와 그가 가는 손목에 찬 독사 시계를 초조하게 계속 흘끔거리던 모습을 떠올린다.

"다른 보너스도 있었는데, 그건 내가 물구나무를 서서 가면 아무도 엄마한테는 주목하지 않는다는 거야, 알아? 엄마는 하루종일 땅바닥만 바라보고 머리에 슈마테*를 뒤집어쓰고 고무장화를 신고 걸어다닐 수 있었어. 엄마는 사람들이 비뚤어진 마음으로 자기를 본다고 생각했는데 갑자기 아무도 엄마를 그렇게 보지 않게 된 거야. 이웃 사람들도 엄마에 관해 아무 말도 하지 않고, 남자들도 셔터 뒤에서 엄마를 흘끔거리지 않아. 다들 늘 그냥 나만 보고 있고 그 덕분에 엄마는 자유통행권을 얻은 거지." 그는

* 이디시어에서 유래한 단어로, '넝마'라는 뜻.

자신을 멈추려는 어떤 시도도 꺾어버리겠다고 결심해 빠르고 강하게 말을 하고, 관객은 자신들과 그 사이의 보이지 않는 줄다리기에 신체적으로 반응해 바스락거리는 소리를 낸다.

"그러다가 '올드 대디 섀터핸드'*가 내가 물구나무로 돌아다닌다는 낌새를 채더니 두 번 생각하지도 않고 똥을 싸도록 나를 팼어. 물론 늘 입에 달고 사는 말, 내가 자기 이름에 먹칠을 한다느니, 나 때문에 사람들이 뒤에서 자기를 조롱한다느니, 사람들이 자기를 존경하지 않는다느니 하는 말들을 늘어놓으면서, 내가 다시 그 짓을 한다는 얘기가 들리면 내 손모가지를 부러뜨리고, 추가로 나를 샹들리에에 거꾸로 매달아놓겠다고 했어. 울 아빠, 그 인간은 화가 나면 나를 잡아두고 완전히 시적으로 변했어. 진짜 끝내주는 건 시적인 심상과 눈의 표정을 결합하는 거야. 진지하게 말하는데, 당신들은 그런 건 절대 본 적 없을걸." 그는 킥킥거린다. 하지만 킥킥 웃음은 잘 먹히지 않는다. "검은 공깃돌을 상상해봐. 알아들었어? 작고 검은 공깃돌인데, 다만 이건 쇠로 만든 거야. 그 눈에는 뭔가 문제가 있었어. 너무 가깝게 붙어 있고, 너무 동그랬어. 장담하는데, 그 눈을 이 초만 보면 작은 짐승 한

* 섀터핸드는 닌텐도 게임 제목으로 주먹이 센 사람을 가리키며, 여기에 아버지를 뜻하는 올드 대디를 붙인 것.

마리가 진화라는 걸 완전히 확 뒤집어버리고 있는 느낌이 들어."

킥킥 웃음이 실패했기 때문에 그는 전염력이 있는 뱃속 웃음을 전선으로 급파하고 무대를 종종걸음으로 가로지르는 동작을 다시 시작해 자신의 움직임에 재충전을 하려 한다. "그래서 어떻게 했어, 도발레? 아마 당신들은 지금 속으로 그걸 물어보고 있겠지, 나도 당신들이 걱정한다는 걸 알아. 꼬마 도발레는 어떻게 했을까? 나는 두 발로 걸어다니는 걸로 돌아갔어, 그게 내가 한 일이야. 나한테 선택의 여지가 있었겠어? 우리 아빠는 건드리지 마. 우리집에는, 혹시 당신들이 아직 파악하지 못했을까봐 하는 얘긴데, 유일신교가 있었어. 하느님이 아니라 아빠가 신이었어. 오직 아빠의 뜻만이 관철되었지. 찍소리라도 내봐, 바로 허리띠가 날아와—찰싹!" 그가 허공에 채찍질을 하자 목의 힘줄이 튀어나오고 얼굴이 공포와 증오를 드러내며 일그러지지만, 입술은 웃음을 짓는다, 아니 환하게 빛을 낸다. 그 순간 나는 작은 아이를 본다, 내가 알던 아이, 아니, 아마도 내가 알지 못했을 아이를—점점 내가 그를 얼마나 알지 못했는지 깨닫게 된다. 그가 얼마나 훌륭한 배우였는지, 맙소사, 얼마나 대단한 배우였는지, 이미 그때부터, 또 우리의 우정이 그에게는 얼마나 엄청난 노력을 기울인 연기였는지—테이블과 벽 사이에 갇힌 채 아버지의 허리띠 채찍질을 받아내는 조그만 아이.

그는 아버지한테 맞는다고 내게 말은커녕, 암시조차 한 적이 한 번도 없었다. 또 학교에서 맞는다고도. 또 누가 애초에 그에게 상처를 줄 수 있다고도. 그 반대였다. 그는 행복하고 귀염을 받는 아이처럼 보였으며, 그의 밝고 낙관적인 온기야말로 마법 같은 실로 나를 나 자신의 유년과 나 자신의 집, 늘 뭔가 차갑고 음산하고 약간 은밀한 그곳으로부터 끌어내 그에게 다가가게 한 것이었다.

그는 계속 무대 미소를 넓혀갔지만 작은 여자는 채찍질하는 손에 움찔한다, 마치 자신이 허리띠에 맞기라도 한 것처럼. 그녀가 간신히 들릴 만한 한숨을 내쉬자, 그는 재빨리 몸을 돌려 물려는 뱀처럼 사나운 검은 눈으로 그녀를 본다. 갑자기 그녀가, 이 고집스럽고 이상한 작은 여자가, 수십 년 전에 알았던 소녀, 이제는 거의 그 흔적도 남지 않은 소녀의 영혼을 위하여 스스로 나서서 싸우는 이 전사가, 아까보다 커진 것처럼 보인다.

"그래, 아버지는 물구나무로 걷지 말라고 말했고, 그래서 그렇게 했어. 하지만 그때부터 생각하기 시작했어, 이제 어떡하지? 어떻게 해야 나 자신을 구하지? 내가 무슨 말 하는지 알아? 내가 어떻게 해야 이런 직립성 때문에 죽지 않을 수 있느냐는 거야. 어떻게 살아 있을까? 그게 당시 내 마음이 움직이던 방식이야. 나는 늘 그런 불안이 있었지. 좋아, 아빠는 내가 다른 모든 사람처럼 걷는 걸 보고 싶다 이거지? 좋았어, 아빠가 원하는 대로 걸어주지, 늘 내 두 발로 서 있어주지, 착한 꼬마가 되어주지, 하지만 걸을 때 체스 규칙을 따르겠어, 알았어?"

관객은 그를 물끄러미 보며 그가 무엇을 하려고 하는지 파악하려 한다.

"예를 들어"—그는 킥킥거리며, 우리가 함께 웃음을 터뜨리도록 부추기려고 자신의 옛 얼굴을 복잡하게 흉내낸다—"어느 날에는 비숍처럼 대각선으로만 걷곤 했지. 다음날에는 룩처럼 직선으로만 걷고. 그런 다음에는 나이트처럼 한-걸음-꺾어서-두-걸음. 그러면서 나는 사람들이 나와 체스를 두고 있는 것처럼 그들을 쳐다봤어. 물론 그 사람들이 그걸 알았다는 건 아니지만. 어떻게 알겠어? 하지만 사람들은 각자 자신의 역할이 있었고, 거리 전체가 나의 체스판이었지. 쉬는 시간에는 학교 운동장 전체가……"

다시 우리 둘이 걷고 이야기하는 모습이 눈에 보인다. 그는 내 주위를 맴돌며 나를 어지럽게 하면서 여기서 튀어나오고 저기서 나타난다. 내가 그의 무슨 게임에 참여하고 있었는지 누가 알겠는가?

"나는 가령 나이트처럼 아버지에게 다가가곤 했어, 아버지가 청바지 방에서 넝마를 끌어안고 톱질하는 동안—괜찮아, 나를 믿어, 어딘가에는 그런 문장이 말이 되는 우주도 있으니까—그런 다음에는 어머니를, 퀸을 방어할 수 있는 바닥 타일에 자리를 잡곤 했어. 나는 아버지와 어머니 사이에 서서, 말없이 아버지에게 말하곤 했지. 체크. 그러고 나서 몇 초를 기다렸어. 아버지가 다음 수를 둘 시간을 준 거지. 만일 아버지가 제시간에 다른 타일로 옮겨 서지 않으면 내가 이기는 거였지. 제정신이 아니잖아? 그 아이 머릿속에서 무슨 일이 벌어지고 있는지 안다면 당신들도 그 아이를 보고 웃지 않겠어? 이 좆같이 망가진 놈이 그후로 자기 어린 시절을 어디에 낭비했는지 궁금하지 않겠어?"

그는 마지막 말을 작은 여자한테 쾅 내던진다. 심지어 그녀를 보지도 않지만, 그녀더러 들으라는 목소리다. 여자는 허리를 곧게 펴고 간절한, 오싹한 목소리로 소리친다. "그만! 댁이 최고였어요! 댁은 '난쟁이'란 말도 하지 않았고 나를 창고로 데려가지도 않았어요. 댁은 나를 '피츠'라고 불렀는데, 나는 '피츠'는 좋았어요. 기억나요?"

"아니." 그는 여자 앞에 서서 양옆으로 두 팔을 축 늘어뜨린다.

"우리가 두번째로 이야기를 했을 때 댁이 입으로 신문에 난 이사도라 덩컨 사진을 가져다줬는데, 그 사진이 여전히 내 방에 있어요. 어떻게 기억 못할 수가 있어요?"

"나는 기억 못해, 언니." 그가 당황하여 웅얼거린다.

"왜 나를 언니라고 부르는 거예요?" 그녀가 소곤거린다.

그는 한숨을 쉰다. 관자놀이의 성긴 머리카락 섬들을 문지른다. 물론 그는 쇼 전체가 다시 기울기 시작하고 있다는 것을 느낀다. 그는 나뭇가지에 나와 있는데, 그 가지가 나무 전체보다 더 무거워지고 있다. 사람들도 그것을 느낄 수 있다. 그들은 서로 바라보며 불안하게 몸을 움직인다. 자신들이 내키지 않는 마음으로 공범자가 되었던 것이 무엇인지 점점 더 이해하지 못한다. 유혹—다른 사람의 지옥을 들여다보고 싶은 유혹—이 저항할 수 없을 만큼 강하지 않았다면, 그들은 오래전에 일어나서 자리를 떴거나, 심지어 야유를 보내 그를 무대에서 쫓아버렸을 것이다.

"나는 아주 좋아! 도발레는 기운을 되찾았어!" 그가 우렁차게 소리치더니 입을 벌려 그 유혹적인 가짜 미소를 만든다. "우리 꼬마 도비를 상상해봐. 무지개처럼 펼쳐진 여드름이 폭죽 쇼를 보여주지만, 목소리는 아직 변하지 않았고, 아직 젖꼭지도 만져보지 못했지만, 왼손은 수상쩍게 근육이 발달했어, 왜냐하면 크기에서 모자라는 부분을 호색好色으로 보완하고 있었거든……"

그는 재잘거리며 말의 곡예를 해나간다. 나는 지금까지 몇 분째 위에 구멍이 난 느낌이다. 구덩이. 갑자기 속을 갉는 듯한 허기가 느껴진다. 얼른 코르크 마개로 구멍을 막아야겠다. 나는 타파스를 몇 개 주문하고 웨이트리스에게 가능한 한 빨리 갖다달라고 부탁한다.

"사춘기가 되어 세상 뭐든 걸리기만 하면 껄떡거리던 시절 기억나? 예를 들어 기하학 수업 시간에 선생님이, 이 이등변삼각형의 두 다리를 봐라, 하고 말하면…… 반의 모든 아이가 숨을 가쁘게 쉬고 침을 질질 흘리기 시작하던 거…… 아아아…… 아니면 여선생님은 이렇게도 말하지, 자, 원의 중심에 수직선을 집어넣고……" 그는 눈을 감고 입과 혀로 빨고 핥는 동작을 한다. 관객은 킥킥대지만, 작은 여자는 그를 노려본다. 너무 상처입은 표정이어서 그의 모습이 마음 아프다는 건지 우스꽝스럽다는 건지 판단할 수가 없다.

"간단히 이야기하면, 우리 반은 남쪽 에일라트 근처 베르오라라는 곳으로 가드나 캠프를 갔어. 그거 기억나? 미래의 이스라엘 병사들을 준비시키던 곳?"

드디어 나온다. 거의 괄호 안에 집어넣은 이야기처럼. 우리의 전화 대화 이후, 두 주 동안, 나는 그가 여기에 이르기를 기다려왔다. 나를 끌고 함께 그 심연으로 들어가기를.

"가드나 시절 기억나, 내 친구들? 지금도 고등학생들을 그런 캠프에 보내는지 아는 사람 있어? 보내? 안 보내? 보내?"

허공을 가르는 긴 추락.

나와 문 사이의 다섯 걸음.

내가 이제 곧 당하게 될 복수의 달콤함.

응분의 대가.

"그 좌파들이 가드나를 없애버렸다는 데 백만 달러 걸지, 맞아? 나도 몰라, 그냥 추측해보는 거야. 하지만 걔네들이 누가 즐거워하는 걸 참지 못한다는 건 알아, 특히 그게 애들 군사교육 같은 걸 때는—윽! 여기가 스파르타야 아니면 이스라엘이야?"

그는 계속 자기 밑에서 불길을 키워올리고 있다. 나는 이미 그걸 알고 있고, 그걸 알아보고 있다. 의자에서 허리를 곧게 편다. 그가 준비 안 된 상태의 나를 기습하는 일은 없을 것이다.

그는 흥분해서 계속 소곤거린다. "우리는 길을 떠났어! 새벽 다섯시, 아직 어두웠지. 부모들이 잠도 덜 깬 우리를 움슐라크플라츠*에 내려놓았어—노오오오오옹담!" 그는 자기 손목을 찰싹 때린다. "그 말이 어떻게 빠져나갔나 모르겠군. 틀림없이 투렛증후군**일 거야. 한 아이에게 배낭 하나만 허용됐어. 우리 이름을 부른 다음 트럭에 실었고, 우리는 부모한테 작별인사를 하고 나서 긴 목제 의자에 열 시간을 앉아 갔어. 허리가 끊어질 것 같

* 바르샤바에서 유대인을 수용소에 보내기 전 집결시키던 곳.

** 아동기에 나타나는 틱장애. 특별한 이유 없이 신체 일부분을 빠르게 움직이는 이상 행동을 하고 이상한 소리를 내는 것을 말한다.

았지. 우리는 서로 마주보고 앉아 있었기 때문에 누가 토하면 안 볼 수가 없었지. 아이들은 모두 다른 아이와 무릎이 닿았어. 나는 심숀 카초버하고 무릎이 닿았는데, 특별한 느낌은 없었어. 우리는 멍청한 찬가와 청년운동가를 불렀어. 알잖아, 그 여자는 매일 밤 다리를 풀어서 떼어내네, 이를 잔에 넣어두네 같은 그 모든 좋은 노래들……" 여자 몇 명이 열심히 따라 부르고, 그는 냉랭한 표정으로 그들을 본다. "이봐, 영매." 그는 그녀를 보지 않고 묻는다. "혹시 나를 그 나이 때의 나 자신과 만나게 해줄 수 있어?"

"아니요, 내가 그런 일을 해도 되는 건 우리 마을의 클럽에서만이에요, 그것도 오직 죽은 사람들하고만."

"그럼 일이 완벽하게 풀리겠군. 그런데 말이야, 나는 정말이지 그 캠프에 가고 싶지 않았어. 그걸 알아두기를 바라. 나는 집을 일주일 동안 떠나본 적도 없었고, 그렇게 오래 부모와 떨어져본 적도 없었어. 떨어질 이유가 전혀 없었지. 당시에는 해외에 나가거나 하는 일이 없었거든, 우리 같은 부류는 확실히 없었어. 우리한테 해외에 간다는 건 오로지 죽음의 수용소에 가는 게 목적일 때뿐이었어. 그리고 우리는 이스라엘 국내 여행도 하지 않았어. 우리가 어디를 가겠어? 누가 우리를 기다리고 있겠어? 우리는 오로지 우리 셋, 엄마-아빠-아이뿐이었는데. 그래서 그날 아침 트럭 옆에 서 있을 때, 솔직히, 나는 약간 겁을 먹었어. 모르겠어, 뭔가 전체적으로 잘 맞지를 않았어, 마치 나한테 어떤 육감 같은 게 있는 것처럼. 아니면 혹시, 모르겠어, 엄마 아빠만 단둘이 남겨놓고 떠나는 게 두려웠는지도……"

그는 그의 학교 학생들과, 나는 우리 학교 학생들과 베르오라에 갔다. 우리는 원래 같은 캠프에 있을 예정이 아니었다. 그의 학교는 다른 기지(스데보커였던 것 같다)에 신청했는데, 조직 본부에서 다른 생각이 있었던 것 같다. 그 결과 우리는 같은 캠프만이 아니라 같은 소대, 같은 텐트에 있게 되었다.

"그래서 아버지한테 몸이 안 좋다고 집에 데려다달라고 했더니 아버지는 '내가 죽기 전엔 안 돼' 그러더군. 정말로 그렇게 말했어. 그러니까 나는 스트레스를 더 받아서, 이윽고 눈물이 나오기 시작했고, 그 순간 나는 땅이 열려 나를 삼켜주기를 바랐어……

그러니까, 지금 생각해보니, 모두가 보는 앞에서 울었다는 게 정말 희한한 일이라는 거야. 한번 상상해봐. 나는 열네 살이 다 됐는데, 완전히 얼간이 노릇을 하고 있었고, 아빠는 얼굴이 시뻘게졌지. 아빠는 우리한테 열이 받았던 거야. 내가 우는 걸 보고 엄마도 울기 시작했으니까. 엄마는 늘 그랬어, 누가 울기만 하면 바로 같이 울곤 했지. 아빠는 엄마가 우는 걸 보기 싫어했어, 그런 일이 벌어지면 아빠는 늘 눈물이 복받쳤지. 아빠는 감정적이었어, 특히 엄마한테. 그건 의문의 여지가 없었어, 아빠가 정말로 엄마를 사랑했다는 건, 울 아빠는, 아빠 나름의 방식으로이긴 했지만, 흔히 말하듯이 말이야, 하지만 사랑하긴 했어, 나도 그건 인정해, 아빠는 사랑했어. 어쩌면 예쁜 유리 조각이나 색깔이 화려한 공깃돌을 보고 시선을 거두지 못하는 다람쥐나 생쥐처럼……" 그는 웃음을 짓는다. "예전에 갖고 놀곤 하던 그 멋진 구슬 기억나? 안에 나비가 들어 있던 거 기억나? 그런 구슬이었어, 우리 어머니가."

관객 가운데 남자 몇 명이 기억한다. 나도 기억하고, 은발을 짧게 자른 키 큰 여자도 기억한다. 모두 대체로 비슷한 나이다. 사람들은 다른 구슬 이름을 댄다. 고양이 눈, 마노, 기름칠. 나도 안에 꽃이 든 네덜란드 구슬을 말한다—그러니까, 녹색 냅킨에 그린다는 뜻이다. 젊은 축에 속하는 관객은 우리의 열성적인 태도를 보고 킥킥거린다. 도발레는 선 채로 싱글거리며, 진심에서 우러나오는 순간을 빨아들이고 있다. 그러다가 내 쪽을 향해 곧바로 상상의 구슬을 튕겨 보낸다. 나는 그의 얼굴의 부드러움과 따뜻함에 혼란을 느낀다.

"뭔가 비현실적인 거였어, 정말이야. 아버지한테는 어머니가 하늘의 선물이었거든, 적어도 그렇게 보였던 거야. 어머니는 아버지한테 보호하라고 맡긴 정말 귀중한 존재였어. 하지만 동시에 이렇게 말하는 것 같기도 했지. 조심해, 형씨, 당신은 그저 관리인에 불과해, 알아들어? 형씨는 저 여자와 정말로 함께할 수는 없어. 그러니 거리를 유지해. 형씨도 성경에 뭐라고 쓰여 있는지 잘 알잖아—오, 그런데, 네타니아, 성경은 멋져! 책장이 완전 술술 넘어가잖아! 완전 두 손 엄지 척이야. 내가 이렇게 자제하는 사람이 아니라면 그걸 책 중의 책이라고 부를지도 몰라. 게다가 지저분한 얘기들이 가득하잖아! 그래서 어쨌든, 곧바로 성경은 딱 부러지게 말해, '남자가 이브를 자신의 아내로 알았다.'* 맞아?" 목소리 몇 개가 대답한다. "맞아." "좋아. 아주 잘했어, 아담 씨, 당신은 진짜 종마야. 다만 성경에서 여자를 알았다고 말한 것에 주의해. 여자를 이해했다는 이야기는 전혀 나오지 않아, 응, 여자들? 내 말 맞아?" 여자들이 환호하고, 그들로부터 열기의 띠가 위로 올라가 둥둥 뜨더니 오라aura처럼 그를 감싼다. 그는 싱글거리면서 재주도 좋게 그들 모두를 단 한 번의 윙크로 싸안는다. 그럼에도 나는 여자들 각각이 조금씩 다른 윙크를 받았다는

* 우리말 개역성서에는 "아담이 그의 아내 하와와 동침하매"로 되어 있다.

것을 느낌으로 알 수 있다.

"남자는 전혀 이해하지 못했어. 하루종일 한마디도 하지 않고, 문을 닫은 채 그냥 책을 들고 앉아만 있고, 자신에게 뭘 요구하지도 않고 뭘 원하지도 않고, 자신이 야바위를 치고 강탈을 해도 흠조차 낼 수 없는 이 아름다운 여자를, 아빠는 이해하지 못했어. 어떻게 했는지 아빠는 이발소 뒤의 창고를 4인 가족에게 한 달에 250을 받고 세를 주게 됐어—타-다아아! 그뒤에 마르세유에서 어선에 실려온 면비로드 바지, 지퍼에 약간 결함이 있는 바지 한 상자를 샀는데, 그게 우리 아파트에 이 년 동안 악취를 풍기며 쌓여 있었어. 할렐루야! 그러는 동안 엄마는 매일 저녁 부엌 식탁에서 아빠 옆에 앉아 있었지. 이런 일이 몇 년이나 계속됐어. 엄마는 아빠보다 머리 하나는 컸는데, 거기 조각상처럼 앉아 있었던 거야"—그는 순종하는 학생 또는 수갑을 받으려고 두 손을 내미는 죄수처럼 두 팔을 뻗는다—"거기서 아빠는 장부를 펼쳐놓고 고객과 공급업자들, 아빠에게 정직했던 사람들과 아빠를 엿 먹인 사람들에게 붙인 온갖 암호명과 함께 파리똥 같은 숫자를 적었어. 파라오도 있었고, 소스노비에츠의 연인도 있었고, 사라 베르나르, 지셰 브라이트바르트, 괴벨스, 룸코프스키, 메이어 빌너, 벤구리온도 있었어…… 아빠는 엄청나게 흥분했지. 당신들도 한번 봤어야 하는데. 땀을 뻘뻘 흘리고, 얼굴은 홍당무가 되고, 숫자를 적는 손가락은 떨리곤 했어. 이 모든 게 그저 엄마한테, 마치 엄마가 무슨 요구라도 하는 것처럼, 심지어 아빠가 하는 말을 약간이나마 듣기라도 하는 것처럼, 어떠어떠한 해의 모모 달이면 키르야트 모셰의 발코니가 있는 방 두 개짜리 아파트로 이사 갈 만한 돈이 생길 거라는 걸 증명하려는 노력이었어."

그는 고개를 들어 사람들을 본다. 잠시 자기가 무슨 이야기를 하고 있었는지 잊은 듯한 표정이지만, 금방 회복하여 웃음을 짓고 어깨를 으쓱하며 사과한다.

"차를 열 시간 타고 가서 우리는 오지의 어떤 장소에 이르렀어. 저 네게브사막 어딘가, 아니, 어쩌면 아라바였는지도 몰라. 엘리아트 근처였어. 어디 보자…… 나의 죽은 자아와 소통을 시도해봐야지……" 그는 눈을 굴리고, 고개를 뒤로 젖히고, 웅얼거린다. "보여…… 갈색과 붉은색 산들, 사막, 텐트, 장교 막사, 식당, 깃대에 걸린 찢어진 이스라엘 국기, 디젤 기름이 고인 웅덩이, 맛이 가기 직전의 낡아빠진 발전기, 아이들이 바르미츠바 선물로 받곤 하던 휴대용 식기, 그걸 수도꼭지에 대고 더러운 스펀지와 찬물로 닦았지만 기름은 다 그대로 남아 있었지……"

이제 관객은 그의 것이 되어, 모두 익숙한 물에 발을 담그고 있다. 우리는, 도발레와 나는, 거기에, 같은 소대에 나흘 있었는데, 대부분의 시간 동안 같은 텐트에서 자고 같은 식탁에서 먹었다. 그런데도 단 한마디도 나누지 않았다.

"이 기지의 지도원들, 아니, 아마 지휘관이라고 불렀던 것 같은데, 이들은 각기 그들 나름의 방식으로 망가진 상태였어. 그들 하나하나가 진짜 인간이 되다 만, 인간의 거친 밑그림 같았지. 진짜 군대에서는 그런 사람들을 데려가지 않으니까, 가드나 캠프에서 애들 뒷바라지나 하게 한 거야. 한 사람은 사시가 너무 심해 1인치 앞도 보지 못했고, 다른 사람은 평발이었고, 한 녀석은 홀론* 출신이었어. 정말이야, 그 사람들 열을 모아야 정상적인 인간 하나가 나올까 말까 했어."

"자기야," 그는 영매를 돌아보며 한숨을 쉰다. "자기 때문에 내 우유가 상하잖아. 봐, 다른 사람은 다 웃고 있잖아! 내 개그가 웃기지 않다고 생각하는 거야?"

"그래요."

"뭐? 하나도?"

"댁의 개그는 나빠요." 그녀의 시선은 테이블에 고정되어 있고 손가락은 핸드백 끈을 움켜쥐고 있다.

"나쁘다는 건, 웃기지 않다는 뜻?" 그가 부드럽게 묻는다. "아니면, 예를 들어, 품위가 없다는 거?"

* 이스라엘 텔아비브 구의 해안 도시.

여자는 바로 답하지 않는다. "둘 다예요." 그녀가 마침내 말한다.

"그러니까 내 개그는 웃기지도 않고, 또한 품위도 없군."

여자는 잠시 더 생각한다. "네."

"하지만 스탠드업 코미디라는 게 원래 그런 거야."

"그럼 옳은 게 아니죠."

그는 망연한 표정으로 오랫동안 그녀를 바라본다. "그럼 왜 온 거야?"

"클럽에서는 스탠드업이라고들 했지만, 나는 그게 가라오케라는 뜻이라고 생각했어요."

그들은 실내에 다른 사람은 없는 것처럼 대화를 나누고 있다.

"그럼 이제 뭔지 알았으니 가도 돼."

"그냥 있고 싶어요."

"왜? 재미도 없는데. 여기 있으면 비참하잖아."

"그건 사실이에요." 여자의 얼굴이 우울해진다. 그녀를 통과하는 모든 감정이 즉각적으로 얼굴에 드러난다. 사실 나는 오늘 저녁 그를 보는 것만큼이나 그녀를 보는 데 시간을 쓰고 있다. 방금 그것을 깨닫긴 했지만. 나는 줄곧 그들 둘 사이로 시선을 옮기며, 그녀의 반응으로 그를 재고 있다.

"가줘, 이제 자기한테 더 힘들어질 거야."

"있고 싶어요." 여자가 입술을 꼭 다물자 빨간 립스틱으로 이루어진 과장된 원 때문에 마음을 다친 아주 작은 광대처럼 보인다.

도발레는 우묵한 두 뺨을 빨아들인다. 두 눈은 더 바싹 붙은 것처럼 보인다. "좋아." 그가 중얼거린다. "하지만 경고했어, 허니. 나중에 울면서 나한테 오지 마."

그녀는 이해 못하겠다는 표정으로 그를 물끄러미 보다가, 이윽고 다시 움츠러든다.

"박수 쳐, 네타니아!" 그는 여자 쪽에 대고 으르렁거린다. "그래서 우리는 열 시간 뒤 거기에 도착했고, 거기서는 우리를 텐트 안에 집어넣었어, 커다란 텐트 안에, 텐트당 열 명, 스무 명씩, 아니 그보다는 적었나? 기억 안 나, 기억 못해, 이젠 아무것도 기억 못해. 내가 하는 말은 한마디도 믿지 마. 진지하게 말하는데, 내 머리는 체야, 정말이야. 우리 애들이 아직 자기들한테 아버지가 있다는 걸 알고 나를 만나러 올 때부터, 나는 말하곤 했어. '이런, 이런! 더 이야기하기 전에 먼저 이름표부터 달아라!'"

약한 웃음소리.

"거기 저 아래쪽, 베르오라에서는, 우리한테 자랑스러운 히브리 소년들이 알 필요가 있는 모든 걸 가르쳐줬어. 다시 게토를 탈출해야 할 경우 담을 타넘는 법, 하수관에 들어갈 것에 대비해 살금살금 걷는 법, 엎드리고, 기고, 총을 쏘는 법, 우리는 이

걸 팟찻차라고 불렀는데, 나치가 무슨 말인지 이해를 못해서 어리벙벙하게 만들려는 거였지. 또 우리한테 탑에서 캔버스 천으로 뛰어내리라고 했어—그거 기억나? 그리고 도마뱀처럼 밧줄 위를 걷게 하고, 낮 행군과 밤 행군을 시키고, 무시무시한 더위에 땀을 흘리며 기지 주위를 달리게 하고, 체코제 모제르총으로 다섯 발을 쏘고 나서 제임스 본드 같은 기분이 들게 해주었지. 하지만 나는"—그는 교태를 부리듯 눈꺼풀을 깜빡인다—"총을 쏘니까 엄마한테 가까워진 느낌이 들었어, 집의 맛을 조금 보게 해주었달까. 왜냐하면 우리 엄마는…… 내가 이 말 했던가? 안 했나? 엄마는 타스에서 일했거든. 맞아, 예루살렘의 이스라엘 군수산업체에서 일했어. 엄마는 총알을 분류하는 일을 했지, 나의 착하고 자그마한 엄마는, 일주일 6교대로. 아빠가 마련해준 일이었어. 아마 누가 아빠한테 무슨 빚을 져서, 엄마는 마음에 짐이 많은 사람이었는데도 그 일자리를 줬을 거야. 정말이지 나는 아빠 머릿속에서 무슨 일이 벌어지고 있었는지 모르겠어. 무슨 생각을 하고 있었을까? 하루 아홉 시간씩, 엄마가, 총알로. 타-타-타-타-타!" 그는 가상의 경기관총을 들고 사방에 대고 갈기며 쉰 목소리로 소리친다. "베르오라, 내가 간다! 주방 당번을 생각해! 거대한 솥을 생각해! 옴도! 어린 욥처럼 긁고 가려워하고! 주방장이, 그에게 축복이 있기를, 미슐랭 이질 가이드에서 별 세 개를 받은 덕분에 설사가 물처럼 흐르고……"

그가 내 눈을 보지 않은 지 몇 분이 되었다.

"그리고 저녁이면 파티와 모닥불과 노래와 구식으로 불 끄기가 있었지—내 고추로 하게 해주는 건 반딧불이 불을 끄는 것밖에 없었지만—그리고 즐거운 시간을 보냈어, 소년과 소녀들, 크라코비아크*에 맞춰 춤을 추는 음과 양, 나는 당신들이 믿지 못할 정도로 멋진 파티를 했어. 나는 소대에서 웃기는 녀석이었고, 다들 나와 함께 웃고, 다들 나에게 관심을 기울이고, 다들 원을 그리고 서서 유쾌하게 나를 옆 사람에게 던졌어, 나는 조그맸거든, 무게도 나가지 않고. 게다가 거기서 제일 어렸어, 한 번 월반을 했기 때문이지. 아, 됐어, 내가 가장 똑똑했다는 얘기는 아니니까. 선생이 그냥 내가 지긋지긋해서 위로 올려버린 거야. 그래서 가드나 캠프에서는 나를 자기네 마스코트로 삼았어, 행운의 도발레가 된 거지. 운동이나 사격을 하기 전이면 매번 애들이 모두 내게 다가와 머리를 한 대씩 가볍게 갈기고 갔지만, 다 기분좋게 한 것이고, 다 괜찮았어. 밤비노,** 나를 그렇게 불렀지. 내가 괜찮은 별명을 가져본 건 그때가 처음이었어. 구두닦이나 넝마장수

---

* 폴란드의 춤곡.

** 아기 예수의 상(像)이나 어린아이를 가리킨다.

보다는 낫잖아."

나는 그렇게 우연히 그와 만났다. 기지에 도착해 짐을 풀려고 텐트로 들어갔더니, 덩치 큰 아이 세 명이 커다란 군용 더플백을 자기들끼리 던지고, 그 안에 들어가 있는 아이는 짐승처럼 비명을 지르는 것이 보였다. 나는 그 아이들을 알지 못했다. 우리 학교 출신 가운데는 나 혼자만 그 텐트에 배정받았다. 텐트를 배정한 가드나 선생은 내가 어디에 가나 똑같이 그곳에 어울리지 않는다는 느낌을 받을 것이라고 생각했을 것이다. 꼼짝도 하지 않고 텐트 문 앞에 서 있던 기억이 난다. 눈을 뗄 수가 없었다. 세 아이는 속옷만 입고 있었고, 이두박근이 땀으로 번들거렸다. 더플백에 들어간 아이는 이제 비명을 멈춘 다음 울고 있었고, 세 아이는 킬킬거리기만 할 뿐 아무 말도 하지 않고 아이 던지기를 계속했다.

나는 입구 근처의 비어 있는 것으로 보이는 침상에 배낭을 내려놓고 그 사건에 등을 돌리고 앉았다. 감히 끼어들 수는 없었지만, 그렇다고 텐트를 떠날 수도 없었다. 그때 쿵 하는 큰 소리가 들렸고 나는 화들짝 놀랐다. 아이 하나가 더플백을 시멘트 바닥에 떨어뜨린 것이 분명했다. 금세 더플백이 열리고 곱슬곱슬한 검은 머리가 나타났다. 나는 즉시 아이를 알아보았다. 아이들이 킬킬거리는 것으로 보아 내 얼굴에서 뭔가를 눈치챈 듯했다. 도발레는 아이들의 눈길을 따라 나를 보았다. 얼굴이 눈물로 축축했다. 그 만남은 우리의 깜냥을 넘어선 것이었으며, 어떤 면에서는 우리의 대처 능력도 넘어선 것이었다. 우리는 서로 알은체를 하지 않았다. 우리는 우리 자신의 네거티브필름이 되어버린 것 같았음에도, 둘이 완전히 똑같이 행동하고 있었다. 그의 비명이 내 목구멍 안에 얼어붙어 있었다. 어쨌든 나는 그렇게 느꼈다. 나는 고개를 들고, 외면하고, 걸어나갔다. 여전히 그 아이들이 깔깔대는 소리가 들렸다.

"거기서는 남자 여자끼리 벌이는 일들이 진행됐지. 아직 포장도 풀지 않은 싱싱한 호르몬이 넘쳐흘렀고, 여드름이 즐겁게 빵빵 터지는 소리가 들렸어. 나는 그쪽 영역에서는 아직 애송이였지. 알잖아, 나 자신에게 막 첫 실험을 시작했을 때였어, 잡지니 사진이니 그런 걸 가지고 말이야. 주요 사건에서는 사실 관찰자 지위에 있었을 뿐이지만, 이야, 나는 그런 관찰을 즐겼어! 그곳에서 나는 평생 지속될 관찰 탑을 짓기 시작했지."

그는 미소를 짓고 있다. 사람들도 그에게 미소를 짓고 있다.

그는 사람들에게 뭘 팔고 있는 걸까? 그는 자신에게 뭘 팔고 있는 걸까?

그렇게 우연히 만난 직후, 나는 그를 식당에서 다시 만났다. 우리는 같은 텐트에 있었기 때문에 식탁도 같았다. 다만, 나에게는 다행스럽게도, 각자 반대편 끝에 앉았다. 나는 접시를 잔뜩 채우고 다른 것은 전혀 보지 않았지만, 그의 급우들이 소금통을 통째로 그의 수프에 던져넣는 것까지 보지 않을 수는 없었다. 그는 즐겁게 수프를 들이켜며 쭉쭉 빨아들이는 소리를 크게 냈고, 이것을 보고 모두 배꼽이 빠져라 웃었다. 누가 그의 머리에서 야구모자를 낚아챘고, 모자는 테이블을 가로질러 날아다니다가 이따금 뭔가가 든 사발에 빠졌으며, 마침내 그의 머리에 다시 올라가자 그의 얼굴로 액체가 비처럼 흘러내렸다. 그는 혀를 내밀어 방울방울 떨어지는 것을 핥았다. 가끔, 쿡쿡 찌르는 팔꿈치와 멍청한 얼굴들 사이로, 그의 눈이 나의 눈과 만났다. 무심하고 텅 빈 눈이었다.

식사가 끝날 무렵 아이들은 그의 입에 바나나 반 토막을 쑤셔넣었고 그는 갈빗대를 긁으며 원숭이 울음소리를 냈다. 이윽고 소대장이 그에게 입다물고 앉으라고 명령했다.

밤이 되어 소등한 뒤 모두 침상에 누웠을 때 텐트의 아이들은 그에게 그들 반의 어떤 여자아이, 아주 가슴이 큰 아이가 나온 꿈 이야기를 하게 했다. 그는 이야기를 했다. 그는 그가 안다고 믿어지지 않는 단어들을 사용했다. 하지만 그것은 그의 목소리, 그의 말, 그의 풍부한 상상력이었다. 나는 누워서 꼼짝도 하지 않았다. 숨도 거의 쉬지 않았다. 텐트에 그가 없었다면 아이들이 괴롭힐 사람은 나였으리라는 것을 분명히 알고 있었다.

그의 반 아이 하나가 갑자기 두 열로 늘어선 침상들 사이를 달려오며 도발레의 아버지 흉내를 냈다. 다른 아이는 일어서서 그의 어머니 흉내를 내기 시작했다. 나는 군용 담요를 머리 위까지 뒤집어썼다. 아이들은 웃음을 터뜨렸고 도발레도 함께 웃음을 터뜨렸다. 그는 아직 변성기가 오지 않아, 그의 웃음소리는 다른 아이들의 더 낮은 웃음소리들 사이에서 묘하게도 싱싱하게 울려 퍼졌다. 누군가가 말했다. "내가 그린스테인하고 디젠고프를 걷고 있으면 사람들은 내가 여자하고 간다고 생각할 거야!" 큰 웃음소리가 텐트를 따라 흘러갔다.

두번째 밤이 지난 뒤 나는 교사에게 텐트를 바꿔달라고 간청했다. 세번째 밤에 나는 다른 텐트, 다른 침상에 누워 있었지만, 그와 멀리 떨어져 있었지만, 여전히 여진을 느끼고 있었다. 네번째 밤에 나는 우리 반 여학생과 함께 보초 근무를 서게 되었고,

도발레에 관한 생각을 중단했다.

그의 말이 옳았다. 나는 그를 지웠다.

"밤이면 모두 텐트들 사이의 어둠을 달려가고, 사방에서 아, 우, 손 빼, 이 멍청아, 제발 좀 하는 소리가 들렸어. 또 더러워, 혀는 왜 그래? 또 손을 거기 대, 그냥 느껴봐, 또 나 정말 정말 오늘은 안 돼, 또 우리 엄마가 날 죽일 거야, 또 도대체 이 고리들은 다 어떻게 푸는 거야, 또 이건 뭐야, 윽, 나한테 뭘 뿜은 거야, 또 이년아, 내 그게 지퍼에 끼었잖아……"

그의 관객은 웃음의 물결을 타고 솟구쳤다 밀려나간다. 그는 여전히 내 눈길을 피한다. 나는 기다린다. 준비가 되었다. 일이 분 뒤면 그는 싱글거리며 나를 돌아볼 것이다. 이런 우연이 있나! 세상 좁네! 존경하는 아비샤이 라자르 판사님도 이 자리에 계시다니!

두번째 날 아침 나는 사격장에 있다가 텐트에 두고 온 수통을 가져오라는 말을 들었다. 갑자기 혼자 있게 된 것, 공간 구석구석을 채우고 있는 소음과 고함과 명령으로부터 멀어지는 것이 얼마나 멋진 일이었는지, 마침내 그가 없다는 것, 그의 존재라는 고문이 없다는 것이 얼마나 안도감을 주는 일이었는지 기억난다. 공기는 맑았고 어디에서나 싱그러움이 마음을 다독여주었다. (지금, 이 글을 쓰고 있는 순간에도, 아침 세면 뒤에 텐트 시멘트 바닥의 파인 곳에 고인 물과 비누의 냄새가 되살아난다.)

나는 침상에 앉았다. 텐트 문은 열려 있었고 나는 조용히 사막을 내다볼 수 있었다. 그 아름다움에 정신이 멍할 지경이었고, 왠지 그것이 위로가 되었다. 나는 마음을 비우려고 노력했다. 그 순간, 아마도 잠시 경계를 풀었기 때문이겠지만, 목구멍 깊은 곳에서, 전에는 한 번도 맛보지 못한 어떤 울음이 느껴지기 시작했다. 비탄의 울음, 참혹한 상실의 울음이었고, 나는 그것이 곧 나를 걷잡을 수 없이 흔들어댈 것임을 알았다.

그때 갑자기 도발레가 들어왔다. 그는 나를 보고 얼어붙었다. 그는 자신 없이, 거의 비틀거리며 침상을 향해 몇 걸음 떼어놓더니 자신의 배낭을 파헤쳤다. 나는 내 가방에 달려들어 안을 뒤지며 그 안에 얼굴을 파묻었다. 커다란 흐느낌은 즉시 말라버렸다. 일이 분이 지나, 아무런 소리도 들리지 않아서 나는 그가 나갔다고 생각하고 고개를 들었다. 그는 두 팔을 옆으로 늘어뜨린 채 나를 바라보며 자신의 침상 옆에 서 있었다. 우리는 어둡고 뭉툭한 눈길을 교환했다. 그의 입술이 움직였다. 어쩌면 무슨 말인가

하고 싶었을 것이다. 아니면 내가 그를 기억할 수 있도록, 우리를 기억할 수 있도록, 웃음을 지으려 했던 것일 수도 있다. 나의 반응은 경고, 또는 회피, 또는 혐오를 드러내는 것이었음이 분명하다. 그의 얼굴이 뒤틀리고 떨렸다.

그리고 그게 다였다. 다시 고개를 들었을 때, 보이는 건 그가 텐트를 나가 걸어가는 모습이었다.

"그런데, 사흘째 되는 날." 그가 소리친다. "아니, 나흘째던가, 그걸 누가 기억하겠어? 도대체 애초에 누가 뭘 기억할 수 있겠어? 내 기억력, 이제는 축복받은 기억 속으로 사라져버린*…… 어쨌든, 우리는 땅바닥에 원을 그리고 앉아 있고 해가 암캐처럼 우리를 두들겨대고 있었어. 그늘이라고는, 우리가 어서 쓰러져 죽기를 기다리는 콘도르들 그림자뿐이었어. 사팔뜨기 지도원이 위장 전술인가 뭔가 이야기를 하는 중이었는데, 갑자기 어떤 여군이 기지 사령관 막사에서 뛰어나왔어. 아마 하사였던 것 같아. 그 여자는 있는 힘을 다해 우리한테 달려왔어. 쿵-쿵-쿵. 자그마한 여자였지만 무게는 꽤 나갔어. 무슨 말인지 알겠지? 군복이

* of blessed memory. '죽었다'는 뜻의 형용어구.

터져나갈 듯했다니까. 다리는 암사슴 같았지. 다리 한 짝이 암사슴 한 마리—헤헤—여군은 순식간에 우리가 그린 원으로 다가왔고, 교관이 '차려!' 하고 말할 새도 없이, 여군이 헐떡거리면서 짖어댔어. '그린스테인, 도브! 이 소대에 있나?'"

그 장면이 기억난다. 여군은 기억나지 않지만, 여군이 그의 이름을 날카로운 목소리로 부르고, 그 충격에 백일몽에서 화들짝 깨어났던 것은 기억난다. 전혀 예상치 못한 상태에서 그의 이름이 날아왔기 때문에 나는 공황에 빠져 그 이름을 가진 사람이 나라고 말할 뻔했다.

"바로 그때 그 자리에서 나는 뭔가 개썩은 일이 시작됐다는 걸 느낄 수 있었어. 우리 반의 모든 아이들, 내 가까운 친구들이 모두 나를 손가락질하며 소리를 질러댔지. '재예요!' 마치 그 여군한테 이렇게 말하는 것 같았지. '재야! 재를 데려가, 나 말고!' 그런 애들을 무슨 친구라고 말이야…… 응?" 그는 웃음을 터뜨리며 나와 눈길이 마주치는 것을 피한다. "젤레크치아*에서였다면 별로 재미있는 일이 아니었을 거야, 그렇지? 어쨌든 그 여군이 이러더라고. '당장 나하고 함께 지휘관한테 가자.' 그러니까 내 입에서는 이런 거세된 목소리가 나오더라고. '하지만 선생님, 하사님, 제가 뭘 잘못했는데요?' 내 친구들은 그게 아주 재미있었던 모양이야. '하지만 선생님, 하사님, 제가 뭘 잘못했는데요?' 모두 내 흉내를 냈지. 그러다가 소리치기 시작했어. '딸딸이를 쳤다고 재를 벌주는 건가요? 아니면 텐트에서 지독한 방귀를 뀌어서요?' 애들은 온갖 종류의 거짓말로 나를 꼰지르더니 노래를 하기 시작했어. '지우개를 깜빵으로! 지우개를 깜빵으로!' 그래, 지우개는 나의 또하나의 별명이야. 왜냐고? 물어봐줘서 고마워! 당시에 나는 주근깨가 있었거든, 지금은 없지만. 희미해졌어. 하지만 그때는 아주 많았거든. 그래, 맞아, 누가 선풍기에 똥을 싸는 바람에 그렇게 됐어, 독창적인 설명 정말 고마워, 19번 테이블."

그는 조롱한 사람 쪽으로 천천히 고개를 돌린다. 그가 애용하는 장치다. 그는 텅 빈 눈으로 그를 노려본다. 클럽 매니저는 노란 재킷 차림에 머리를 박박 밀고 살집이 두툼한 사람에게로 조명을 돌린다. 도발레는 눈길을 거두지 않는다. 실눈을 뜨고 있다. 관객이 으르렁거린다.

* 나치가 수용소 입소자 가운데 죽일 사람과 쓸모 있는 사람을 선별하던 것, 혹은 선별하던 장소.

"아, 안녕하신가, 레몬 머랭 색깔로 치장한 토니 소프라노* 씨!" 그가 달콤하게 말한다. "우리의 누추한 거처에 오신 것을 환영하며, 매우 수정 같은 밤**을 보내시기를 기원하오이다. 선생은 지금 약물치료중인 걸로 알고 있소만, 팔자가 그렇지 뭐, 하필 오늘 저녁을 골라 바람을 쐬러 나오다니 운도 지지리 없으시구려!" 남자의 부인은 웃음을 터뜨리며 남자의 등을 두드리지만, 남자는 씩씩대며 여자의 위로하는 손을 떨쳐낸다. "괜찮아, 형제, 아무 문제 없어, 우린 그냥 당신하고 재미있게 놀고 있는 것뿐이야. 요아브, 저 신사분한테 보드카 한 잔 드려, 내가 낼 테니까. 자낙스 두 알하고 리탈린***도 슬쩍 넣는 거 잊지 말고…… 아니, 아니, 괜찮다니까, 이 사람아, 오늘 저녁이 끝날 때면 당신은 알카에다 감성 지능상을 받을 거야. 당신을 보고 웃는 게 아니야, 형제, 당신과 함께 웃는 거라고, 됐어? 그 선풍기 개그를 내가 전에 이천 번쯤 들었다고 생각해봐. 우리 반에 한 아이가 있었어, 당신하고 그 아이라면 아주 죽이 척척 맞았을 텐데, 꼭 당신 같았거든, 빼다박았어." 그는 손을 입가에 대고 우리에게 소곤거린

* 미국 드라마 〈소프라노스〉의 등장인물인 마피아 보스.

** 1938년 독일에서 나치가 유대인을 공격한 밤. 수정의 밤(Kristallnacht). 깨진 유리 때문에 그런 이름이 붙었다.

*** 자낙스는 신경안정제, 리탈린은 어린이의 주의력결핍장애에 쓰는 약.

다. "레킹 볼*의 섬세함과 국부 보호대의 우아함을 다 갖추고 있지—농담이야, 앉으라고! 농담이라니까! 그 아이는 나를 볼 때마다, 좆같은 팔 년 동안 볼 때마다 매번, 그 주근깨 지울 지우개 빌려줄까, 하고 물었어. 그래서 지우개라는 별명이 달라붙은 거야, 알아? 혹시 오늘밤에 여기 내 옛 급우 없지, 응? 없지? 그러니까 내가 계속 거짓말을 해도 걸릴 일은 없는 거지? 좋았어! 어쨌든, 나는 일어서서 엉덩이에서 모래를 털었어—이건 다른 이야기지만, 그래서 처음으로 '사막의 폭풍'**이 시작된 거야—그리고 내 무리를 떠나 여군을 쫓아갔지. 나는 이걸로 끝이라는 걸, 결딴났다는 걸 알았어. 바로 그 순간 다시 그곳으로 돌아가지 못할 거라는 느낌이 왔어. 나에게는 이 모든 것이 끝이구나 하는 느낌. 그러니까, 내 유년이 말이야."

그는 보온병을 들어 한 모금 마신다. 클럽에는 분명치는 않지만 안달하는 분위기가 고동처럼 메아리치고 있다. 사람들은 여전히 오늘 저녁 쇼가 어떻게 전개되어나갈지 보고 싶어 기다리지만, 그의 신용은 바닥이 나고 있다. 나는 급속하게 떨어지는 혈당처럼 내 몸안에서 그들의 반응을 느끼고 있다. 기억난다. 여

* 철거할 건물을 부수기 위해 크레인에 매달고 휘두르는 쇳덩이.

** 나비효과를 빗대어 한 농담. '사막의 폭풍'은 걸프전 때 연합군의 바그다드 공습 작전명이기도 하다.

군의 부름에 응답해 일어서기 직전 그는 나를 찾아내 애원하는 긴 눈길을 보냈다. 나는 그 눈을 피했다.

"유년 얘기가 나와서 말인데," 그가 중얼거린다. "이런 생각이 들었어. 요즘에는 왕따라면 다들 들고일어서는 거 알지? 음, 내 생각엔, 어떤 애들은 사실 왕따를 당할 만해. 어렸을 때 왕따를 당하면서 온갖 더러운 꼴 당해보지 않으면 나이가 들수록 더 나빠질 뿐이거든. 무슨 말인지 알겠어?

재미없어? 오, 알겠어. 세련된 관객이야, 당신들은, 유럽 수준이네. 좋아, 문제없지, 다른 식으로도 다가갈 수 있으니까. 그러는 게 당신들한테 더 어울릴지도 모르고. 그렇다면 약간의 심리적 분석 더하기 감정적 통찰을 제공해드리지. 나로 말하자면, 어렸을 때, 누가 인기가 있고 누가 없는지 아는 초정밀 과학 측정기를 갖고 있었어. 나는 그걸 '신발끈 측정기'라고 불러. 설명을 해줄게. 아이들 한 무리가 학교가 파해 집에 가고 있다고 해보자고. 걷고, 말하고, 수다를 떨고, 고함을 질러. 알잖아, 애들이 어떤지. 그러다 아이 하나가 신발끈을 묶으려고 쭈그리고 앉아. 자, 만일 함께 가던 무리가 바로 발을 멈추면—그러니까 아이들 모두가, 심지어 다른 곳을 보고 있어서 그 아이가 앉는 것을 보지 못한 아이들까지 멈추면—아이들이 그 자리에서 모두 멈추고 그 아이를 기다려주면, 그 아이는 한패거리고, 괜찮은 거고,

인기가 있는 거야. 하지만 아무도 그 아이가 그러는 걸 눈치채지 못한다면, 그러다가 졸업반도 끝나갈 무렵에서야, 가령 졸업식 날에야, 누가 '얘들아, 그 신발끈 묶으려고 멈췄던 녀석 어떻게 됐는지 아는 애 있어?' 하고 묻는다면. 그래, 그때야 저게 그 녀석이었구나, 하고 깨닫게 되지—그게 나야."

자그마한 여자는 입을 조금 벌리고, 두 발을 꼭 붙이고, 의자 앞쪽에 엉덩이만 걸치고 앉아 있다. 그는 보온병을 들어 한 모금 마시며 그녀 쪽을 흘끗 보고, 이어 내 눈을 본다. 오랫동안 깊숙이 들여다본다. 이야기를 시작하고 나서 처음으로 그는 나를 똑바로 보고 있고, 나는 그가 여자에게서 깜부기불을 가져와 나에게 전해주었다는 묘한 느낌에 사로잡힌다.

"간단히 말해서, 나는 그 여군을 따라갔고, 그때 내 머릿속에는 둘 중 하나라는 생각이 들었어. 내가 한 어떤 짓 때문에 이 사람들이 벌을 주려고 한다는 것. 하지만 내가 무슨 짓을 할 수 있었겠어? 내가? 반 최고의 얼간이, 최고의 쪼다, 최고의 호구가? 착한 아이가……" 그는 작은 여자에게 윙크를 하고 곧바로 나를 찾는다. "잠깐만, 재판관님, 그게 지금도 말이기는 한 거야? 지금도 쓰는 말이야, '호구'가? 수집가들이나 찾는 물건 아니야?"

그의 목소리나 눈에는 적대감이 없고, 그게 나를 혼란스럽게 한다. 나는 그 말이 아직도 통용된다고 확인해준다. 그는 혼자 그 말을 몇 번 되뇌어보고, 나 또한 빨려들어 그와 함께 그 말을 소곤거려본다.

"그런 것이거나, 아니면 아버지와 관계된 일일 거라고. 아버지 머리가 좀 이상해져서, 아마 이 가드나 전체의 뭔가가 자기하고는 맞지 않는다고, 이게 자신의 존엄성에 모욕을 준다고 판단했을지도 모른다는 거. 아니면 가드나가 노동당과 무슨 관계가 있다는 것을 알아냈을 수도 있고, 아빠는 베이타르* 쪽이거든. 아니면, 가장 가능성이 높은 것으로 내가 내 방 창문 블라인드 뒤에 감춰놓은 더러운 잡지를 찾아내 그 이야기를 하려고 나를 소환했거나. 어떤 것일 수도 있었지. 아빠의 경우에는 다음 주먹이 어디에서 날아올지 정말 알 수가 없었거든."

그는 무대 가장자리, 맨 앞줄 테이블들과 매우 가까운 곳에 서서 두 손을 겨드랑이에 쑤셔넣는다. 몇 사람이 그를 쳐다본다. 다른 사람들은 자기 내부로 침잠하여 묘하게 맥없는 눈길로, 마치 그를 이해하는 것은 포기했지만 고개를 돌릴 수는 없다는 듯 그를 바라본다.

"그러다가 그 여자가, 하사가 나한테 말을 하고 있다는 걸 깨달았어. 빠른 걸음으로 걸으면서 내가 당장 집에 가야 한다는 거

* 수정주의적 시온주의 계열의 청년운동.

야. 시간이 없다고. 네시까지는 장례식에 가야 한다고. 하사는 뒤에 있는 나를 돌아보지 않았어. 마치, 모르겠어, 나를 보기가 두려웠나. 하지만 잊지 마, 그러는 내내 내 눈 바로 앞에 그 여자 엉덩이가 있었다는 거. 그거 정말 볼만했거든. 솔직히 말해서, 엉덩이는 일반적으로 자극적인 주제야. 말해봐, 남자들, 심장에 두 손을 얹고—나는 심장이라 그랬어, 13번 테이블! 우리끼리 이야기인데, 자기 엉덩이에 만족하는 여자 본 적 있어? 태양 아래 단 한 명이라도?"

그는 계속해서 말한다. 그의 입술이 움직이는 것이 보인다. 그는 두 손을 흔든다, 싱글거린다. 희고 뽀얀 안개가 내 머릿속으로 퍼져나가기 시작한다.

"여자가 거울 앞에서 이쪽으로 돌아봤다가, 다시 저쪽으로 돌아보는 걸 보면 그걸 알 수 있지—그런데, 여자들은 자기 엉덩이 이야기를 할 때는 고개를 삼백육십 도 돌릴 수 있어, 아무 문제 없어, 장담해! 이건 과학적인 거야! 자연 전체에서 그렇게 회전할 수 있는 건 여자 빼고 둘밖에 없어. 해바라기하고 크랭크축. 여자는 이렇게 몸을 돌려……"

그는 시범을 보여주다 미끄러져 하마터면 테이블들 위로 나자빠질 뻔한다. 나는 주위를 둘러본다. 빈 구멍이 많이 보인다. 작은 싱크홀들이 입을 넓게 벌리고 웃음을 터뜨리고 있다.

"여자는 본다니까…… 여자는 확인할 수 있어…… 잊지 마, 여자는 머릿속에 앱, '구글 애스'*라는 앱이 있어서, 어떤 순간에라도 자기 엉덩이를 열일곱 살 때 크기와 비교할 수 있어. 그러다 점점 이런 얼굴이 되어가는데, 이건 여자가 오직 이 한 가지 특정 상황에서만 갖게 되는 얼굴이야. 라틴어로는 고질적 얼굴이라고 하고, 우리말로는 엉덩이-얼굴이라고 하는 거지. 그럴 때 여자는 그리스 비극에 나오는 여왕처럼 말해. '끝이구나. 처지기 시작하는구나.' 아니지! 그 정도가 아니지! 낙하하기 시작하는 거지. 알아들어? 자기 엉덩이의 사회복지사처럼 말한다는 거야! 마치 엉덩이가, 자신의 자유의지와 계획된 의도로, 낙하해나가, 사회로부터 물러나, 문명에 등을 돌리고 주변 엉덩이가 되어가고 있는 것처럼. 당신들은 이제 당장이라도 주변 엉덩이가 골목길에서 급속히 생겨나는 모습을 보게 될 거야. 그리고 당신들, 나의 동료 남성들, 지금 이 순간 혹시 그런 여자와 이 방에 함께 있다면, 당신들이 취할 수 있는 최선의 행동 방침은 입을 다무는 거야. 한마디도 하지 마! 당신이 하는 말은 어느 것이라도 당신에게 불리하게 이용될 수 있고 또 반드시 이용될 거야. 만약 여자한테, 과장을 하는 거라고, 사실은 귀엽고 매력적이고 꼬집

* Google Earth에서 지구를 뜻하는 Earth 대신 엉덩이를 뜻하는 Ass를 넣은 말.

고 싶고 쓰다듬고 싶다고 말하면…… 당신은 끝장이야. 당신은 장님이고, 당신은 아첨꾼이고, 당신은 멍청이고, 당신은 여자에 관해서는 하나도 모르는 거야. 반대로, 그 말이 맞는다고 말하면…… 당신은 죽은 목숨이지."

그는 헐떡거린다. 그 장면은 끝이 났다. 그가 전에 이 개그를 몇 번이나 했는지 누가 알겠는가. 지금 그의 목소리는 모든 말을 꽉 채우지 못한다—음절 몇 개를 삼켜버린다. 사람들은 웃음을 터뜨린다. 나는 여전히 내가 잘못 들었기를, 내가 뭔가 놓쳤기를, 나를 지나쳐가버린 개그가 있었기를 바란다. 하지만 얼굴이 고통으로 뒤틀린 작은 영매를 보는 순간, 나는 안다.

"어디까지 얘기했더라? 당신들은 정말 어여쁜 관객이야! 솔직히, 당신들을 집으로 데려가고 싶어. 그래, 그러니까 그 엉덩이가 내 앞에서 걸어가고 있었어. 하사는 앞에 가고 나는 뒤에 가고 있었지. 나는 그 여자가 나한테서 뭘 원하는지 전혀 몰랐어. 장례식에 관해 떠드는데 그게 다 무슨 얘긴지. 나는 장례식에 가본 적도 없거든, 그럴 기회가 없었지. 나는 소가족 출신이야, 알다시피. 그 얘긴 했지. 엄마와 아빠와 아이. 우리는 장례식을 한 적이 없었어, 죽고 말고 할 친척이 남아 있지도 않았으니까. 그냥 아빠와 엄마뿐이었어. 잠깐, 그러고 보니 생각이 나네. 친척 이야기가 나와서 말인데, 이번주에 신문에서 과학자들이 인간에게 가장 가까운 생물은, 유전적으로 말이야, 아주 원시적인 어떤 눈먼 벌레라는 사실을 알아냈다는 기사를 읽었어. 정말이야! 이 벌레와 우리, 우린 이런 존재인 거야! 한데 가만 생각해보니 우리가 집안의 골칫덩어리였을지도 모른다는 생각이 드네. 그렇지 않고서야 왜 사람들이 우리를 자기네 잔치에 한 번도 초대하지 않았는지 설명이 안 되잖아?" 그는 허공에 다시 레프트 훅을 날린다. 방안에 무거운 침묵이 내려앉는다. 그가 앞서 말한 것이 사람들 마음에 자리를 잡기 시작하는 듯하다.

"그래, 알았어, 알겠다고. 경로 재계산. 어디까지 얘기했더라? 엄마-아빠-아이. 가족 없고. 친척 없고. 그 얘긴 했지. 버뮤다 삼각지대처럼 고요하고 차분했어. 그래, 여기저기 몇 가지 일이 있기는 했어. 하지만 사실 그 나이에 그런 일에 관심을 갖거나 하지는 않잖아. 그래도 아버지가 영계가 아니라는 건 어느 정도 의식하고 있었지, 사실은 우리 반 아빠들 가운데 나이가 가장 많다는 걸. 나는 아버지가 혈당, 또 심장, 또 신장에 문제가 있어서 약을 먹는다는 걸 알고 있었어. 또, 알고 있었어, 사실, 볼 수 있었어, 모두 볼 수 있었지, 아버지 혈압이 너무 높아서 늘 어떤 상태랄까…… 모르겠어…… 아치 벙커가 이디스*하고 툭탁거리

* 1970년대 미국 드라마 〈올 인 더 패밀리〉에 등장하는 부부.

는 상태였다고나 할까. 그리고 엄마도, 아빠보다는 훨씬 젊었지만, 거기서 들고 다니던 온갖 짐을 다 갖고 왔어. 내 말은, 엄마는 열차의 그 쪼그만 칸에 거의 여섯 달을 갇혀 있었다는 거야. 페인트나 기름을 보관하는 아주 작은 방 같은 곳에, 심지어 서거나 앉을 수도 없는 곳에. 좋은 시절이었지. 그 모든 것을 떠나 엄마는 손목에, 양쪽 손목에"—그는 팔뚝을 위로 들어올린다—"섬세한 바느질 자국이 약간 있었어, 아주 가느다란 혈관 자수였지. 비쿠르 홀림 병원의 최고 수준의 바느질쟁이들 솜씨였어. 사실 흥미로운 게, 우리 둘 다 내가 태어난 후에 산후우울증을 겪었어, 다만 내 경우엔 그것이 오십칠 년 동안 지속되고 있다는 게 다를 뿐이지만. 하지만 그런 작은 문제들을 빼면, 그런 문제들이야 여느 정상적인 가족에게도 있는 거니까, 우리 셋은 아주 괜찮았어. 그런데 웬 장례식 얘기?"

지난 몇 분 동안 점점 차분해지던 관객은 이제 완전히 잠잠해졌다. 다들 얼굴에 표정이 없다. 어느 쪽으로든 마음을 거는 것을 경계하고 있다. 어쩌면 무대에서는 나도 그렇게 보일지 모르겠다.

"어디까지 이야기했더라? 아니, 말하지 마! 내가 알아서 할게! 내 나이가 되면 잊어버리는 것의 반대가 뭐가 되는지 알아?"

몇 목소리가 약하게 말한다. "기억하는 거?"

“아냐. 써놓는 거야. 그래, 그러니까 군인, 장교, 엉덩이, 기차, 자수…… 맞아, 그러니까 나는 그 여자 뒤에 있었어, 천천히 걸어가고 있었지. 속도는 점점 더 느려졌어, 도대체 무슨 일일까 궁금해하고, 틀림없이 착오가 있다고 생각했기 때문에. 왜 나를 장례식에 보내는 거야? 왜 다른 애를 고르지 않은 거야?”

그는 터져나오는 것을 억누르며 빠르게 말한다. 두 손은 겨드랑이로 깊이, 더 깊이 파고든다. 그가 약간 떨고 있다는 생각이 든다.

“그렇게 걸어가면서 그 생각을 천천히 곱씹어보았지, 그러다가 더 천천히. 하지만 이해가 되지 않았어, 도무지 알 수가 없었어. 그러다 갑자기 나는 몸을 확 뒤집어 거꾸로 서서 물구나무로 걷기 시작했어. 하사 뒤를 따라 걸었지. 모래는 지옥처럼 뜨거웠어, 손에 화상을 입는 것 같았어, 하지만 상관없었어. 데는 건 괜찮았어, 데는 건 생각하는 게 아니잖아. 호주머니에서 물건들이 쏟아지기 시작했어, 잔돈, 전화 토큰, 껌, 여행중에 쓰라고 아빠가 호주머니에 찔러넣어준 거, 나를 깜짝 놀라게 하는 작은 물건들, 아버지는 늘 그런 일을 했어, 특히 나를 때린 뒤에, 아, 그 이야긴 됐고. 나는 빨리 걸었어, 달려갔어”—그는 두 손을 머리 위로 치켜들더니 그 손으로 허공을 가로질러 걷고, 나는 그 손이 정말로 흔들리는 것, 손가락들이 떨리는 것을 볼 수 있다—“물구나무를 서면 누가 나를 찾을 수 있겠어? 누가 나를 따라잡을 수 있겠어?"

죽음 같은 침묵. 사람들은 어떻게—어떤 손놀림으로 속였기에, 어떤 비법이나 마법을 썼기에—몇 분 전에 있던 곳에서 이 새로운 이야기로 옮겨오게 됐는지 이해하려고 애쓰는 것처럼 보인다.

나도 똑같은 느낌이다. 내 발밑에서 땅이 꺼지는 듯한 느낌.

"그러다가 이 여자, 군인 말이야, 이 여자가 갑자기 뭔가 느꼈어. 아마 땅바닥의 내 그림자가 뒤집힌 걸 봤는지도 모르지. 여자가 몸을 돌렸고, 나는 여자 그림자가 빙그르 도는 걸 봤어. '제정신이야?' 여자가 소리를 질렀어. 아니, 말하자면 조용히 소리를 지르고 있었던 셈이지. '생도, 당장 똑바로 서! 정신 나갔어? 이런 때 장난칠 생각이 나?' 하지만 나? 나는 그냥 그 여자 옆으로 가서, 앞으로 갔다가, 뒤로 갔다가 하면서 뱅글뱅글 돌았어. 손은 타는 듯했어. 가시, 돌, 자갈에 찔렸지만, 도로 몸을 뒤집지는 않았지. 그 여자가 나한테 어떻게 하려고 했을까? 사실 내가 그런 식일 때는 아무도 나한테 어떻게 할 수가 없어. 그렇게 있으면 아무 생각이 없거든. 머리는 피로 가득차고, 귀는 막혀. 뇌가 사라지는 거지, 생각할 사람이 없는 거야. 뭐야 젠장, 이 여자는 나한테 소리를 지를 권리가 없어, 라든가, '이런 때'라니 도대체 무슨 뜻이야, 라든가 하는 생각 자체가 없는 거야."

그는 아주 천천히 걷는다. 두 손을 여전히 허공에 쳐들고, 한 걸음 한 걸음 내디딘다. 혀끝이 두 입술 사이로 튀어나와 있다. 그의 뒤에 있는 커다란 구리 단지가 그의 몸을 가두고, 단지의 곡선들 안으로 빨아들인 뒤, 여러 물결로 나눠버린다. 이윽고 그가 몸을 끄집어낸다.

"그런데, 내 친구들도 거꾸로 보였어. 친구들은 내가 떠나온 바로 그 자리에 앉아 교관의 말에 귀를 기울이며 위장에 관해 배우고 있었지. 위장이란 건 살면서 익혀둘 만한 좋은 기술이야. 어쨌든 아이들은 내가 어떻게 되었는지 보려고 고개를 돌리지도 않았어. 신발끈 측정기 기억나? 그 아이들이 점점 멀어지는 게 보였지. 하지만 멀어지는 건 나라는 걸 알고 있었어. 좌우간 핵심은, 나하고 걔들이 멀리 떨어져 있었다는 거야."

리오라, 나와 함께 전날 밤에 북쪽 초소에서 경계 근무를 섰던 우리 반 여자아이, 나는 그 아이를 거의 이 년 동안이나 열렬히 사랑하면서도 그렇다는 말을 할 배짱이 없었다. 도발레는 내가 그 아이를 사랑한다는 것을 알고 있었다. 내가 그 아이 이야기를 한 것은 세상에서 도발레뿐이었다. 그 사실을 아는 유일한 사람으로서, 아이에 관해 나에게 물어보고, 실제로 나에게서, 꿰뚫는 듯한 소크라테스식 질문으로, 내가 그 아이를 사랑한다는 사실에 대한 이해를 이끌어냈다. 그 아이가 있을 때 나를 괴롭히는—그리고 나를 훨씬 더 우울하고 공격적으로 만드는—이 감정이 사랑이라는 것을 이해하게 만든 사람. 그날 밤 함께 보초를 서고 있다가, 새벽 3:00에 나는 리오라에게 키스했다. 여자의 몸에 손을 대본 것은 그때가 처음이었다. 나의 외로운 시절은 끝났고, 새로운 삶이 시작되었다, 고 말할 수도 있겠다.

그리고 그 자리에 그는 나와 함께 있었다. 그러니까, 내가 그와 이야기하던 방식으로 여자아이와 이야기를 했다는 것이다. 그가 우리의 워키토키 대화에서 나에게 가르쳐준 방법으로. 나는 그에게서 잘 배웠다. 초소에 도착하자마자 나는 아이에게 부모에 관해 물었고, 그들이 어디에서 만났는지 물었으며, 그다음에는 아이의 두 남자 형제에 관해 물었다. 아이는 깜짝 놀랐다. 그 바람에 균형을 잃었다. 나는 인내심을 갖고 고집스럽게, 그리고 교활하게 아이를 바늘로 찔렀고, 아이는 서서히 오빠에 관해 말하기 시작했다. 아이의 오빠는 자폐증으로 시설에 들어가 있었고, 집에서는 오빠 이야기가 거의 나오지 않았다. 나는 그때까지 스타 학생이었고 그런 우연한 만남에 대비하고 있었다. 나는 어떻게 물어볼지 알고 어떻게 들을지 알았다. 리오라는 이야기하고 울었고, 조금 더 이야기하고 울었고, 내가 웃길 때는 눈물을 흘리며 웃음을 터뜨렸고, 나는 아이를 쓰다듬다 끌어안고 키스로 눈물을 닦아냈다. 내 쪽에서는 어떤 거짓된 것이 있었는데, 오늘날까지도 그것을 완전히 이해하는 데 어려움을 겪고 있다. 일종의 곁쇠를 사용한 속임수. 나는 내가 아는 도발레, 사랑하는 옛 도발레를 목표로 삼고 있다는 느낌이 들었다. 나는 리오라와의 이 순간에 도움을 얻기 위해 나의 내부로부터 그를 소생시키고 있었고, 그의 말이 나의 목구멍에서 흘러나오게 놓아두었다. 그러면서도 그후에는 그를 다시 한번 지우게 되리란 것을 알 만큼 냉철했다.

그날 아침, 우리 소대와 함께 모래가 덮인 사각형 훈련장에 앉아 있다가 하사가 그를 데리러 오는 것을 보았을 때, 나는 취해 있었다. 사랑과, 구원의 느낌과, 수면 부족에 취해 있었다. 나는 그가 일어서서 그녀를 따라가는 것을 보았고, 어디로 가는지 궁금하지도 않았다. 그때 나는 리오라에 관한, 믿을 수 없을 정도로 부드러운 그녀의 입술의 질감, 그녀의 젖가슴, 겨드랑이의 복슬복슬한 솜털에 관한 공상에 다시 빠져들고 있었던 것이 틀림없다. 정신을 차렸을 때 그가 물구나무를 서서 하사 뒤를 따라가는 것이 보였다. 나는 전에 그가 그러는 것을 본 적이 없었기 때문에 그가 물구나무를 설 수 있다는 생각은 해본 적이 없었다.

그는 빠르고 가볍게 걸었고, 공기를 휘젓는 강한 열기 때문에 그의 몸이 잔물결을 방사하는 것처럼 보였다. 경이로운 광경이었다. 갑자기 그가 자유롭고 명랑해 보였다. 마치 중력의 법칙을 물리치고 다시 자기 자신이 된 것처럼 물결들 위에서 장난치고 있었다. 다시 그에 대한 애정이 나를 사로잡았고, 지난 며칠의 고통이 씻겨나갔다.

잠시.

하지만 나는 참아낼 수가 없었다. 그를. 그의 오르내림을. 나는 그에게서 고개를 돌렸다. 그의 움직임이 분명하게 기억난다. 나는 다시 나의 새로운 취기로 빠져들었다.

"그렇게 우리는 계속 달려갔어. 그 여자는 똑바로 서고 나는 거꾸로 서서. 눈앞에서 엉겅퀴와 모래와 표지판이 빠르게 지나갔어. 우리는 지휘관 막사로 통하는, 하얀 돌이 덮인 좁은 길에 이르렀고, 안에서 고함을 지르는 소리가 들렸어. '당장 데려가라니까!' '씨발 내가 거기까지 가야 한다는 겁니까!' '그 아이를 네시까지 장례식에 데려가, 명령이야!' '이번주만 해도 이미 예루살렘을 세 번 왕복했다고요!' 그때 다른 사람 목소리가 들렸고, 나는 그게 누구인지 즉시 알았어. 교련 담당 하사, 우리가 아이히만*—당시에는 그게 우리가 동정심 결핍 장애가 있는 사람에게 붙여주는 별명이었지—이라고 부르는 사람이었어. 그 사람도 고함을 지르고 있었는데, 그 사람 목소리가 다른 누구보다 컸어. '하지만 도대체 그 녀석은 어디 있는 거야? 그 고아는 어디 있어?'"

그는 사과를 하듯 싱긋 웃는다. 두 팔이 몸 양옆에 축 늘어져 있다.

나는 테이블을 물끄러미 바라본다. 내 두 손을 본다. 몰랐다.

"내 두 손은 버터가 되어버렸어. 나는 쓰러져 바닥에 누워버렸어. 그렇게 거기 누워 있었어. 얼마나 되는지 모르는 시간 동안 누워 있었어. 그러다 간신히 머리를 들어올렸을 때 내가 혼자라는 걸 알았어. 그림이 그려져? 당신들의 신실한 벗이 사막의 모래 위에 퍼져 있고, 하사 아가씨는 사라진 지 오래였다는 거지. 달아난 거야, 그 토실토실한 엉덩짝은, 그 달콤한 작은 미츠바 탱크**는. 장담하는데 그 아가씨는 침대 위에 오스카어 신들러***의 포스터를 걸어놓지 않았을 거야."

몰랐다. 생각도 못했다. 내가 어떻게 알 수 있단 말인가?

"자, 자, 네타니아 언니, 나와 함께 있어줘. 당신들이 내 손을

---

* 독일 나치스 친위대 장교. 2차세계대전중 유대인 대량 학살을 주도했다.

** 유대인이 선교 목적으로 이용하던 차량.

*** 체코 태생 독일인 사업가로 나치에게 수감된 수많은 유대인을 구출했다.

잡아줘야 해. 그러니까 내 앞에는 지휘관 막사로 가는 나무 계단이 있고, 내 위에는 타오르는 태양과 독수리들이 있고, 내 주위에는 피에 굶주리는 일곱 아랍 국가가 있는데, 안에서 그 사람들은 미치광이처럼 서로 소리를 지르고 있었어. '나는 베르셰바까지만 그 아이를 데려다줄 겁니다! 거기서부터는 관구에서 누가 나와서 아이를 예루살렘까지 데려다줘야 합니다!' '알았어, 알았어, 이 멍청아, 다 알아들었다니까, 어서 아이나 데려가, 이러고 있을 시간 없어. 가, 어서 가라잖아!'"

사람들이 자리에서 약간씩 허리를 펴고 다시 숨을 쉬기 시작한다, 조심스럽게. 이제 이야기가 그들을 깨우고 있다, 이야기하는 사람이 새로 찾은 에너지, 몸짓, 다른 사람 흉내, 억양과 더불어.

무대 위의 도발레는 즉시 새로운 분위기를 느끼고, 싱글거리며 주위를 돌아본다. 각각의 미소는 또다른 미소를 낳고, 그런 미소들이 비누거품처럼 보글거리며 튀어나온다.

"그래서 나는 모래에서 몸을 일으키고 기다렸어. 문이 열리고 교련 담당 하사의 발로 채워진 빨간 구두 한 켤레가 계단을 걸어 내려와 말했어. '가자, 친구. 조의를 표하마.' 그러면서 악수를 하자고 손을 내밀더라고. 어이쿠나—교련 담당 하사가 나와 악수를 하다니! 하사는 코를 훌쩍였어. 그게 꽉 막혀 있는 슬픔 겸 애도를 표시하는 방식이라는 듯이. '루하마 하사가 이미 얘기했겠지,

그치? 안됐어, 친구, 이런 일은 간단할 수가 없지. 더군다나 네 나이 때는. 그냥 우리가 널 잘 보살피고 있다는 것만 알아둬. 시계처럼 정확하게 너를 거기 데려다줄 테니까. 하지만 서둘러야 하니 어서 네 물건을 챙겨와.'"

"그게 교련 담당 하사가 한 말이야. 그리고 나"—그는 겁을 주는 인형 같은 표정으로 눈을 크게 뜬다—"나는 완전히 충격을 받은 상태였어, 어떤 말도 귀에 들어오지 않았어, 내가 알아들은 건 내가 어떤 일로도 벌을 받지 않는다는 것뿐이었어. 그리고 이 사람이 일주일 내내 우리 불알을 깨뜨리려고 작정했던 그 열나 지긋지긋한 교련 담당 하사와 같은 사람이 아니라는 것도 깨달았어. 갑자기, 완전히 아버지처럼 구는 거야. '나하고 함께 가자, 친구, 차가 기다리고 있어, 친구.' 당장이라도 이렇게 말할 것 같았어. '우리를 선택해줘서 고마워, 친구, 우리 말고 다른 많은 군 기지에서 부모를 잃는 것을 선택할 수도 있었을 텐데……'

그래, 우리는 그렇게 떠났어, 나는 198센티미터짜리 고밀도 물질 뒤에 도어매트처럼 질질 끌려갔지. 당신들도 교련 담당 하사가 어떻게 걷는지 알잖아, 꼭 사이보그 같다고—고개를 똑바로 세우고, 사람들이 그 아래쪽에 말 거시기 같은 게 매달려 있는 게 틀림없다고 생각하도록 보폭은 가능한 한 넓게 떼면서, 주먹을 꽉 쥐고, 한 걸음 뗄 때마다 흉근을 좌우로 퍼덕거리지." 그는 시범을 보인다. "교련 담당 하사들은, 알다시피, 다리로 걷지를 않아—입으로 걸어, 그렇지 않아? 여기 군에서 교련 담당 하사였던 사람 있어? 설마, 이 사람아! 무슨 부대? 골라니? 잠깐, 여기 공수부대원 있어? 멋져! 가자, 친구들, 때려눕히러!" 사람들은 웃음을 터뜨린다. 머리가 허연 남자 둘이 멀리서 서로 마주보고 잔을 들어올린다.

"그런데, 골라니, 골란치크*가 어떻게 자살하는지 알아?"

골라니 출신 남자가 마주 소리친다. "높은 자존심에서 낮은 IQ로 뛰어내려서!"

"브라보, 멋지십니다!" 도발레는 환호한다. "그런데 내 직업은 훔치지 말아주세요.

요컨대, 우리는 텐트에 도착했고 교련 담당 하사는 옆에 서 있었어. 그러니까, 나한테 프라이버시를 좀 주려고 했다는 거야. 나는 아빠가 나를 위해 싸준 모든 걸 배낭에 쑤셔넣었어. 아직 파악이 안 된 사람들을 위해 이야기해주자면, 나는 엄마의 귀염둥이였지만 아빠의 병사이기도 했어. 그래서 아빠는 내 장비를 갖춰주는 일이라면 어떤 짓도 마다하지 않았고, 그 결과 나는 정규 특공대원이 엔테베 작전을 수행하기 위해 출발할 때 필요할

* 골라니 연대원의 별명.

만한 모든 것을 갖출 수 있었어. 엄마도 돕고 싶어했지. 아까도 말했지만 엄마는 캠핑 경험이 많았거든. 물론 엄마의 캠프는 강제 쪽에 더 가까운 것이었지만. 어쨌거나, 두 사람이 내 짐을 다 싸고 나자, 나는 소행성*이 유발한 자지 가려움증을 포함해 국제 전선이나 지역 전선에서 생겨날 어떤 사태 전개에도 대비할 수 있을 만큼 장비를 갖추게 되었어."

그는 말을 멈추고, 머릿속에서 톡 튀어나온 어떤 회상에 미소를 짓고 있다. 아마도 그의 아버지와 어머니가 짐을 싸던 모습이겠지. 그는 허벅지를 찰싹 때리더니 웃음을 터뜨린다. 웃음을 터뜨리다니! 직업적인 웃음이 아니라, 속에서 터져나오는 보통 웃음이다. 독을 품고 자신을 깎아내리는 낄낄거림이 아니다. 딱 한 사람만 웃음을 터뜨린다. 몇 사람이 얼른 웃음에 끼어든다, 나도 마찬가지다—그가 그 자신을 향해 부드러워지는 순간에 어떻게 내가 잠시나마 그와 함께 뛰어들지 않을 수 있겠는가?

"진지하게 말하는데, 우리 엄마하고 아빠의 짐 싸기 쇼를 한번 봤어야 해. 어떤 스탠드업 코미디보다 나았어. 아마 이렇게 자문했을걸. 이 두 괴짜는 누구고, 이들을 발명한 아인슈타인은 누구며, 도대체 왜 나는 그런 똑똑한 사람을 불러다 내 밑에서 일하게

* asteroid. 스테로이드(steroid)를 비튼 것.

할 수 없는 걸까? 그러다 이렇게 생각하게 돼. 이런 젠장! 지금 나를 위해 일을 하고 있는 거구나! 상상해봐. 우리 아빠가 들어왔다가 나가, 다시 달려들어왔다가 서둘러 나가. 아빠가 움직이는 방식이라니—직선으로만 움직이는 조그만 파리들 알지? 브즈즈즈 브즈즈즈! 계속 자기 방에서 한 가지를 더 가지고 와 가방에 넣고, 모든 걸 늘어놓고, 그걸 다 담고, 다른 걸 또 가지러 달려 나가고. 수건, 손전등, 휴대용 식기 세트, 브즈즈즈, 쿠키, 브즈즈즈, 부용 큐브*, 구급 크림, 모자, 호흡용 흡입기, 탤컴파우더**, 양말…… 그걸 다 쑤셔넣어, 완벽한 입방체 모양으로 단단히 다져. 심지어 나를 보지도 않아, 아빠한테는 내가 존재하지 않아, 오로지 아빠와 배낭의 대결이야, 전면전이지. 치약, 해충 퇴치제, 햇볕에 타지 말라고 코에 붙이는 그 플라스틱 물건, 브즈즈즈, 달려 나갔다, 다시 달려오고, 두 눈은 점점 서로 다가붙고……

정말이지, 아빠는 이런 일에는 비길 사람이 없었어. 조직하고, 계획하고, 나를 돌보고. 아빠는 프로였고, 자기 본령에 들어와 있었어. 아빠의 명령에 따라 적을 혼란에 빠뜨리기 위해 매일 다른 길로 유치원에 가는 게 겨우 세 살짜리에게 얼마나 스트레스

* 고기나 채소 육수를 농축해 고체 형태로 만든 것.

** 땀띠약.

받는 일이었는지 알기나 해?"

웃음.

"아니, 진지하게 말하는데, 내가 1학년 때 그 작자는 우리 교실 밖에 서서 다른 애들을 심문하곤 했어. '저게 네 가방이냐? 네가 직접 쌌어? 누가 너한테 뭘 운반하라고 하지는 않던?'"

마음에서 우러나오는 웃음소리.

"그러다가 우리 엄마가 커다란 모직 코트를 들고 나타났지. 나는 누구 건지 알지도 못하는 건데, 어쨌든 좀약 냄새가 심하게 났어. 코트는 왜, 엄마? 엄마는 사막이 밤에 춥다는 얘길 어디서 들은 거야. 그러자 아빠는 그걸 살며시 엄마한테서 받아들더니, 이렇게 말이야, 이러는 거야. '누, 사랄레, 예츠 이스트 치머, 디 나르 치츠 운트 키크.' 이 말은, '지금은 여름이니 당신은 그냥 앉아서 구경이나 해'라는 뜻이야. 하지만 앉아서 구경은커녕! 바로 뒤에 엄마는 장화를 들고 왔어. 왜? 왜냐하면! 왜냐하면 한번 맨발로 눈길을 30마일 이상 걸어보면 그다음에는 장화 없이는 집을 나서지 않게 되거든." 그는 우리를 향해 우스꽝스러운 장화를 신은 발을 흔든다. "이해해줘야 돼, 이 여자는 평생 사막이란 걸 본 적이 없거든. 이스라엘에 온 순간부터 엄마는 일을 하러 갈 때만 집을 나섰고, 시계의 뻐꾸기처럼 똑같은 길로 다녔어. 레하비아* 주위의 저택들에서 골디록스** 노릇을 하던 막간극만 제외하면 말이야. 하지만 그 이야기는 하지 말자고. 행여 누가 볼세라 늘 머리를 푹 숙이고 얼굴은 슈마테로 가리고 있었고, 누가 일러바쳐서 하느님이 엄마가 존재한다는 걸 알게 될까봐 벽과 담장에 붙어 빨리빨리 걸어다녔어."

그는 한 모금 마시며 잠시 쉰다. 셔츠 소매로 안경을 닦는 새를 이용해 몇 초의 휴식을 갖는다. 내가 주문한 타파스가 마침내 나온다. 주문을 너무 많이 해서, 둘이 먹어도 충분한 양이다. 눈길들은 무시한다. 잔치를 할 시간이 아니라는 것은 알지만, 혈당을 유지해야 할 필요가 있어 엠파나다***와 구운 숭어와 세비체****와 절인 버섯을 허겁지겁 먹는다. 다시 한번 그녀가 좋아하는 음식들, 하지만 나에게는 속쓰림이 생길 수밖에 없는 음식들을 주문했다는 것이 드러난다. 그녀는 웃음을 터뜨린다. 글쎄, 이게 유일한 방법이라면 이것도 일종의 만남으로 칠 수밖에 없겠네. 모든 걸 게걸스럽게 삼키자 성마름이 생긴다. 이걸론 부족해. 나는 입안에 음식을 가득 넣은 채 그녀에게 말한다. 우리가 하고 있는 이 그

---

* 예루살렘의 고급 주택가.

** 『골디록스와 곰 세 마리』라는 우화에 나오는 여자로, 곰이 없을 때 그들의 집에 들어가 음식을 먹고 잠을 잔다.

*** 중남미의 스페인식 파이 요리.

**** 해산물을 얇게 잘라 레몬즙에 재운 후 차갑게 먹는 중남미 음식.

런 척하는 놀이로는 내게 부족해. 혼자 탁구를 치거나, 저 친구 이야기를 들으며 혼자 여기 앉아 있어야만 하는 걸로는 만족할 수 없어. 당신과 당신의 새 남자친구…… 목이 멘다. 와사비 때문에 코가 따끔거리고 눈물이 난다. 그녀는 금세 개구쟁이 같은 능글거리는 웃음을 백만 달러짜리 미소로 바꾸며 애교 있게 대꾸한다. 그런 말 마! 아직 죽음이 내 남자친구는 아니야. 그냥 친구일 뿐이야. 어쩌면 서로 잇속만 챙기는 친구.

"어디까지 얘기했더라?" 그가 웅얼거린다. "무슨 말을 하고 있었지? 아, 그래, 어머니. 우리 엄마는 아무것도 할 줄 몰랐어. 살림, 엄마들이 하는 일은 하나도." 그는 투덜거리다 다시 이탈하여 내부의 우회로로 들어선다. "빨래도 못해요, 다림질도 못해요, 요리는 정말 못해. 평생 달걀 하나 부쳐봤을까 하는 생각이 들어. 하지만 우리 아빠는 다른 남자들은 하지 않는 일을 했지. 아빠가 수건을 단정하게 접어서 리넨 장에 차곡차곡 쌓아두고, 커튼 주름을 완벽하게 유지하고, 바닥을 반짝반짝 빛나게 닦는 걸 당신들도 봤어야 해." 그가 이마에 주름을 잡자 두 눈썹이 실제로 충돌한다. "심지어 우리, 우리 세 명 모두의 속옷도 다림질을 했다니까. 당신들이 웃음을 터뜨릴 만한 얘기를 해줄……"

"시간 아까워 죽겠네!" 키가 작고 어깨가 떡 벌어진 남자가 소리친다. 목소리 몇 개가 합쳐진다. "개그는 어디 가버렸어? 지금 뭐하는 거야? 이 쓰레기 같은 얘기는 도대체 뭐야?"

"잠깐만, 형제, 금방 새 물건이 배로 들어올 거야, 이건 마음에 들 거야, 보장해! 내가 원했던 건 그저…… 내가 뭘…… 이젠 완전히 헛갈리네, 당신 때문에 방향을 잃어버렸어. 잘 들어, 이 사람아, 귀기울여보라고, 이런 얘긴 들어본 적 없을 거야. 우리 아버지, 그 사람이 야포에 있는 어떤 구둣방과 약조를 했어—예루살렘의 야포 거리 알지? 브라보, 당신은 세계시민이야, 당신은! 그래서 그 구둣방에서 아빠한테 메아셰아림과 다른 몇몇 동네 여자들의 스타킹을 수선하는 일을 맡겼어. 이게 또 롱스타킹 선장* 의 새로운 사업들 가운데 하나 아니겠어? 부수입으로 몇 세겔을 올리는 또다른 방법 말이야. 장담하는데, 그 사람은 생선한테도 구두를 팔 수 있었을 거야!"

약한 웃음소리. 도발레는 손등으로 이마에서 땀을 닦아낸다. "이제 잘 들어봐. 아빠는 매주 수선할 스타킹을 집으로 가져왔어, 한 무더기씩, 매번 마흔 켤레, 쉰 켤레씩. 그래서 엄마한테 그걸 깁는 법을 가르쳐줬어, 그게 또 아빠의 기술 가운데 하나였지. 아빠는 나일론의 올이 풀린 것도 수선할 수 있는 사람이었어, 믿어져?"

---

* 동화 '삐삐 롱스타킹' 시리즈의 등장인물. 삐삐 롱스타킹의 아버지.

그는 이제 키가 작고 어깨가 떡 벌어진 남자하고만 이야기를 하고 있다. 한 손으로 애원하는, 탄원하는 손짓을 한다. 잠깐만, 형제, 이제 금방 오븐에서 네가 원하는 따끈따끈한 개그를 꺼내 줄 거야, 거의 다 됐어. "아빠는 엄마한테 자그마한 나무 손잡이인가 뭔가가 달린 특별한 바늘을 사다줬어…… 오, 맙소사, 지금 그게 다 기억나고 있어, 당신 때문에 그게 다 되살아났어, 사랑해, 당신은 내 영웅이야! 그래서 엄마는 스타킹을 한 손에 걸쳐놓고, 올이 풀린 데가 하나도 남지 않을 때까지 바늘로 풀린 곳을 한 코 한 코 기웠어. 엄마는 몇 시간이고 그 일을 했어, 때로는 밤새도록, 한 코 한 코……"

그는 지난 몇 분 동안 숨도 돌리지 않고, 관객의 인내심이 바닥나기 전에 결승선에 도달하려고 열심히 달려왔다. 클럽은 고요하다. 여기저기서 여자들이 웃음을 짓는다. 구식 나일론 스타킹과 관련된 옛 기억이 떠올라서일 것이다. 하지만 아무도 소리 내어 웃지는 않는다.

"봐, 그게 다 되살아나잖아……" 그가 사과하듯 중얼거린다.

남자의 투덜거리는 목소리가 정적을 뚫는다. "이봐, 친구, 핵심만 얘기할게. 오늘밤 여기에서 코미디를 하는 거야 안 하는 거야?"

박박 머리를 민 노란 재킷의 남자다. 아까부터 그가 다시 등장할 거라는 느낌이 있었다. 다른 남자, 어깨가 묵직하고 널찍한 남자가 툴툴거리는 소리로 그를 지원한다. 지지하는 목소리가 두어 개 더 끼어든다. 다른 몇 사람, 주로 여자들이, 그들에게 쉿, 쉿, 하려고 하지만, 노란 재킷 남자는 말한다. "진지하게 이야기 하는데요, 여러분, 우리는 여기 좀 웃자고 왔는데 저 사람은 지금 홀로코스트 추모식을 하고 있잖아요. 게다가 홀로코스트를 웃음거리로 만들고 있어요!"

"당신 말이 완전히 옳아, 내 친구, 진심으로 사과할게. 당신을 위해 바로잡도록 할게. 자, 내가 생각하고 있던 건…… 아, 그래, 이 이야기는 꼭 해줘야겠어! 손자가 할머니 기일에 무덤을 찾아갔어. 손자는 몇 줄 떨어진 곳에서 한 남자가 어떤 무덤 옆에 앉아 울면서 소리치고 있는 걸 봤어. '왜? 왜? 왜 죽어야만 했나요? 왜 당신을 나에게서 앗아갔을까요? 당신이 없는 지금 내 인생이 무슨 가치가 있나요? 오 저주받은 죽음이여!' 자, 몇 분 뒤 손자는 참지 못하고 그 남자에게 다가갔어. '방해해서 죄송합니다만, 그렇게 슬퍼하시는 모습에 무척 감동을 받았습니다. 이렇게 깊은 슬픔은 본 적이 없어서요. 누구를 그렇게 애도하시는지 여쭤봐도 될까요? 아들인가요? 형제인가요?' 남자는 손자를 보며 말했어. '당연히 아니지요, 마누라의 첫 남편입니다.'"

커다란 웃음소리—개그의 내용을 고려할 때 분명히 과장되었다—와 여기저기서 억지로 치는 약간의 박수. 그가 오늘 저녁의 쇼를 구조해내는 것을 돕고자 사람들이 얼마나 열심인지, 보는 것만으로도 가슴이 미어지는 듯하다.

"하지만, 잠깐, 더 있어! 자정까지 계속해도 상관없을 만큼 재고가 있단 말이야!" 그는 소리를 꽥 지른다. 그의 눈이 사방을 빠르게 둘러본다. "어떤 남자가 삼십 년 전에 고등학교를 함께 다니던 친구한테 전화를 했어. '내일 축구 결승전 표가 있는데 같이 갈까?' 상대방은 깜짝 놀랐지만, 공짜표가 매일 생기는 건 아니잖아? 그래서 좋다고 했지. 둘은 경기장에 가서 앉았어. 자리도 좋았지. 분위기도 좋고. 둘은 즐거워하고, 소리를 지르고, 욕을 하고, 파도타기를 하고, 멋진 장면도 봤어. 하프타임 때 친구가 말했지. '야, 인마, 물어볼 게 있어. 나보다 가까운 사람은 없었던 거냐? 친척이라든가, 이 표를 줄 만한 사람 말이야.' 다른 친구가 말했어. '없어.' '그럼, 잘 모르겠다만, 마누라를 데려오고 싶진 않았어?' '마누라는 죽었어.' 그러자 고등학교 동창생이 말했어. '어이쿠, 안됐다, 야. 그럼 나보다 가까운 친구를 데려오지 그랬어? 아니면 직장 동료라든가.' '나도 노력했어, 정말이라니까.' 남자는 말했어. '하지만 모두 마누라 장례식에 가는 쪽을 택하더라고.'"

사람들이 웃는다. 환호가 무대까지 올라가지만, 어깨가 넓은 남자는 입 주위에 두 손을 모으고 으르렁거린다. "장례식 얘기는 이제 지겹다! 사는 얘기나 해라!" 그 말이 많은 사람의 환호와 박수를 긁어모은다. 도발레는 관객을 바라보는데 나는 그가 지난 몇 분 동안, 개그와 감정 폭발에도 불구하고 정신을 다른 데 팔고 있었음을 느낄 수 있다. 그는 점점 더 안을 향하고 있고, 속도가 점점 느려지는 듯한데, 이건 좋지 않다. 사람들을 잃어버릴 수도 있다. 저녁 전체를 잃어버릴 수도 있다. 그를 보호해줄 사람은 아무도 없다.

"장례식은 그만이라. 알겠어, 형제. 좋은 지적이야. 나는 지금도 이 일을 하면서 메모를 하고, 계속 배워. 어이, 네타니아, 분위기 좀 바꿔볼까, 응? 하지만 아직도 좀 개인적인 이야기, 어떤 사람들은 내밀하다고 할 수도 있는 이야기를 해야 돼. 우리가 정말 마음이 맞는다는 느낌이거든. 요아브, 에어컨 좀 세게 틀 수 있어? 여기서는 숨도 못 쉬겠어!"

관객이 열렬하게 박수를 친다.

"그럼 이 얘길 들어봐. 나는 쇼에 오기 전에 이 동네를 걸어다니면서 탈출로를 확인해놨어. 당신들이 나를 무대에서 쫓아낼 경우에 대비해서 말이야"—그는 킥킥거리지만 웃음 가장자리에 추가 매달려 있고, 모두가 그것을 안다—"그때 갑자기 늙은 남자를 봤어, 여든쯤 되었을까, 건포도처럼 물기라고는 없이 말랐는데, 거리 벤치에 앉아 울고 있었어. 노인네가 운다? 어떻게 내가 가보지 않을 수 있겠어? 유언장을 바꾸고 싶은 기분일지도 모르잖아. 나는 살금살금 다가가서 물었어. '어르신, 왜 울고 계세요?' '달리 어쩔 수 있겠소?' 노인이 대답했어. '한 달 전에, 서른 살 먹은 여자를 만났소. 아름답고 귀엽고 섹시한 여자였고, 우리는 사랑에 빠져 함께 살게 됐지.' '그거 멋지네요!' 내가 말했어. '그런데 뭐가 문제인가요?' 노인이 말했어. '말해드리지. 우리는 처음에는 매일 두 시간씩 광란의 섹스를 했어. 그런 뒤에 여자는 철분을 보충해준다고 나한테 석류주스를 만들어주더군. 나는 병원에도 갔어. 나는 돌아왔고, 우리는 또 광란의 섹스를 했지. 그러니까 이번에는 노화 방지를 위한 거라면서 시금치파이를 만들어주더라고. 나는 오후에 클럽에서 친구들과 카드를 하고 돌아와 밤에 다시 광란의 섹스를 했어. 이런 식으로 하루하루가 흘러갔어……' '환상적이네요!' 내가 말했어. '저도 좀 그래봤으면 좋겠습니다! 그런데 왜 울고 계신 거예요?' 노인은 잠시 생각하다가 말했어. '우리집이 어디인지 기억이 안 나.'"

사람들의 웃음이 폭발한다. 그는 하이킹을 하는 사람이 강을 건널 때 징검다리가 얼마나 단단한지 확인하는 것처럼 웃음을 가늠해보고, 마지막 환호가 잦아들기도 전에 다시 돌격한다. "어디까지 얘기했더라? 교련 담당 하사…… 사이보그……" 그는 다시 뻣뻣한 걸음걸이를 흉내내며 환심을 사려는 미소를 활짝 펼치고, 그 바람에 나는 속이 뒤틀린다. "교련 담당 하사가 내 목덜미에 숨을 내쉬며 말했어. '가자, 서둘러야 돼, 네가 지각하게 만들면 안 되거든, 맙소사, 넌 그걸 놓치면 안 돼.' 그래서 내가 말했지. '그런데 뭘 놓쳐요, 하사님?' 그러자 하사는 저능아를 보듯 나를 봤어. '너를 하루종일 기다려주진 않을 거야.' 하사가 말했어. '너도 장례식이 어떤지 알잖아, 특히 온갖 종교적인 율법이 까다로운 예루살렘에서는. 루하마가 기바트샤울에 네시까지 가야 한다고 얘기하지 않았어?' '루하마가 누군데요?' 나는 침상에 앉아 하사를 물끄러미 바라봤어. 맹세컨대, 나는 교련 담당 하사를 그렇게 가까이서 본 적이 없었어, 혹시 〈내셔널 지오그래픽〉에서라면 몰라도. 그러자 하사가 말했어. '네 학교에서 너한테 알려주라고 연락이 왔어. 교장이 직접 전화를 해서 네가 네시까지 묘지에 와야 한다고 했어.' 그래도 나는 하사가 무슨 소리를 하는 건지 이해하지 못했어. 다들 계속 그런 말을 하고 있었지만, 나는 꼭 평생 처음 그런 말을 듣는 것 같았어. 왜 교장이 내 문제로 전화를 하겠어? 교장이 내가 누구인지는 어떻게 알고? 교장이 구체적으로 뭐라고 했다는 거야? 또 한 가지 물어야 할 게 있었지만, 너무 쑥스러웠고, 그런 질문을 어떻게 해야 하는지도 몰랐어. 특히 교련 담당 하사 같은, 잘 모르는 사람한테는. 그래서 대신 나온 질문이 왜 내가 가방을 싸야 하느냐는 거였어. 하사는 완전히 나를 포기했다는 듯 텐트 천장을 쳐다봤어. '얘야,' 하사가 말했어. '아직 모르겠니? 너는 여기로 돌아오지 않아.' 나는 왜냐고 물었어. '시바*는 네 친구들이 여기를 떠나고 난 뒤에야 끝나기 때문이지.'

이야, 대단해, 그러니까 이제 이 계획에는 시바를 지키는 것까지 들어간다 이거지? 이 사람들은 정말이지 모든 걸 다 생각해놓은 거야, 안 그래? 딱 하나 나에게 그 계획을 알려주는 걸 빼놓고는 말이야. 그런 이야기를 듣는 동안 내 머릿속에는 졸려 죽겠다는 생각뿐이었어. 계속 하품을 해댔지. 하사의 얼굴에 대고 말이야. 통제가 안 되더라고. 나는 침상의 그 어지러운 물건들을 조금 치우고 자리를 마련한 다음 눈을 감고 드러누웠어."

그는 눈을 감고 거기 선 채로 꼼짝도 하지 않는다. 그렇게 눈을 감고 있으니, 묘하게도, 그의 얼굴이 더 투명하고 표정도 풍부해 보인다. 어떻게 된 일인지 더 영적으로 보이기까지 한다. 그는 멍하니 셔츠 가두리를 만지작거린다. 내 마음이 그를 향해 활짝 열리는데, 마침내 그가 입을 연다.

"당신들도 그 군대 간이 침상 알지? 한밤중에 자고 있을 때 양쪽에서 싸고 들어와 육식식물처럼 몸을 삼켜버리는 거 말이야.

* 부모나 배우자와 사별한 유대인이 장례 후 지키는 칠 일간의 복상(服喪) 기간.

친구들이 아침에 나타나면 도발레는 없어, 아무것도 없어. 안경, 그리고 어쩌면 신발끈만 남아 있을 뿐이야. 침상은 입맛을 쩝쩝 다시며 트림을 하고 있어."

여기저기서 몇 명이 킥킥대는 소리. 관객은 이런 때 웃음을 터뜨려도 괜찮은지 자신하지 못한다. 가죽옷을 입은 아이 둘만 배에서 나오는 웃음을 오랫동안 이어간다. 그 묘하게 가르랑거리는 소리가 근처 테이블들을 둘러싼 불안을 흩어버린다. 나는 그들을 보며 이십 년 동안, 매일, 저런 사람들이 발산하는 것을 빨아들이다, 마침내 타마라 이후에, 타마라가 없는 상태에서, 더는 그것을 받아들일 수 없을 것 같아 도로 토해내기 시작하던 순간을 생각한다.

"교련 담당 하사가 말했어. '일어나! 도대체 자빠져서 뭘 하는 거야?' 그래서 나는 일어나서 기다렸어. 마치 그가 나가기만 하면 다시 잘 것처럼. 오래는 말고, 그냥 이 모든 일이 지나갈 때까지만, 우리가 다 잊어버리고 이 모든 우스꽝스러운 일이 벌어지기 전으로 돌아갈 때까지만.

이제 하사는 나에게 화가 나기 시작했지만, 화를 내는 것도 조심해서 내더라고. '저리 비켜.' 하사가 말했어. '여기 그냥 서 있어. 내가 싸줄 테니까.' 나는 이해를 못했어. 하사가 나 대신 내 짐을 싸준다고? 그건 마치…… 모르겠어…… 레스토랑에서 사담 후세인이 다가와 이렇게 말하는 것 같잖아. '혹시 내가 방금 만든 캐러멜 포리스트베리 수플레 드셔보시겠어요?'"

그는 말을 멈추고 반응을 기다리지만, 반응은 늦게 찾아온다. 그는 얼른 관객의 곤경을 진단한다. 그의 이야기가 웃음의 가능성을 말살해버렸다는 것. 그의 사고가 어떻게 진행되는지 보인다. 그는 얼른 운동장의 경계를 다시 그리고, 우리에게 허가증을 내준다. "곧 죽을병에 걸린 여자 얘기 들어봤어? 잠재의식 광고를 하지 않기 위해 병 이름은 얘기하지 않겠지만." 그는 크게 포옹을 하려는 듯 쾌활하게 두 팔을 활짝 벌린다. "어쨌든, 여자는 남편한테 말했어. '우리가 항문 섹스를 하면 내가 나아질 거라는 꿈을 꿨어.' 이 얘기 몰라? 다들 어디 암자에 살아? 좋아, 들어봐. 남편은, 이 사람은 이게 좀 괴상한 얘기라고 생각했어. 하지만 남자라면 마누라가 나아진다는데 뭐든 다 해야 하지 않겠어, 응? 그래서 두 사람은 그날 밤 침대에 들어가, 멍멍이 자세로 했어. 그러곤 잠이 들었지. 아침에 남편은 잠을 깨서 침대의 마누라 자리로 손을 뻗었어. 근데 비어 있는 거야! 남편은 벌떡 일어났어. 이렇게 끝났구나 하고 확신하고 말이야. 한데 부엌에서 마누라가 노래하는 소리가 들리는 거야. 남편이 부엌으로 달려갔더니 마누라가 거기 서서 활짝 웃는 표정으로 샐러드를 만들고 있었어. 아주 쌩쌩해 보였지. '믿어지지 않을 거야.' 마누라가 말했어. '잠을 잘 자고 아침 일찍 일어났는데 기분이 믿을 수 없을 정도로 좋더라고. 그래서 병원에 가서 검사를 좀 해보고 엑스레이도 두어 장 찍었는데, 다 나았다는 거야! 나는 의학의 기적이야!' 남편은 그 이야기를 듣고 울음을 터뜨렸어. '왜 울어?' 마누라가 물었어. '내가 나아서 행복하지 않아?' '물론 행복하지.' 남편은 훌쩍거리며 말했어. '하지만 이런 건 줄 알았으면 엄마도 살려낼 수 있었을 거라는 생각이 들어서 그래.'"

어떤 사람들은 코웃음을 치지만 대부분은 좋아한다. 나도 좋다. 멋진 개그이고, 그걸 아니라고 할 수는 없다. 외울 수 있으면 좋겠다. 도발레는 얼른 훑어본다. "멋진 한 수였어." 그는 생각을 입 밖에 내놓는다. "것 봐, 너는 아직 할 수 있잖아, 도비." 그는 손가락을 넓게 펼친 손으로 가슴을 두들긴다. 아까 때리던 동작과 약간만 다를 뿐이다.

"그래서 나는 일어나 있고 하사가 내 배낭을 싸는 일에 착수했어. 그는 침상 위에 흩어져 있던, 또 침상 밑에 있던 온갖 쓰레기를 주워모았어. 점령 지구의 주택에 돌진하듯 사납게 달려들었지. 쾅! 그걸 다 집어넣어서, 아무런 질서도, 형태도, 생각도 없이 가방을 꽉 채운 거야. 그 꼴로 싼 배낭을 메고 집에 가면 아빠가 뭐라고 하겠어? 그 생각을 하는 순간 무릎이 푹 꺾이면서 다른 침상에 쓰러지고 말았어."

그는 어깨를 으쓱한다. 약하게 웃음을 짓는다. 숨을 쉬기가 힘든 것 같다.

"좋아, 어서 쇼를 진행하자고, 관객을 화나게 하면 안 돼. 우리는 즉각 만족을 얻어야 하는 민족이잖아, 빨리-빨리! 그래서 나는 배낭을 집어들고 교련 담당 하사를 쫓아갔고, 그때 시야 구석으로 사각형 훈련장에 앉아 있는 친구들이 보였어. 친구들이 나를 쳐다보는데 마치 뭔가를 이미 아는 것 같았어. 독수리들이 북쪽으로 날아가는 것을 보기라도 한 것처럼 말이야. 아미고스!*" 그는 묵직한 러시아 악센트로 독수리들의 외침을 흉내낸다. "예루살렘에 싱싱한 피가 있다!"

나는 그가 교련 담당 하사를 쫓아가는 것을 보았다. 작은 몸이 배낭의 무게에 눌려 구부러져 있었다. 우리 모두 고개를 돌려 그를 보았던 기억이 난다. 배낭만 빼면 버스 정류장에서 작별인사를 한 뒤 마지못해 발을 질질 끌며 자기 동네로 가던 모습과 똑같다는 생각이 들었다.

그의 급우 한 명이 그에 관해 농담을 했으나 이번에는 아무도

---

* '친구'라는 뜻의 스페인어.

웃지 않았다. 우리는 왜 지휘관이 그를 불렀는지 몰랐다. 캠프가 끝났을 때 그의 급우들이 그에게 일어난 일을, 또 본부에서 그를 데려간 곳을 알아냈는지 어쨌는지 나는 모른다. 지휘관들은 우리에게 아무 말도 하지 않았고, 우리도 묻지 않았다. 어쨌든 나는 묻지 않았다. 내가 아는 것은 군인 한 명이 그를 데리러 왔고, 그는 일어서서 그녀를 따라갔고, 몇 분 뒤 그가 교련 담당 하사 뒤를 따라 대기중인 픽업트럭까지 가는 모습을 보았다는 것뿐이었다. 그것이 그날 내 앞에 놓인 사실들이었다. 그다음에 그를 다시 본 것이 오늘 저녁 그가 무대 위로 걸어나올 때였다.

"운전병은 기어를 중립으로 놓고 페달을 꽉 밟았어. 열받은 그의 에너지가 모두 발에 집중되어 있었어. 운전병은 죽이고 싶어 하는 표정으로 나를 봤어. 나는 차에 올라타, 뒤에 가방을 던지고, 앞자리에, 운전병 옆에 앉았지. 교련 담당 하사가 운전병에게 말했어. '여기 이 착한 아이 보이지? 이 아이 손을 잡고 베르셰바의 중앙 버스 터미널까지 가서, 아이를 예루살렘으로 데려가려고 온 관구 사람한테 인계할 때까지 손을 놓으면 안 돼. 알아들었나?' 그러자 운전병이 말했어. '성서에 손을 얹고 맹세하는데, 하사님, 거기 갔는데 아무도 안 보이면 나는 이애를 미아

보호소에 맡기고 올 겁니다.' 하사는 운전병의 뺨을 세게 꼬집더니 그의 얼굴을 똑바로 보면서 싱글거렸어. '잘 들어, 트리폴리, 내가 네 약점을 꽉 쥐고 있다는 걸 잊지 마, 응? 네가 이애를 거기 맡기면, 나는 내 발을 네 똥꼬에 맡기겠어. 네가 직접 이 아이를 그 사람들 손바닥에 배달하지 않으면, 널 장비 미반환 혐의로 걸어버릴 거야. 자, 어서 가!'

나에게는, 당신들도 이해하겠지만, 이 모든 게 내가 나오는 영화를 보는 것 같았어. 나는 군용 트럭에 앉아 있고, 내가 모르는 사람 둘이서, 군인 둘이서, 내 이야기를, 내가 완벽히 이해하지 못하는 언어로 하고 있었고, 자막도 없었어. 나는 계속 교련 담당 하사에게 뭔가를 묻고 싶었어. 출발하기 전에 정말로 다급하게 물어보고 싶었어. 그래서 하사가 잠시라도 말을 멈추기를 기다렸지만, 정작 그랬을 때는 물어볼 수가 없었어. 말이 입 밖으로 나오지 않았어. 말들이 합쳐지지가 않았어. 그게 똥을 싸도록 무서웠지, 그 두 개의 작은 말이.

그때 하사가 나를 봤고, 나는 생각했어, 그래, 이제 나한테 말해주겠구나, 이제 그게 나오는구나. 나는 마음의 준비를 했고, 그러자 몸 전체가 쾅 닫혔어. 그런데 하사는 야물커*를 씌우듯 내

---

* 유대인 남자들이 정수리에 쓰는 작고 동글납작한 모자.

머리에 손을 얹더니 말하는 거야. '전능하신 분께서 시온과 예루살렘의 조객들 사이에서 너를 위로해주시기를.' 그러더니 말을 뛰어가게 하려고 찰싹 때리듯이 픽업트럭의 옆면을 찰싹 때렸지. 운전병은 '아멘' 하고 말하더니 가속페달에 발을 얹었고, 우리는 출발했어."

사람들은 입을 다물고 있다. 한 여자가 교실의 학생처럼 머뭇머뭇 손을 들었다가 다시 허벅지에 내려놓는다. 근처 테이블에서 한 남자가 어리둥절한 표정으로 부인을 보고, 부인은 어깨를 으쓱한다.

노란 재킷을 입은 남자는 비등점에 다다르고 있다. 도발레는 그것을 느끼고 초조한 눈길로 그를 흘끔거린다. 나는 웨이트리스를 불러 테이블을 치워달라고 말한다—즉시. 이 텅 빈 작은 접시들을 보는 걸 견딜 수가 없다. 이렇게 많이 먹었다는 게 믿어지지 않는다.

"그러니까 요는, 우리가 차를 타고 갔다는 거야. 운전병은 아무 말도 하지 않았어. 나는 그 사람 이름도 몰랐어. 마른 사람이었고, 좀 구부정했는데, 코가 아주 크고 귀도 거대했어. 얼굴에는 여드름이 잔뜩 나서 목까지 기어내려오고 있었지. 나보다도 훨씬 많이 났다니까. 우리 둘 다 아무 말도 하지 않았어. 운전병은 이 출장을 억지로 떠맡는 바람에 나에게 잔뜩 뿔이 나 있었고, 나야 물론 아무 말도 하지 않고 있었지. 내가 무슨 말을 할 수 있었겠어? 기온은 37도가 넘었고 나는 땀에 흠뻑 젖어 있었어. 운전병은 라디오를 켰지만 아무런 소리도 나오지 않았지. 그냥 지잉 하는 잡음뿐이었어. 외계 방송국들뿐이었지." 여기에서 그는 신호가 잘 잡히지 않는 방송 채널을 빠르게 돌리는 바람에 문장이 조각조각 끊어져 알아들을 수 없는 소리가 나거나 노래가 일부만 들리는 것을 완벽하게 흉내낸다. "황금의 예루살렘" "조니는 나의 이방인" "잇바흐 알-야후드"* "네 손을 잡고 싶어" "대포가 고함을 지를 때도 평화를 향한 우리의 욕망은 결코 죽지 않는다!" "모두 캘리포니아 아가씨들이 될 수 있으면 좋겠어……" "메르시 스타킹—오늘 신어보세요!" "성전산은 우리 손에 있다!"

즐거운 웃음소리. 도발레는 보온병을 들어 몇 모금 마시고 지금까지의 이야기를, 또는 어쩌면 쇼 전체를 어떻게 생각하는지 궁금하다는 듯이 나를 본다. 나는 멍청하고 겁 많은 조건반사로 내 얼굴을 닫아걸고, 표정을 지우고, 눈길을 돌린다. 그는 내가 한 대 때리기라도 한 것처럼 움찔한다.

---

* '유대인을 죽이라'는 뜻의 아랍어.

왜 그랬을까? 왜 내가 그 순간 지지를 철회했을까? 나도 알고 싶다. 나 자신 가운데 내가 이해하는 부분은 너무 적고, 그나마도 최근엔 점점 줄고 있다. 이야기할 사람이 없으니, 탐사하고 고집을 부려주는 타마라가 없으니, 나의 내부의 수로들이 막혀버린다. 타마라가 법정에 왔다가 내가 가족을 학대하는 아버지의 사건을 재판하는 과정을 지켜본 뒤 노발대발했던 일이 기억난다. "당신 얼굴에는 표정이 전혀 없었어!" 그녀는 나중에 집에서 씨근거렸다. "그 가엾은 여자애는 자기 속을 털어놓고 있었고, 애원하는 눈길로 당신을 보면서, 어떤 표시, 아무리 작더라도 지원의 표시, 이해의 표시를, 당신의 마음이 그 아이와 함께한다는 것을 말해주는 표정을 당신이 보여주기를 기다릴 뿐이었는데 당신은……"

나는 그것이 내가 법정에서 보여줄 필요가 있는 그런 얼굴이라고 설명했다. 속으로는 폭발하고 있어도 내 감정에 대한 암시를 주는 일은 할 수가 없다. 아직 내 마음을 정하지 않았기 때문이다. 또 그 여자애한테 보여주었던 바로 그 돌 같은 얼굴을 나중에 아이 아버지가 자기 쪽 이야기를 할 때도 똑같이 보여주었다고 설명했다. "정의가 눈에 보여야 돼." 나는 고집했다. "그리고 그 아이에 대한 모든 공감은 판결문에 표현될 거라고 약속할 수 있어." "하지만 그때는 너무 늦어." 타마라가 말했다. "그 아이는 당신한테 이야기를 하던 그 끔찍한 순간에 그게 필요했던 거야." 그러면서 타마라는 전에 한 번도 본 적 없는 표정으로 나를 보았다.

"하지만 이렇게 하자고, 네타니아." 그가 명랑하게 말하려고 애를 쓴다. 나의 공격을 통과하려는 시도를 하는 것이 분명하다. 나는 나 자신에 대한 분노를 간신히 누르고 있다. "아, 네타니아!" 그가 한숨을 쉰다. "할키온*의 도시여! 나는 그저 당신들과 여러 가지를 나누고 싶을 뿐이야. 어디까지 했더라? 그래. 운전병. 그 사람은 자기가 나를 그렇게 대한 것 때문에 기분이 약간 찜찜했는지 나와 대화를 하려고 했어. 아니면 그냥 지루했는지도 모르지. 더웠고, 파리도 있었으니까. 하지만 나—내가 그 사람과 도대체 무슨 이야기를 하겠어? 게다가, 그가 아는지 나는 모르잖아. 운전병한테 내 이야기를 했는지. 그가 지휘관과 하사와 그 방에 있을 때 그에게 이야기를 했는지 말이야. 운전병이 알고 있었다고 해보자고, 응? 그래도 운전병한테 어떻게 물어봐

* 그리스신화에 등장하는 새. 파도를 잠잠케 하는 마력이 있다고 한다.

야 할지 나는 여전히 모르잖아. 게다가, 내가 이야기를 듣는 걸 견딜 수 있을지도 확실치가 않잖아. 더구나 나는 완전히 혼자인데, 엄마 아빠도 없이……"

이제 터져나온다. 노란 재킷을 입은 머리를 빡빡 깎은 남자가 테이블을 손바닥으로 친다, 한 번, 두 번, 천천히. 눈은 도발레에게 고정시키고 있고 얼굴에는 표정이 없다. 몇 초가 지나지 않아 클럽이 굳어버리고, 유일하게 움직이는 것은 그의 팔뿐이다. 쾅. 잠시 쉼. 또 쾅.

영원의 시간이 흐른다.

아주 천천히, 클럽 가장자리에서, 머뭇거리며 웅얼웅얼 항의가 흘러나온다. 그러나 그는 고집스럽게 이어간다. 쾅. 잠시 쉼. 또 쾅. 어깨가 벌어진 땅딸막한 남자가 주먹을 쥐고 합세하는데, 느린 주먹질로 테이블을 부수어버릴 것 같다. 내 머리로 피가 몰린다. 여기에도 있다. 저런 유형들.

그들은 소리 없이 표정으로 서로를 격려한다. 그것이면 충분하다. 그들 주위의 웅얼거림이 점점 커지며 소란으로 바뀐다. 몇 테이블은 그들을 열렬하게 지지하고, 일부는 항의하고, 대부분은 의견 표명을 삼가고 있다. 지하실 공간에 옮은 땀냄새가 퍼져나간다. 향수 냄새조차 역하다. 클럽 매니저는 그냥 무력하게 서 있다.

테이블 사이에서 말싸움이 벌어진다. "하지만 개그를 끼워넣고는 있잖아요, 계속!" 한 여자가 주장한다. "놓치지 않고 듣고 있었다고요, 정말이지!" "어차피 스탠드업이 개그만 하는 건 아니잖아요." 다른 여자가 그녀를 지원한다. "때로는 재미있는 인생 이야기도 있다고요." "좋아, 나도 이야기라면 괜찮아. 하지만 이 사람 이야기는 의미가 없잖아!" 내 나이 또래 남자가 고함을 지른다. 인공적으로 살을 태운 여자가 남자에게 몸을 기대고 있다.

도발레가 몸을 돌려 온몸으로 나를 본다.

처음에는 그가 뭘 원하는지 알지 못한다. 그는 무대 가장자리에 서서 태풍을 무시하고 나를 보고 있다. 여전히 내가 그를 위해 뭔가 해줄 거라고 기대하고 있다. 하지만 내가 뭘 할 수 있을까? 이 사람들과 맞서 뭘 할 수 있을까?

그때 내가 전에 할 수 있었던 일이 무엇인지 생각난다. 그런 사람들에 맞서 내가 발휘했던 힘에 대한 생각. 손짓 한 번으로, 말 몇 마디로 휘두를 수 있던 권위. 제왕의 느낌, 물론 혼자 있을 때도 스스로 인정하는 것을 금기로 여기기는 했지만.

소음과 외침이 점점 커진다. 이제 거의 모두가 소동에 말려들었고, 싸움에 대한 즐거운 기대감이 공기 중에 팽팽하다. 그럼에도 그는 거기 서서 나를 보고 있다. 그에게는 내가 필요하다.

누군가가 날 필요로 한 지 꽤나 오래되었다. 내게 밀려드는 놀라움의 양을 묘사하기가 어렵다. 그리고 공포의 양을. 나는 기침 공격을 하고, 테이블을 밀어내고, 벌떡 일어서지만, 여전히 뭘 해야 할지 알지 못한다. 그냥 걸어나갈 수도 있다—이런 폭력배들이 날뛰는 장소에서 내가 뭘 하고 있단 말인가? 나는 한 시간 전에 떠났어야 했다. 하지만 저 둘은 테이블을 두들기고 있고, 도발레가 있고, 내 귀에 내가 외치는 소리가 들린다. "이제 저 사람이 이야기 좀 하게 하시오!"

모두 입을 다물고 공포와 외경이 섞인 표정으로 나를 본다. 나는 내가 의도했던 것보다 훨씬 크게 소리를 질렀음을 깨닫는다.

나는 거기 서 있는다. 그대로 붙박여 있는다. 누가 대사를 소곤거려주기를 기다리는 멜로드라마의 배우 같다. 하지만 아무도 소곤거려주지 않는다. 이 클럽에는 나를 사람들로부터 떼어내줄 기도들이 없고, 테이블 밑에 비상 단추가 없다. 이곳은 몇 분 뒤면 내가 타인의 운명의 봉인자 역할을 하게 될 것임을 의식하면서 한 평민으로서 거리를 걸어가던 것을 즐기곤 하던 세계가 아니다.

숨을 너무 빠르게 쉬고 있지만 제어할 수가 없다. 눈들이 나를 노려보고 있다. 나의 외모가 약간 오해를 불러일으킨다는 것은 알지만—때로는 튀어나온 이마가 묵직한 몸무게만큼이나 일을 잘해낼 때도 있다—나는 상황이 정말 아슬아슬해질 경우 나의 감정 분출을 계속 밀어붙일 수 있는 그런 영웅이 아니다.

"저 사람이 이야기를 하게 하시오." 나는 되풀이한다. 이번에는 천천히, 힘을 주어, 각 단어를 허공에 꽉꽉 눌러서. 나는 일종의 박치기 자세로 들어간다. 내가 우스꽝스러워 보인다는 것은 알지만 나는 거기 그대로 선 채로, 내 존재가 가득차는 것이 어떤 느낌인지 기억한다. 존재하는 것이 어떤 느낌인지.

노란 재킷을 입은 남자가 고개를 돌려 나를 본다. "알겠습니다, 판사님, 무례하게 굴 생각은 아니었습니다. 나도 판사님과 생각이 같습니다. 다만 이 모든 헛소리가 내가 오늘 저녁 여기에 뿌린 이백사십 세겔하고 무슨 상관이 있는지 저 사람이 말해주기를 바랐을 뿐입니다. 이거 무슨 경범죄에라도 해당되는 일 아닙니까, 판사님? 허위 광고의 냄새가 나지 않나요?"

자신을 방어해주러 온 형에게 느낄 법한 감사의 마음으로 나를 보며 눈을 빛내던 도발레가 끼어든다. "백 퍼센트 관계가 있어, 내 친구, 완전 관계가 있다니까! 지금이 가장 관계가 깊어지는 순간이야, 맹세해. 지금까지는 그냥 전희였어, 알아들어?" 그는 항의를 제기한 사람에게 엉뚱하게도 남자 대 남자 미소를 활짝 지어 보이고, 남자는 마치 열린 상처를 본 것처럼 고개를 돌린다. "잘 들어, 내 친구. 그래서 나는 창문에 머리를 기댔는데, 그건 군용 창문이었어. 요는 그게 완전히 닫을 수 없고, 또 완전히 열 수도 없다는 거야. 유리가 중간에 그렇게 딱 걸려서 덜덜 떨고 있었어. 하지만 사실 나는 그게 마음에 들었어. 그냥 떨기만 하는 게 아니라 미쳐 날뛰고 있었거든! 드-드-드-드-드-드! 끔찍한 소리였어. 내 말은, 착암기로 좆같은 벽돌 벽을 뚫어도 그런 소리는 안 날 거라는 거야. 그래서 자연스럽게 나는 머리를 거기 갖다 댔고, 몇 초가 지나지 않아 유리가 내 뇌를 휘저어버렸어. 드-드-드-드-드! 내 머리는 믹서기에 들어가 있었어! 압축기에 들어가 있었지! 드-드-드-드-드-드! 드-드-드-드-드!"

그는 창문에 머리를 기댄 모습을 보여준다. 머리가 흔들리기 시작한다. 처음에는 살살, 이어 빠르고 강하게, 마침내 몸 전체가 진동하는데, 놀랄 만한 광경이다. 이목구비가 서로 뒤섞이고, 섞이는 카드처럼 표정들이 허공에서 서로 맞바뀐다. 팔다리가 퍼덕이며 춤을 춘다. 그는 몸을 빠르게 비틀며 무대를 돌아다니고, 한쪽 가장자리에서 다른 쪽 가장자리로 내던져지고, 이윽고 래기디 앤 인형처럼 바닥에 풀썩 주저앉더니 아예 누워서 헐떡거리고, 이따금 경련을 일으켜 팔과 다리를 덜컹덜컹 흔든다.

사람들은 다시 웃음을 터뜨린다. 심지어 사람들을 선동했던 남자들마저 자기 의지를 거슬러 킥킥거리고, 작은 영매도 싱글거린다.

"장담하는데, 그것은 감춰진 축복이었어, 그 드르르르르르는."

그가 불쑥 말한다. 그는 일어서서 손의 먼지를 털면서 노란 재킷을 입은 남자를 보고, 이어 어깨가 벌어진 남자를 보고 따뜻하게 웃음을 짓는다. 두 남자는 여전히 저항을 하여, 얼굴에 똑같이 미심쩍어하는 냉소를 담고 있다.

"드르르르르! 아무것도 생각할 수 없고, 아무것도 느낄 수 없고, 모든 생각이 수천 조각으로 쪼개지고, 나는 생각 반죽기가 되어버렸어, 드르르르르!" 그가 작은 여자를 향해 어깨를 가볍게 흔들자 그녀는 갑자기 풀쩍 뛰어오르며 실없이 큰 소리로 웃는다. 진주 같은 눈물이 두 뺨을 타고 흘러내린다. 그것을 본 몇 사람은 그들만의 작은 이야기를 음미하는 듯하다. "피츠," 그가 그녀에게 말한다. "이제 기억나네. 당신 가족은 고양이가 많은 과부네 위층에 살았지."

그녀는 그를 보고 활짝 웃는다. "내가 그랬다고 했잖아요."

"그런데 그 운전병…… 그 사람은 애송이가 아니었어!" 그는 소리를 지르고 발을 구르며 엘비스처럼 팔을 위로 쑥 들어올린다. "운전병은 창문 트릭을 알고 있었어. 전에도 봤던 거지. 다른 승객들이 창문-파킨슨병 환자 연기를 하는 걸 봤던 거야. 그래서 나한테 말을 걸기 시작했지, 아무 일도 없는 것처럼 말이야, 도로의 다른 차량들을 가리키면서. '저건 시브타로 가는 닷지 D200이야. 저건 바하드 원으로 보급품을 실어나르는 REO지.

저건 남부 사령부에서 오는 스튜드베이커 라크야, 전쟁 때 모셰 다얀도 한 대 갖고 있었지. 저거 보여? 나한테 전조등을 번쩍이잖아. 나를 알거든.' 하지만 나는, 내가 도대체 뭐하러 그런 얘기를 하겠어? 아무 말도 안 했어. 입에 지퍼를 채웠지. 그러자 운전병은 다른 방법을 시도했어. '그 사람들이 정말로 그냥 다가가서 너한테 말했니, 그냥 그렇게?'

하지만 나는 아무 말도 하지 않았어. 드르르르르…… 생각-믹서기. 운전병의 질문을 빻아서 반죽으로, 으깬 뇌로 만드는 데 0.5초도 걸리지 않았어. 그때 갑자기 아버지가 록셴 국수*와 함께 튀어나왔어. 왜 그 모습이 바로 그 순간 내 마음속에서 튀어나오기로 했는지 전혀 알 수가 없었어. 이 이야기를 좀 하게 잠깐만 시간을 줘, 응? 결국 아버지가 갑자기 록셴과 함께 나타난 건 아주 인상적이었어. 아버지가 왜 그랬다고 생각해? 어쩌면 그건 좋은 신호가 아니었을지도 몰라. 아니, 좋은 신호일까? 내가 뭘 알겠어. 눈을 더 질끈 감고, 머리를 창문에 더 세게 갖다 박았어. 지금 내가 할 수 있는 가장 좋은 일은 생각을 하지 않는 것이다, 어떤 것이든 누구든 생각을 하지 않는 것이다." 그는 두 손으로 머리를 움켜쥐고, 그의 머리는 두 손 사이에서 흔들린다. 그

* 유대인이 먹는 납작한 계란 국수.

는 픽업트럭과 덜거덕거리는 창의 소음을 떠내려 보내려는 듯 우리를 향해 고함을 지른다. "이건 내가 차에 탄 첫 순간부터 생각했던 거야, 네타니아. 내가 지금 당장 해야 할 일은 뇌 안의 회로 차단기를 작동시키는 것이라는 사실! 내가 아버지 생각을 하는 건 나한테 좋지 않아. 아버지한테도 좋지 않아. 지금 당장 누가 내 뇌 안에 들어오는 것은 기본적으로 좋지 않아."

그는 달콤하게 웃음을 지으며 다시 사람들을 끌어안으려고 두 팔을 펼친다. 그러나 몇 명이 어리둥절하여 웃음을 터뜨릴 뿐이다. 나는 내 얼굴의 모든 근육을 이용해 그를 향해 활짝 웃음을 지어, 그에게 앞에 놓인 길을 갈 힘을 주려 한다. 그가 내 웃음을 볼 수 있는지는 모르겠다. 우리 얼굴이 우리에게 제공하는 표정은 얼마나 불충분한지.

"그래, 록센은 갑자기 왜 나타났느냐고? 물어봐줘서 고마워! 멋진 관객이야, 당신들은! 보살필 줄 알고 예민하게 반응하는 관객이야! 자, 들어봐. 이건 들어봐야 돼. 일주일에 한 번, 아버지는 장부 정리를 끝낸 뒤, 그 주에 먹을 치킨 수프를 위해 국수를 만들었어. 맹세하는데, 이건 진짜 있었던 일이야. 그래서 갑자기 트럭에서 내 뇌가 영화를 보여주기 시작한 거야. 왜냐고 묻지 마. 뇌는 뇌니까. 뇌가 논리적일 거라고 기대하지 마. 자, 이렇게 하는 거야, 반죽을 만들 때 아버지 손은 이렇게 움직이고, 그 반죽을 홍두깨로 종잇장처럼 얇게 펴……"

그는 얼굴이나 몸의 분위기 하나 바꾸지 않고 인물 속으로 미끄러져들어간다. 나는 그의 아버지를 직접 본 적이 없고, 다만 그날 밤 베르오라의 텐트에서 엉성하게 흉내낸 모습만 보았을 뿐이지만, 등뼈를 훑어내리는 오싹한 느낌이 그게 그의 아버지임을 말해준다. 정말로 있는 그대로의 그의 아버지의 모습이다.

"그런 다음에는 침대에 널어놓고 말리려고 반죽을 두 팔에 둘둘 말았어. 그렇게 하고 빠르게 왔다갔다했어. 집안을 쏜살같이 돌아다녔어. 아버지는 자기가 하는 행동을 다 크게 말했지, 자신을 중계방송하는 거야. '이제 반죽을 가져오고, 이제 반죽을 록셴브레트*에 놓고, 이제 폴거홀츠**를 가져와 반죽을 얇게 펴고.'"

억양 때문에, 연기 때문에, 이디시어 때문에, 도발레의 빠르게 터지는 웃음소리 때문에 몇 사람이 킥킥거리는 소리가 들린다. 하지만 관객 대부분은 아무런 표정 없이 그냥 앉아서 지켜보기만 하고, 나는 이런 눈길이 관객의 가장 효과적인 무기라는 것을 느끼기 시작한다.

"정말이지, 이 사람은 말이야, 집에 함께 있으면 내내 자기가

---

* 반죽을 할 때 쓰는 나무판.

** 밀방망이.

자기한테 말하는 소리, 자기한테 명령하는 소리가 들려. 늘 웅얼거리는 소리가 들린다니까. 솔직히 웃기는 사람이야. 공교롭게도 하필 그 사람이 내 아버지라서 탈이지. 나를 상상해봐—나, 응? 나 보이지? 이봐! 잠 깨라고! 당신들의 도발레가 이야기를 하고 있잖아! 당신들의 쇼의 스타가! 멋진 도시야, 네타니아. 그래서 나는 사막 한가운데에 앉아서 어떤 괴상한 영화 속에 들어와 있는 것 같았다는 거야. 갑자기 눈앞에 보였으니까, 아버지가. 마치 바로 앞에서 늘 하듯이 손짓을 하고 중얼거리는 것 같았어. 칼을 들고 둘둘 만 반죽을 기계처럼 빠르게 잘랐지, 팍 팍 팍. 록셴이 칼 아래서 튀었고, 칼은 아버지 손가락 옆을 아슬아슬하게 내려쳤지만, 아버지는 한 번도 베이지 않았어. 그런 일은 있을 수 없었지! 하지만 엄마는 우리집에서 칼의 공인 사용자가 아니었어." 그는 최대한 넓게 펼쳐지는 웃음을 보여준 뒤, 그 웃음을 조금 더 넓게 펼친다. "예를 들어, 엄마는 수술 팀이 옆에 있을 때에만 바나나 껍질을 벗기는 게 허락되었어. 어떤 도구든 엄마는 사용하기만 하면 상처가 나고 피가 흘렀거든." 그는 우리에게 윙크를 하더니 천천히 한 손가락으로 양쪽 팔뚝을 훑는다. 아까 자기 어머니의 혈관 자수라고 불렀던 것이 있던 곳이라고 가리켰던 부분이다. "그런데 갑자기 누가 보였게, 네타니아?" 그의 얼굴이 붉어지며 땀이 흐른다. "내가 뭘 봤게?" 그는 답을 기다리며 답을 불러내는 손짓을 하지만 아무도 대답하지 않는다. 사람들은 돌처럼 차갑다. "내 눈에 보인 거야! 엄마가!" 그는 비굴한 콧소리를 내는데, 주로 약이 바짝 오른 두 남자를 겨냥한 것이다. "내 말 알아듣고 있지, 친구들? 마치 내 뇌가 곧바로 나한테 엄마 모습도 던져준 것 같더란 말이야……"

노란 재킷을 입은 남자가 일어선다. 돈을 테이블에 쾅 내려놓더니 부인의 팔을 잡아 확 일으켜세운다. 묘하게도 나는 안도감에 가까운 감정을 느낀다. 이게 낫다. 우리는 현실로 돌아왔다. 이스라엘로 돌아왔다. 부부는 밖으로 나가고, 관객은 그들을 주시한다. 어깨가 벌어진 남자도 함께 나가고 싶어하는 것이 분명하다. 그의 터틀넥 셔츠 밑에서 전투가 벌어지는 것이 눈에 빤히 보이지만, 그는 남을 따라 하는 것은 체신에 맞지 않는다고 느끼는 듯하다. 어떤 사람이 부부를 막으며, 그냥 앉아 있으라고 강하게 요구하는 것 같다. "참을 만큼 참았소." 남자가 낮고 날카로운 목소리로 말한다. "사람들은 재미있는 시간을 보내려고 여기 온 거요. 지금은 주말이고. 머리를 맑게 하고 싶어서 온 거지. 그런데 이자는 욤 키푸르* 행사를 하고 있어." 스틸레토힐 위에서 굵고 짧은 다리를 후들거리는 그의 부인은 맥없이 웃음을 지

* 유대교의 속죄일(贖罪日).

으며 한 손으로 치마를 끌어내린다. 남자의 눈길이 영매와 마주치자 남자는 순간적으로 머뭇거리다 아내를 잡은 손을 놓고 테이블 몇 개를 지나 영매에게 다가가 몸을 기울이며 부드럽게 말한다. "댁도 떠나시는 게 좋겠소. 이자는 옳지 않아요, 우리를 다 기만하고 있소. 이자는 심지어 댁을 놀리고 있소."

영매의 입술이 떨린다. "그건 사실이 아니에요." 그녀가 소곤거린다. "나는 저분을 알아요. 그냥 그런 척하는 것뿐이에요."

그러는 내내 무대 위에서 도발레는 두 엄지를 빨간 멜빵에 끼운 채 상황 전개를 지켜보며, 남자의 말을 즐겁게 암기하듯 연신 고개를 주억거린다. 부부가 떠나자마자 그는 서둘러 작은 칠판으로 다가가 빨간 금을 두 개 더 긋는다. 하나는 길고 굵으며, 위에 핀 대가리가 달려 있다.

그는 분필을 내려놓은 뒤 눈을 내리깔고 두 팔을 비행기처럼 펼치고 천천히, 정확하게 맴을 돈다. 무대 한가운데서 한 번, 두 번, 세 번. 일종의 정화 의식이다. 이윽고 그가 운동 경기장의 조명처럼 눈을 번쩍 뜬다. "하지만 그 사람은 고집스러웠어, 그 운전병은! 포기하지를 않았어! 나를 찾고 있었고, 나는 그걸 느낄 수가 있었어, 내 눈, 내 귀를 찾고 있었지. 하지만 나는…… 나는 나만의 침상에 들어가 있었어. 나는 그쪽으로 고개를 돌리지 않았고, 어떤 식으로든 그 사람이 파고들 틈을 주지 않았어. 그러는 내내 내 이빨은 유리창 옆에서 박자에 맞춰 덜거덕거리고 있었어. 장-례-식, 장-례-식, 나는-장례식에-가는-길이다…… 왜냐하면, 이보쇼들, 아까도 말했듯이, 나는 그때까지 평생 장례식에는 단 한 번도 가본 적이 없었거든. 그게 나를 상당히 흔들어대고 있었어. 그게 도대체 어떤 건지 내가 어떻게 알겠냔 말이야."

그는 말을 멈추고 사람들을 살핀다. 그의 부담스러운 표정이 도전적으로 바뀐다. 그가 일부러 사람들을 도발하고 있는 건지도 모른다는, 어디 한번 일어나서 나가보라고, 자신과 자신의 이야기에 등을 돌리고 떠나보라고 말하고 있는 건지도 모른다는 생각이 든다.

"또 죽은 사람도," 그가 작은 소리로 덧붙인다. "죽은 사람도 한 번도 본 적이 없었어. 남자 여자 가릴 것 없이."

"하지만 이것 봐, 아미고스." 그는 아무도 더는 걸어나가지 않은 것에 놀란 듯 말을 이어나간다. "이 장례식 얘기로 너무 무거워지지는 말자고, 응? 그것 때문에 처지지는 말자고. 그런데 결혼식장과 장례식장에서만 만나서, 서로 상대가 조울증에 걸렸다고 확신하는 그런 친척들이 있을 수도 있다는 생각은 해본 적 없어?"

사람들은 지혜롭게도 웃음을 터뜨려준다.

"아니, 진지하게 말하는데, 나는 심지어 이런 생각을 하고 있어—신문에 보면 음식점 리뷰나 영화 리뷰 같은 게 실리는 거 알지? 그래, 그런데 말이야, 왜 시바 리뷰는 없는 거야? 평론가를 매일 다른 시바에 보내 어떻게 진행되었는지, 분위기는 어땠는지, 고인에 관한 무슨 재미있는 얘기는 없었는지, 유족은 어떻게 행동했는지, 혹시 유산을 둘러싼 싸움은 없었는지 쓰게 하고, 음식 등급도 매기고, 조객의 수준도……"

클럽 전체에 웃음이 물결처럼 퍼져나간다.

"이미 그런 맥락에 들어와 있으니 하는 말인데, 장례식장에 가서 남편을 묻기 전에 마지막으로 보고 싶어했던 여자 이야기 들어봤어? 장의사가 여자한테 남편을 보여주었을 때 여자는 남편에게 검은 양복을 입혀놓은 걸 알았어. 그런데 이건 우리 개그가 아니야." 그는 손가락을 하나 들어올리며 해명한다. "이건 기독교인 유머에서 번역한 거야. 어쨌든 여자는 울기 시작했어. '우리 제임스는 파란 양복을 입고 묻히기를 바랐을 거예요!' 장의사는 말했어. '보세요, 부인, 우리는 늘 검은 양복을 입혀서 묻지만, 내일 다시 와보세요. 방법을 찾아볼게요.' 여자는 다음날 왔고, 장의사는 멋진 파란 양복을 입은 제임스를 보여줬어. 여자는 장의사에게 수도 없이 고맙다고 하고 어디서 이런 멋진 양복을 구했느냐고 물었어. 장의사가 대답했지. '믿지 못하시겠지만, 어제, 부인이 떠나고 나서 십 분도 지나지 않아 다른 사망자가 들어왔는데, 몸집이 남편분과 비슷하고, 파란 양복을 입었더라고요. 그분 부인은 검은 양복을 입고 묻히는 게 남편의 꿈이라고 말했습니다.' 자, 제임스의 부인은 장의사에게 다시 감사했고, 감정이 복받쳐 눈물을 글썽였어. 장의사에게 많은 팁까지 줬지. 그러자 장의사는 말했어. '어이구, 저야 뭐 머리만 바꿔 끼웠을 뿐인데요 뭐.'"

사람들이 웃음을 터뜨린다. 사람들은 돌아와 있다. 머리를 빡빡 민 남자가 이런 멋진 저녁 시간을 버리고 급히 떠난 것을 고소하게 여긴다. "다들 알고 있는데," 근처 테이블의 한 여자가 말한다. "저이는 천천히 달아오른다는 걸."

"그래서 그렇게 차를 타고 가는 게 괴로워지기 시작했어. 온갖 생각 때문에 머리에 불이 붙은 것 같았어. 머릿속에서는 모든 게 가루가 되고, 마구 두들겨댔어. 완전히 뒤죽박죽이었지. 생각으로 꽉 차서 나 자신의 마음으로 들어가는 길도 찾을 수 없었어. 당신들도 모든 생각이 아무런 질서 없이 제멋대로 날아다니면서 완전 개판이 되는 상황 알지? 잠자리에 들기 전처럼 말이야. 잠들기 직전처럼. 내가 스토브를 껐던가 안 껐던가? 위쪽 어금니의 충치를 때워야 할 텐데. 버스에서 브라를 매만진 계집애, 걔 때문에 오늘은 행복했어. 요아브 그 개자식이 지불 조건이 구십 일짜리 어음이라고 했어. 구십 일 뒤에도 내가 여전히 여기 있을지 누가 알겠어? 귀머거리 고양이가 벙어리 새를 잡을 수 있을까? 우리 애들이 나를 하나도 닮지 않은 게 다행인지도 모르겠어. 마취도 없이 나무에 도끼질을 하다니, 무슨 생각으로 그러는 걸까? 헤브라 카디샤* 운전사는 과연 허락을 받고 장의차에 만족한 고객을 한 분 더 모시고 가는 길입니다라는 범퍼 스티커를 붙이고 다니는 걸까? 경기 종료 십 분 전에 베나윤**을 빼다니 도대체 무슨 생각을 한 걸까? '도발레와 인생은 무승부다'라는 공지문이 나올 수 있을까? 그 무스는 먹지 말았어야 했는데……"

웃음—어색하고, 혼란스럽지만, 어쨌든 웃음. 덜덜거리는 에어컨이 실내에 막 자른 풀의 향기를 끌고 들어온다. 어느 행성에서 온 향기인지 알 길이 없다. 취하게 하는 냄새다. 아주 어린 시절 게데라의 집에서 살던 기억들이 나를 사로잡는다.

"운전병은 아무 말도 하지 않았어. 일 분, 이 분, 그렇게 얼마나 더 갈 수 있을까? 그러더니 마치 우리가 계속 깊이 대화에 몰두해 있었던 것처럼 다시 이야기를 시작했어. 아무도 이야기를 나눌 사람이 없는 그런 성격의 소유자들 알지? 그 사람들은 외로워, 버림받았어. 그 사람들, 그런 사람들은 필요하면 우리를 진

* 유대인 장의(葬儀) 조직.

** 이스라엘의 축구 선수.

공청소기처럼 빨아들여. 내 말은, 우리가 그런 사람들에게 마지막 기회라는 거야, 우리 뒤에는 맹인을 위해 삐삐 소리를 내는 교차로뿐이야. 오전 일곱시에 간호사가 피를 뽑아가기를 기다리며 진료실에 앉아 있다고 가정해보자고." 관객은 그런 경험에 익숙하다고 확인해준다. "자, 아직 잠도 덜 깼고, 모닝커피도 마시지 못했어. 왼쪽 눈이라도 간신히 뜨려면 석 잔은 마셔줘야 하는데 말이야. 우리가 정말로 원하는 건 혼자 조용히 죽을 테니 그냥 내버려둬달라는 것뿐이야. 그런데 옆에 앉은 늙은 남자가 바지 앞자락을 열어놓고 물건은 다 꺼내놓은 채 손에 짙은 갈색 소변 샘플을 들고 있어—그런데 사람들이 샘플을 들고 병원을 어떻게 돌아다니는지 눈여겨본 적 있어?"

사람들은 경험을 교환한다. 이제 완전히 누그러져서, 치유를 갈망하고 있다. 영매는 깔깔거리다 당황한 표정으로 슬쩍 주변을 둘러본다. 그는 그녀를 흘깃 보는데 그의 입술로 빛이 스쳐간다.

"아니, 진지하게, 잠깐만 진지해지자고. 자기 통을 이렇게 들고 걸어다니는 사람들이 있어, 그치? 이 사람은 샘플 창구까지 복도를 걸어가. 우리는 벽을 따라 쭉 놓인 의자에 앉아 있는데 그 사람은 우리 쪽은 보지도 않아. 백합을 유심히 보고 있어. 샘플을 든 손을 몸에서 가능한 한 멀리, 가능한 한 낮게 떨어뜨리고 가. 내 말이 맞지?"

사람들은 소리를 지르며 그 말이 맞는다고 확인해준다.

"마치 그렇게 하면 자기 손끝에 공교롭게도 플라스틱 통이 매달려 있다는 걸, 그리고 그 통 안에는 공교롭게도 똥 한 조각이 들어 있다는 걸 우리가 볼 수 없다고 진짜로 믿기라도 하는 것처럼 말이야. 이제 그 사람 얼굴을 들여다보자고, 응? 마치 이 일의 당사자도 아닌 듯한 표정이야, 그치? 자기는 그냥 심부름꾼에 불과해. 사실은 모사드를 위해 일하는 밀사인 거야, 그리고 자기가 쉬쉬하며 하고 있는 일은 R&D를 위한 생물학적 물품을 운반하는 거야. 맹세하는데, 이런 자들이 내가 가장 즐겨 괴롭히는 사람들이야, 특히 업계 사람일 경우에는. 그러니까 배우나 감독이나 극작가, 다시 말해서 내가 아직 쌩쌩할 때 함께 일하곤 하던 사람들일 경우에는 말이야. 그래서 좌우간 나는 끌어안으려고 두 팔을 활짝 벌리고 바로 달려들어. '오, 안녕하시오, 미스터 빈*!' 물론 그 사람은 나를 기억하지 못하는 척하지, 내가 어디서 나타났는지조차 전혀 모르는 것처럼. 하지만 나야 무슨 상관이야? 나는 내가 잃어버린 게 나의 위엄인지 수치인지 오래전에 잊어버렸어. 그래서 목소리를 더 키워. '홀라, 아미고! 이리 귀하신 몸이 어찌 이런 누추한 병원에 납시었는지? 아, 그런데, 우리

* 영국의 코미디 프로그램의 등장인물.

를 위해 새로운 걸작을 만들고 계시다는 소식을 신문에서 읽었어요. 멋진 소식입니다! 우리 모두 선생이 뭘 만들어냈는지 너무 궁금합니다! 선생의 작품은 우리에게 너무나 큰 기쁨이죠. 늘 안에서 나오는 것이니까요, 그렇잖습니까? 장腸으로부터!"

사람들은 이제 침을 튀기고, 눈물을 닦아내고, 손으로 허벅지를 친다. 심지어 무대 감독도 딸꾹질을 하며 웃음을 몇 번 터뜨린다. 아주 작은 여자만 유일하게 웃지 않고 있다.

"아, 왜 이래, 이번에는 뭐야?" 소란이 가라앉은 뒤 그가 여자에게 묻는다.

"댁은 그 사람한테 창피를 주고 있어요." 그녀가 말하고, 그는 무력한 표정으로 나를 본다. 저 여자를 어떻게 해야 돼? 그 순간 떠오른다. 에우리클레이아.

이 작은 여자가 어렸을 때부터 그를 알았고, 또 저녁 쇼 전체의 방향을 틀고 있다는 것이 드러난 순간부터 나는 그 이름을 기억하려고 애썼다. 에우리클레이아. 오디세우스의 나이든 유모, 그가 거지로 변장하고 항해에서 돌아왔을 때 그의 발을 씻겨준 여자. 그녀는 오디세우스의 어린 시절 흉터를 보고 그가 누구인지 알아본 사람이었다.

나는 냅킨에 대문자로 그 이름을 쓴다. 어떤 이유에서인지 이 작은 것을 기억해내자 흐뭇하다. 즉시 내가 여기에서 그에게 무엇을 줄 수 있을지 자문해본다. 내가 그를 위해 뭐가 될 수 있을까?

테킬라를 한 잔 더 주문한다. 이렇게 마셔본 게 몇 년 만인지 모르겠다. 속을 넣은 야채를 먹고 싶은 마음이 간절하다. 올리브도. 몇 분 전만 해도 입에 다른 것을 조금도 넣을 수 없을 거라고 생각했지만, 내 생각이 틀렸다는 것이 드러났다. 갑자기 피가 혈관 속에서 펌프질을 해대고 있다. 여기 오기를 잘했다, 정말로 잘했다, 그리고 나가지 않은 것은 훨씬 잘한 일이다.

"그런 뒤에, 몇 마일을 더 달리고 나서…… 잘 따라오고 있어?" 그는 운전하는 차의 창밖을 내다보듯 얼굴을 쑥 내밀고, 우리는, 그러니까 관객은 웃음을 터뜨리며, 그렇다고, 잘 따라가고 있다고 확인해준다. 물론 몇 사람은 실제로 그렇다는 것을 알고 놀라는 듯하지만.

"갑자기 운전병이 말했어. '이봐, 꼬마, 네가 지금 이런 얘기 들을 기분인지는 모르겠지만, 다음달에 내가 우리 사령부 대표로 이스라엘 방위군 경연대회에 나가.'

나는 대답하지 않았어. 내가 뭐라고 하겠어? 기껏해야 나지도 않은 콧수염 밑으로 흐음 하는 소리나 낼 뿐이었지. 하지만 몇 초 뒤에는 약간 미안해지더라고. 모르겠어, 어쩌면 운전병이 너무 딱해 보여서였는지도. 그래서 그게 운전 경연대회냐고 물었지.

'운전?' 운전병이 소리쳤어. 그러더니 뻐드렁니를 드러내며 배꼽을 잡고 웃었어. '내가, 운전 경연대회에?! 나는 표창장을 일흔세 개나 받았어, 이 사람아! 병역에다가 추가로 여섯 달을 더 이 안에서 보냈지. 말도 안 돼…… 운전이라니! 나는 개그 경연을 이야기하는 거야.'

내가 말했지. '뭐라고요?!' 정말이지 내가 잘못 들은 줄 알았거든. 그러니까 운전병이 말했어. '개그라고, 가서 개그를 하는 거 말이야, 매년 경연대회가 열린다고, 군 전체를 대상으로.'

솔직히, 나는 충격을 좀 받았어. 도대체 이 사람이 왜 갑자기 이런 얘기를 꺼내는 걸까? 나는 줄곧 이제 곧 이 사람이 나한테 이야기를 해줄 거라고 생각하고 앉아 있었는데. 알아? 그러니까 운전병이 일이 어떻게 되고 있는지를 깨닫고 나한테 이야기해줄 거라고. 그런데 갑자기 이 사람이 개그 이야기를 꺼내는 거 아니겠어?

그렇게 우리는 차를 타고 가고 있었지. 아무 말도 없이. 내가 관심을 보이지 않는 것에 운전병이 상처를 받았을지도 모르지만, 사실 나는 그런 이야기를 할 기분이 아니었어. 게다가 그때쯤에는 그가 얼마나 운전을 못하는지 눈치채기 시작했거든. 자꾸 방향을 이리저리 틀고, 갓길을 침범하고, 파인 곳은 다 찾아 들어가고. 그러다가 어머니라면, 어머니가 여기 있다면, 아마 내가 그에게 시합에서 잘하라고 행운을 빌어주기를 바랄 거라는 생각이 들었어. 그 생각 때문에 숨을 쉴 수가 없었지. 어머니의 목소리, 어머니의 음악 같은 말투가 들렸어. 귀에 어머니의 숨이 느껴지기까지 했어. 그래서 말했지. '행운을 빌게요.'

'예선에 나온 사람이 아마 스무 명쯤 됐을 거야.' 운전병이 말했어. '남부 사령부의 모든 기지에서 참가를 했는데, 결국 세 명이 결승에 올라갔지. 그리고 결승에서 사령부 대표로 딱 나 혼자만 남았다는 말씀.'

'어떤 식으로 시험을 봤어요?' 내가 물었어. 그냥 어머니 때문에 물은 거야. 사실 시험을 어떻게 봤는지 좆도 내가 무슨 관심이 있었겠어? 하지만 어머니라면 그 이빨과 여드름과 외모에서 풍기는 전체적인 분위기 때문에 이 운전병을 안쓰러워할 거라는 걸 알았거든.

'그냥 봤어.' 운전병이 말했어. '나도 잘 모르겠어, 있잖아, 우리는 책상이 있는 방에 들어갔고 그 앞에서 개그를 했어. 주제별로.'

그러니까 핵심은 이거야. 운전병은 나와 이야기하고 있지만 사실은 딴 데 가 있는 거나 마찬가지였다는 거. 그의 이마에는 주름이 잡혀 있고 입으로는 개목걸이의 사슬을 물고 있었어. 하지만 나는 대비를 하고 있었어, 이게, 이 개그 경연대회 이야기가 부러 딴전을 피우는 것일 수도 있었으니까. 어쩌면 지금, 내가 살짝 경계를 풀었을 때, 이 사람이 갑자기 그 이야기로 나를 찌를지도 모르니까. 그게 칼처럼 튀어나올지도 모르니까.

'거기에는 〈바마하네〉 기자가 심사위원으로 와 있었어.' 운전병이 계속 말을 이어갔어. '그리고 가샤시 트리오 가운데 한 명도 있었지. 샤이케, 늘 웃음을 터뜨리는 덩치 큰 사람 말이야. 코미디언 둘도 심사위원으로 와 있더라고. 나는 모르는 사람들이었지만. 그 사람들이 우리한테 주제를 주면 우리는 개그를 하는 거였어.'

'네, 그랬군요.' 내가 말했어. 나는 그의 목소리를 듣고 그가 거짓말을 하고 있다는 걸 알았고, 그가 이 쓰레기 같은 이야기를 끝내고 어서 이야기를 해주기를 기다렸어.

'그러니까 그 사람들이, 블론드! 하고 말해. 그러고 나서 우리에게 삼십 초가 주어지는 거야.'

'블론드요?'"

도발레는 다시 허공을 물끄러미 바라본다. 그의 신뢰할 만한 트릭이다. 눈꺼풀이 반쯤 내려와 있고, 얼굴은 인간의 타락한 본성에 놀란 표정으로 굳어 있다. 그렇게 할 때마다 관객의 웃음소리는 더 커지지만, 웃음은 다시 멈칫거리고, 흐트러지고 있다. 무대 위의 남자가 결국은 자기 이야기를 계속 고집할 것임을 깨달은 관객들 사이로 작은 절망의 잔물결이 퍼져나가는 것이 느껴진다.

"그러는 동안에도 트럭은 길을 따라 춤을 추며 나아갔고, 나는 그게 이 개그맨이 자신을 잊고 생각에 잠겨 있다는 뜻임을 알았어. 다행히도 도로는 거의 텅 비어 있었어. 십오 분마다 차가 한 대 나타날까 말까 했으니까. 나는 오른손으로 문손잡이를 찾고, 스프링을 느껴보고, 좌우로 비틀어보았어. 머릿속에 한 가지 생각이 떠오르기 시작했지.

'이봐, 꼬마.' 운전병이 말했어. '너는 지금 개그나 들을 기분이 아니겠지만, 그래도 혹시 듣고 싶다면…… 어쩌면 그게, 모르겠어, 네 기분을 좀 낫게 해줄 수도 있지 않을까?'

어떻게 나아져? 나는 생각했고, 머리가 터져버릴 것 같았어.

'야, 주제를 하나 던져봐.' 운전병이 말했어. 운전병은 두 손으로 운전대를 똑바로 잡고 있어서, 나는 그가 장난하는 것이 아님을 알 수 있었지. 얼굴 전체가 순식간에 바뀌었고, 귀는 빨갛게 타오르고 있었어. '원하는 대로 아무거나 던져봐. 우리가 말했던 것일 필요는 없어. 뭐든 좋아. 장모, 정치, 모로코인, 변호사, 동성애자, 동물.'

자, 이해를 해야 해, 내 친구들—잠깐 나한테 집중을 해봐—나를 장례식에 데려다주면서 개그를 해주려고 하는 제정신이 아닌 이 운전병과 나는 몇 시간이고 꼼짝도 못하고 붙어 앉아 있어야 했단 말이야. 당신들이 그런 상황에 처해봤는지 모르겠어……" 내 왼쪽으로 조금 떨어진 곳에서 여자 목소리가 소곤거렸다. "지금 한 시간 반째 그런 상황에 처해 있는데." 다행히 도발레는 그녀의 말이나 응답으로 나온 소리 죽인 실소를 듣지 못한다.

"처음으로," 그는 아주 조용한 목소리로, 거의 자기 자신에게 하듯이 말한다. "처음으로 나는 고아가, 나를 지켜봐줄 사람이 아무도 없다는 게 어떤 기분인지 느끼기 시작했어.

그렇게 우리는 계속 차를 타고 갔어. 차 안은 오븐 속 같았어. 눈으로 땀이 흘러들었지. 저 사람한테 잘해줘, 엄마가 다시 내 귀에 대고 말했어. 모든 사람이 짧은 시간만 살다 간다는 걸 기억하고, 그 사람들이 그 시간을 유쾌하게 보낼 수 있게 해줘야 해. 엄마의 말이 들렸고, 엄마의 모습, 기억 속 엄마의 모습, 또 엄마와 아빠의 진짜 사진들 때문에 내 뇌는 미쳐가고 있었어. 물론 사진은 아빠가 훨씬 많았지. 엄마는 사진 찍는 걸 좋다고 한 적이 거의 없었거든. 아빠가 카메라를 들이대기만 하면 엄마는 비명을 질렀어. 내 뇌는 내가 기억하고 있다는 것을 기억도 못하는 사진들, 내가 아기였을 때 찍은, 첫 육 개월 동안 찍은, 아빠와 단둘이서 찍은 사진들을 쏟아내고 있었어. 아빠는 어디나 나를 데리고 다녔지. 아빠는 직물로 작은 마댓자루 같은 걸 만들어서 목에 걸었어. 내가 자루에 들어가 아빠 몸에 매달린 채, 아빠 얼굴 밑에서 한쪽 눈으로 밖을 내다보고 있고, 아빠는 나를 그렇게 매달고 손님의 면도를 해주는 사진이 있어. 엄마는 그때 우리와 함께 있지 않았어. 말했잖아, 엄마는 여기저기 떠돌았다고. 그때도 요양원에 있었어, 공식 보도자료에 따르면 말이야." 그는 한 손가락으로 눈 밑의 피부를 잡아당긴다. "뻐꾸기 둥지* 주위 여기저기. 혈관 재단사 근처 여기저기. 한데 어디까지 얘기했더라, 네타니아, 어디까지 얘기했더라……

됐어, 애쓰지 마. 갑자기 그 차 안에서 강한 추위를 느꼈어. 함신** 한가운데에 있었는데도 몸 전체에 냉기를 느낀 거야. 진짜로 몸이 떨리고, 이가 덜거덕덜거덕 부딪쳤어. 운전병은 나를 보았고, 나는 그가 이런 생각을 하고 있다는 걸 천 퍼센트 확신했어. 내가 이제는 이 아이한테 이야기를 해야 하나? 하지 말아야 하나? 지금 말해주어야 하나, 아니면 조금 더 갖고 놀까? 그래서 나는 더 스트레스를 받았어. 그가 정말로 이야기를 해주면 어떻게 하나 하는 생각 때문이었지. 그와 단둘이 있는데 차 안에서 그냥 이야기를 해주면 어떡하냔 말이야. 그래서 얼른 다른 것들을 생각하려 했어. 그의 이야기가 들리지 않을 만한 것들 아무거

* '정신병원'을 의미하는 속어.

** 사막에서 부는 뜨거운 모래바람.

나. 하지만 머리에 떠오른 것은 전에는 생각도 못했던 것들이었어. 마치 뇌가 나에게 맞서는 음모를 꾸미는 것처럼, 생각과 질문을 던져댔지. 정확히 똑같은 곳을 다시 자를 수 있는가 없는가, 어쨌든 간에, 어쩌다 엄마한테 그런 일이 생겼을까, 무엇으로 그랬을까, 그 일이 있었을 때 엄마는 집에 혼자였을까 하는 의문들. 그런 생각들이 물밀듯이 밀려왔어. 내가 캠프에 와 있는 동안 아빠가 이발소에서 일찍 퇴근했을까, 그렇지 않으면 엄마가 셔틀에서 내릴 때 누가 마중을 나갔을까, 같은 의문. 누가 나 대신 마중나가 엄마를 데려올 수 있었을까? 베르오라에 오기 전에 아빠에게 그 일을 부탁하는 걸 내가 어떻게 잊을 수 있었을까, 또 내가 없는 동안 두 사람은 자기들끼리 잘 지냈을까?

'야생동물.' 나는 얼른 운전병한테 말했어. 그 말은 외침으로 터져나왔어. 그러자 운전병은 말했어. '야생동물이라…… 야생동물이라……' 그 말을 듣는 것만으로도 심장 안쪽을 한 대 얻어맞는 기분이었어. 어쩌면 내가 그런 말을 한 것이 나쁜 징조였는지도 몰라. 갑자기 모든 게 징조처럼 보였어. 심지어 숨쉬는 것조차도 징조가 아닐까.

'할게.' 운전병이 말했어. 그의 입술이 움직였고, 나는 그의 뇌가 작동하기 시작하는 것을 볼 수 있었지. '좋아. 한 가지 있어. 어린 아기 코알라가 나뭇가지에 서서, 두 팔을 펼치고, 뛰어내려서, 땅에 쾅 처박혔어. 코알라는 몸을 일으키고, 다시 위로 기어 올라가, 가지에 서고, 두 팔을 펼치고, 뛰어내려서, 땅에 처박혔어. 다시 몸을 일으키고, 올라가고, 그 모든 일을 계속 반복했어. 이런 일이 계속되었고, 그러는 동안 내내 새 두 마리가 옆 가지에 앉아 코알라를 지켜봤어. 마침내 한 새가 다른 새한테 말했어, 어이, 저 아이한테, 넌 입양한 애라고 말을 할 수밖에 없겠는데.'"

관객은 웃음을 터뜨린다.

"아, 웃는군! 멋진 도시야, 네타니아. 웃겨서 배꼽을 잡는다고 할 수는 없지만, 어쨌든 웃은 걸로 기록에 남길 수는 있겠어. 당신들이 나 대신 차를 타고 있었던 게 아니라는 사실이 참 안됐군. 당신들이라면 그 운전병을 기쁘게 해줄 수 있었을 텐데. 왜냐하면 나, 나는 웃지도 어쩌지도 않고 그냥 거기 앉아서, 픽업 한구석에서 개처럼 흔들리고만 있었거든. 처음 든 생각은 왜 이 사람이 부모와 부적응자 아이 이야기를 나한테 하고 있을까 하는 것이었어. 하지만 운전병은 개그를 끝마치자마자 웃기 시작했어. 그러니까, 운전병은 그냥 그 개그를 열심히 하고 있었던 거야. 꼭 당나귀 울음소리 같더라고. 솔직히, 그 사람 웃음소리가 개그보다 훨씬 웃겼어. 어쩌면 그래서 경연대회에서 우승했는지도 모르지. 나는 웃지 않았고, 그래서 운전병이 실망했다는 걸 알 수 있었지만, 그 사람은 포기하려 하지 않았어. 나는 그 사람이 포기하지 않는 걸 감당할 수가 없었어. 사람이 어떻게 이렇게 아둔할 수가 있나? 나는 그렇게 생각했어.

'좋아, 나를 완전히 죽여버린 얘기가 있어.' 운전병이 말했어. '이 이야기를 할 때마다 나는 웃음이 터져나오는 걸 억지로 참아야만 했어. 웃으면 실격이거든. 말 한 마리가 술집에 걸어들어와서 바텐더한테 통에 든 골드스타 맥주를 따라달라고 했어. 바텐더는 한 파인트를 따라줬고, 말은 그걸 꿀꺽 마시더니 위스키를 달라고 했지. 말은 그걸 다 마시고는 테킬라를 달라고 했어. 그것도 다 마셨지. 보드카 한 잔을 달라고 하고 맥주도 한 잔 더 달라고 했지……' 운전병은 자기만의 천일야화를 주절주절 늘어놓고 있었고 내가 원하는 건 그에게서 멀어지는 것뿐이었어. 내 머리는 유리창에 부딪혀 튀었고, 몸이 흔들리던 중에 나는 갑자기 멀리서, 사막에서 어떤 목소리를 들었어. 정확하게 듣기는 힘들었지만, 내가 어렸을 때, 아마 서너 살 때 엄마가 내게 불러주곤 하던 노래하고 좀 비슷했어. 그 소리가 어디서 나오는지는 전혀 알 수 없었지만, 나한테서 나오는 게 아니라는 건 맹세할 수 있었어. 사실 오랫동안 그 노래 생각은 해본 적이 없었거든. 엄마는 내가 잠이 오지 않을 때나 아플 때 나를 안고 흔들면서 그 노래를 불러주곤 했어, 아이 리 룰리 루, 슐라프 마인 티아레 셰프셀레, 마흐 추 디 클라이네 아이겔레흐*……"

클럽 안은 잠잠해진다. 귀여운 선율은 한 오라기 연기처럼 스러져버린다.

"이제 아빠 생각을 해." 그는 몸을 흔들어 털어내고 굳건하게 밀고 나아간다. "좋은 거, 좋은 거, 아빠에 관해 좋은 걸 생각해. 어디에서, 무엇을, 여기야, 그래, 축구 선수들, 마음속에서 선수들을 팀별로 운영해, 처음에는 이스라엘 팀들, 다음에는 유럽 팀들, 그다음에는 남미 팀들. 나는 그런 일에는 최고였어, 아빠 덕분에, 따라서 마음에 뭐가 떠오르든 괜찮았어. 다섯 살 때부터, 1학년에 들어갔을 때부터, 아빠는 나에게 축구를 가르쳐주기 시작했어. 아빠는 그 일에 열과 성을 쏟았지. 좋아, 됐어, 이제 엄마 차례야. 하지만 엄마는 오지 않았어. 아빠만 계속 다시 내 머릿속으로 뛰어들었어. 엄마에 관해 뭔가 생각할 때마다⋯⋯ 거기 아빠가 있어. 이번에는 뭐야? 부엌에 서서 오믈렛을 만들고 있네. 어쩌면 이건 좋은 징조인지도 몰라, 아빠가 집에 있고 아빠는 모든 게 괜찮다는 징조. 그러다가 나는 고삐를 당겼어. 어떻게 그게 좋은 징조일 수가 있어, 이 멍청아? 도대체 어떻게 그게 좋은 징조라고 생각할 수가 있는 거야? 그 순간 아빠가 오믈렛

* 이디시어 자장가. '아이 리 룰리 루, 이제 자거라 나의 귀여운 어린 양, 이제 네 작은 눈을 감고'라는 뜻.

에서 고개를 들고 나를 보며 카메라 앞에서 웃을 때처럼 싱긋 웃었어. 그런 다음에 특유의 멋진 솜씨를 보여줬어. 공중에 오믈렛을 던지고 지휘자처럼 다른 손을 높이 들어올리는데, 갑자기 아빠가 내 비위를 좀 맞추는 것처럼 보였어. 하지만 아빠가 왜 그러겠어? 지금 아빠가 나한테서 뭘 원하겠어? 아빠가 저러는 건 나하고는 상관없는 일이야. 하지만 실제로 나 때문에 그러고 있는 것처럼 계속 나를 보고 있고, 나는 저리 가달라고, 그만 좀 무섭게 하라고 간청했어. 나한테서 뭘 원하는 거예요? 최소한 아빠 혼자 오지는 않았으면 좋겠어. 이제는 둘 가운데 누가 혼자 오는 것도 바라지 않아. 하지만 아니야아아아—아빠는 떠나지 않을 뿐 아니라, 거기 더 세게 달라붙어 있었어. 이제 청바지 방에 있는 자기 모습을 보여줘. 그 방 얘기는 했지? 그 방에는 사각형 망사가 달린 테이블이 하나 있고, 그 테이블에는 긴 톱이 수직으로 박혀 있어……"

그의 목소리가 삐걱거린다. 보온병을 들고 한 모금 마신다.

"왜 톱이냐고? 누가 물었어? 오, 그래, 거기 안녕하시오, 12번 테이블! 당신 선생이지, 그렇지? 억양만 들어도 알 수 있어. 왜 톱이냐, 그렇게 묻는 거지? 그럼 나머지는 모두 그럴듯하게 들린다는 거네, 그래, 선생 아가씨? 마르세유에서 온, 생선 악취가 나는 면비로드 바지 삼백 벌, 그런데 알고 보니 지퍼가 다 뒤에 달려 있어. 그게 말이 돼? 그리고 이제 겨우 열네 살이 된 아이를 그렇게 보낸다는 게……"

그의 눈에 핏발이 서 있다. 볼을 부풀렸다가 길게 숨을 내쉬며 고개를 가로젓는다. 내 목이 타기 시작한다. 그는 다시 마신다. 잔뜩 입에 넣고 빠르게 꿀꺽꿀꺽 삼킨다. 그가 장례식에 가는 동안 나는 그 시간 내내 베르오라에서 뭘 하고 있었는지 기억해내야 한다. 하지만 이렇게 많은 시간이 흘렀는데 어떻게 자세한 것들을 기억할 수 있단 말인가?

그럼에도 나는 이 장소에서 나 자신을 빼낸다. 정리를 좀 할 필요가 있다. 나 자신을 타이른다. 할인 같은 건 없다. 나는 온 힘을 다해 당시의 나라는 소년을 되살리려고 애쓰지만, 그 소년은 내 의식 속에서 계속 부서지며, 지탱되기를, 존재하기를, 이런 조사를 받기를 거부한다. 나는 포기하지 않는다. 나는 그 몇 분 속에 내 모든 힘을 쏟아붓는다. 쉽지가 않다, 이런 생각은. 도발레는 여전히 말을 하지 않는다. 어쩌면 내가 그의 이야기에 귀기울이지 않는다는 것을 느꼈는지도 모른다. 하지만 나는 적어도 필수적인 질문을 하라고 나 자신을 밀어붙이고 있다. 그가 기지를 떠난 뒤 몇 시간마다 그의 생각을 했던가? 기억나지 않는다. 아니면 적어도 하루에 한 번이라도? 기억나지 않는다. 그가 돌아오지 않는다는 것을 언제 깨달았을까? 기억나지 않는다. 그를 어디로 데려갔는지 알아보겠다는 생각이 왜 떠오르지 않았을까? 그가 사라졌다는 사실에 안도감을 느꼈을까? 심지어 그게 기뻤을까? 기억나지 않는다. 안 나!

내가 아는 것은 그게 리오라를 향한 내 사랑의 첫 며칠이었다는 것, 그것이 다른 모든 감정이나 생각을 무디게 했다는 것뿐이다. 또 캠프에 다녀온 뒤에는 다시 수학 과외 교사에게 가지 않았다는 것도 알고 있다. 나는 부모님께 무슨 일이 있어도 거기 다니지 않겠다고 알렸다. 나는 단호하게 말했고, 그런 대담함에 부모님은 깜짝 놀랐다. 그들은 굴복했고, 두 손 들었고, 그것이 리오라가 악영향을 끼친 탓이라고 여겼다.

그가 두 팔을 양옆으로 최대한 벌리자 두 팔과 함께 웃음도 활짝 벌어진다. "하지만 말해주지, 선생 아가씨, 그 톱에 사실 목적이 있기는 있었다는 걸 알면 놀랄 거야. 왜냐하면 거물이신 울 아빠는 직물업에도 손을 댔거든. 그래, 그래, 자신의 두 손으로 재생 직물 분야에서 자신의 브랜드를, 슈마테스닷컴을 만든 거야. 아빠는 넝마를 사고팔았는데, 한가한 시간에, 이발소의 점심시간에 할 만한 고상한 일이었지. 또하나의 존경받는 사업이었지……"

잠시 관객 속에서 바스락거리는 소리가 들린다. 정확히 어디에서 나는지 알기 어렵다. 내 눈에 보이는 거의 모두가 이야기와 이야기하는 사람에게 매혹되어 있는 듯하다—자신도 어쩔 수 없이, 때로는 혐오에, 심지어 공포에 질린 표정을 지으면서도 매혹되어 있다. 그럼에도 마치 먼 벌집에서 들리는 것처럼 붕붕대는 소리가 있다, 몇 분 전부터 사람들 속에서부터 점점 커지고 있다.

"아빠는 삭스 모터 자전거를 타고 예루살렘의 동네들을 돌아다니면서 넝마, 낡은 옷, 셔츠, 바지를 사 모으곤 했어……" 이제 그도 그 소리를 들을 수 있다. 그의 목소리가 높이 올라가며 귀에 익은 넝마주이의 외침으로 바뀐다. "알테 자헨!"* 그는 부끄러운 줄도 모르고, 열을 내어, 간절한 마음으로 사람들에게 뇌물을 주고 있다. "다아아암요나 리이이이넨이나, 수우우우우건이나, 모오오오옥도리나, 기이이이이저귀 사압니다…… 아빠는 그걸 빨아서 재료와 크기에 따라 분류했어." 붕붕대는 소리는 이제 클럽 모든 곳에서 나는 웅얼거림이 되어, 사방에서 파도처럼 밀려온다. "그런 다음에 아빠가 뭘 했느냐—잘 들어, 친구들, 이제 핵심에 다가가니까, 아무데도 가지 마—아빠는 청바지 방 바닥에 앉아 카드처럼 넝마를 나누었어, 엄청 빠르게. 이건 네 거, 이건 네 거, 빨리-빨리, 이런 종류 한 무더기 저런 종류 한 무더기. 정말 대단한 일이었지, 그걸 무시하면 안 돼. 그런 다음에 아

* '고물'이라는 뜻으로, 고물상이 돌아다니며 외치는 소리.

빠는 셔츠와 바지와 코트를 위에서 아래까지 톱 위에 올려놓고 지질한 것을 잘라냈어, 버튼하고 지퍼하고 클립하고 버클하고 걸쇠 같은 거. 그런 건 죄다 망에 떨어졌지—하지만 걱정 마, 그건 메아셰아림의 재단사에게 팔았으니까, 아빠의 우주에서 낭비되는 건 하나도 없었거든—그런 다음 아빠는 넝마를 백 개씩 보따리로 묶었어. 나도 그걸 돕곤 했지, 그 일이 좋았어. 우리는 함께 그걸 셌어, 아흐트 운 나인치크, 나인 운 나인치크, 훈데르트![*] 우리는 넝마를 끈으로 정말 꽉 묶었고, 아빠는 그걸 팔러 나갔어, 자동차 가게에, 인쇄소에, 병원에……"

웅얼거림이 가라앉는다. 주방의 소음도 멈춘다. 거대한 파열 앞에서 순간적으로 공백 상태가 나타나는 것처럼 깊은 정적이 자리잡고 있다. 도발레는 이야기에 완전히 잠겨 있어 뭔가가 부글거리는 것을 눈치채지 못하는 듯하고, 나는 누군가가 정말로 그를 다치게 할까봐, 잔이나 병, 심지어 의자를 던질까봐 걱정이 된다. 이제 무슨 일이라도 벌어질 수 있다. 그는 무대 앞쪽, 관객과 너무 가까운 곳에 서서 두 팔로 자신의 좁은 가슴을 끌어안고 있다. 아득하고 투명한 웃음이 그의 얼굴을 애무하고 있다. "매일 저녁 나는 바늘을 들고 나일론을 깁는 엄마 옆에 앉아 숙제를

---

* 98, 99, 100.

하면서 아빠가 톱을 사용하는 걸 지켜봤어. 아빠가 움직이던 모습이, 눈이 더 동그래지고 더 검어지던 광경이 기억나. 마침내 아빠는 고개를 들고 엄마를 물끄러미 바라보다가, 순식간에 원래 있던 자리로 돌아왔지, 다시 인간이 되었지. 그리고 엄마가 있었어, 야아, 엄마. 이것 봐, 네타니아……"

갑자기 클럽이 폭발한다. 사람들이 일어선다. 의자들이 뒤로 밀려나고, 재떨이 하나가 바닥에 떨어져 뗑그렁 소리를 낸다. 웅얼거림, 투덜거림, 안도의 한숨. 그러더니 여기 속하지 않은 목소리들이 밖으로부터 굴러들어온다. 거친 웃음소리, 차문이 쾅 닫히는 소리, 엔진이 신음하는 소리, 타이어가 비명을 지르는 소리. 도발레는 칠판으로 종종걸음을 치고, 손에 쥔 분필이 지휘자의 지휘봉처럼 날아간다. 다섯, 여덟, 열. 더, 또 더, 적어도 열 테이블이 사라졌다. 공조한 움직임이 아니었다. 사람들 속에서 갑자기 뭔가가 무르익었고, 그들이 서두는 난민처럼 밀려나가다 문에서 병목현상이 일어난다. 아까 테이블을 쳤던 어깨가 두툼한 남자가 내 옆을 지나가며 부인에게 투덜거린다. "자기 문제를 해결하려고 우리를 이용한다는 게 믿어져?" 부인이 대답한다. "그러게. 록센은 어떻고? 그리고 중고 나일론도 잊지 마! 이건 완전히 스토리텔링 서클이지 뭐야!"

삼 분 뒤 관객 대부분이 사라지자, 천장이 낮은 작은 클럽은 충격을 받고 숨을 헐떡이는 것처럼 보인다. 아직 앉아 있는 우리는 지쳐 따분하다는 표정으로 떠나는 마지막 사람들을 지켜보며, 일부는 비난을 하고, 일부는 부러워하고 있다. 하지만 몇 명은, 많지는 않지만, 새로 힘을 내 의자에서 허리를 더 곧게 펴고 기대에 찬 표정으로 도발레를 다시 본다. 도발레 자신도 출구에 등을 돌린 채 칠판에 마지막 빨간 금 표시를 마무리하는데, 그 선들은 이제 미친 사람의 낙서처럼 보인다. 그는 분필을 내려놓고 몸을 돌려 사람들이 듬성듬성 앉은 클럽을 마주본다. 놀랍게도 안도한 표정이다.

"운전병 기억나?" 그는 마치 지난 몇 분간의 일이 있지도 않았던 것처럼 묻는다. 그가 우리 대신 대답한다. "그래, 우리는 기억하고 있지. 그러니까 운전병은 개그를 멈추지 않았어. 점점 더 많이 했지만, 나는 듣지 않았고, 심지어 이제는 예의상 웃지도 않았어. 그럴 수가 없었어. 하지만 그 사람은 바위였어, 지옥에서 온 연기자였어. 무엇으로도 그 사람을 부술 수 없었지. 운전을 하는 동안 천 명이 차에서 내리더라도 계속 개그를 해댈 수 있는 사람이었어. 나는 옆에서 그 사람을 보면서 그의 얼굴이 변했다는 것을 알았지. 이제는 강인해졌어, 엄청나게 진지했어. 나를 보지도 않고, 내 눈길을 붙잡으려 하지도 않고, 그냥 개그에 개그에 개그만 되풀이했어. 나는 생각했지. 씨발 이게 뭐야? 이 사람 뭐가 문제야?

이 상황 전체, 어떻게 말해야 할까, 이렇게 차를 타고 가는 거, 운전병, '고아'라는 말을 실제로 사용했던 교련 담당 하사, 이런 게 아직 내 마음속으로는 들어오지도 못했어. 전혀 뚫고 들어오지를 못했어! 회로 차단기가 작동되는 것처럼 계속 나한테서 튕겨나갔어. 고아란 갑자기 나이가 들어버린 아이잖아, 안 그래? 아니면 장애아라든가. 9학년의 엘리 스티글리츠가 고아였지. 걔네 아빠는 사해 공장에서 일했는데 몸 위로 크레인이 쓰러졌고, 엘리는 그후 말을 더듬었어. 그럼 나도 이제 말을 더듬을 거란 뜻인가? 고아는 무슨 소리를 내지? 아빠 없는 고아와 엄마 없는 고아가 차이가 나나?"

그의 두 손이 단단한 주먹이 되더니 위로, 입 앞으로 올라간다. 사람들은 더 잘 들으려고 몸을 앞으로 기울인다. 수는 아주 적다. 클럽 여기저기에 흩어져 있다.

"그런데 정말이지, 네타니아, 나는 인생에서 아무것도 바뀌기를 바라지 않았어. 그때까지는 좋은 일만 있었어, 세상에서 최고였지. 우리 아파트가 갑자기 천국처럼 보였어. 비록 작고 어둡고, 넝마와 면비로드와 아빠의 온갖 요리 냄새로 숨이 막힐 것 같기는 했지만. 심지어 그 냄새도 갑자기 좋아졌어. 좋아, 그곳은 개판이고, 그곳은 정신병원이고, 그래, 내가 그곳에서 꽤나 두들겨 맞았다고 해보자고. 좋아, 그래서 그게 뭐? 다들 맞고 살잖아. 그래서 뭐? 그 시절에 맞지 않은 애가 어디 있어? 그 시절엔 다들 그러고 살았잖아. 그것밖에 알지 못했잖아! 그게 우리한테 무슨 해를 줬나? 우리는 그래도 괜찮은 사람이 되지 않았어? 우리는 인간이 되지 않았어?"

그의 눈이 흐려진다. 그 사건들이 지금, 바로 이 순간 일어나고 있는 듯한 표정이다.

"가족이란 게 그런 거잖아. 조금 전까지 안아주다가, 다음 순간에는 허리띠로 똥을 싸도록 두들겨 패는 거. 그게 다 사랑에서 나오는 거야. 매를 아끼면 애를 망친다. '정말이야, 도브후, 가끔은 따귀 한 대가 말 천 마디 가치가 있단다.' 우리 아빠의 개그를 모두 요약하면 바로 그 말이야." 그는 손등으로 이마에서 땀을 닦아내고 웃음을 지으려 한다. "어디까지 얘기했더라, 내 귀여운 박새들? 당신들 왜 그래? 정말로 두들겨 맞은 아이들 같은 표정인데. 당신들 등을 쓰다듬으면서 자장가를 불러주고 싶게 만드네. 경찰서에 간 달팽이 얘기 들어봤어? 못 들어봤다고? 그 얘기도 못 들어봤다는 거야?! 그러니까 달팽이가 경찰서에 들어가서 내근 경사한테 '거북이 두 마리가 나를 공격했어요!' 하고 말했어. 내근 경사는 파일을 열더니 '어떻게 된 일인지 정확하게 말해봐요' 했지. 그러자 달팽이가 말했어. '사실 잘 기억나지 않아요. 모든 일이 너무 빠르게 일어나서요.'"

관객은 조심스럽게 큭큭거린다. 나도 큭큭거린다. 단지 개그 때문만이 아니다. 이제 웃음은 주로 숨을 쉬기 위한 핑계다.

"그러니까 들어봐, 내 손은 내내 문손잡이를 잡고 있었어. 그리고 운전병은, 나를 보지도 않고, 계속……"

작은 여자가 갑자기 명랑하게 소리를 지른다. 그가 그녀를 쳐다본다. "무슨 일이야, 영매? 내가 재미있어지기 시작했어?"

"네, 달팽이 개그는 웃겨요!"

"정말?" 그가 기뻐서 눈을 크게 뜬다.

"네! 모든 일이 너무 빠르게 일어났다고 말하다니……"

그는 안경 너머로 그녀를 살핀다. 나는 그가 이 상황에서 할 수 있는 재치 있는 말들을 훑고 있다는 것을 안다. 혹시 누가 당신보고 은행 금고 같다고 말하지 않아? 둘 다 십 분 지연 메커니즘을 갖고 있잖아…… 하지만 그는 그냥 그녀를 보고 웃음을 지으며 두 손을 들어올린다. "당신 같은 사람은 둘도 없어, 피츠."

그녀가 허리를 곧게 펴자 짧은 목이 조금 길게 늘어난다. "전에도 그렇게 말했죠."

"내가 전에도 그렇게 말했다고?"

"한번은 내가 울고 있는데, 댁이 길을 따라 내려오다……"

"왜 울고 있었는데?"

"맞았거든요. 그런데 댁이 말하기를……"

"왜 맞아?"

"키가 크지를 않는다고. 그런데 댁이 기구氣球 옆집 뒤쪽에서 나와서……"

"물구나무를 서서?"

"물론이죠. 댁은 나 같은 사람은 둘도 없다고, 내가 그 사람들 때문에 울고 있다 해도, 댁은 그걸 거꾸로 보니까, 마치 내가 나 자신 때문에 웃는 것 같다고 말했어요."

"지금도 그 말이 기억난다고?"

"키가 작은 대신 그 보답으로 기억은 길게 할 수 있거든요." 여자는 설명하면서 세 번 고개를 끄덕인다.

"이제 완전히 다른 거!" 그가 선언하지만, 이번에는 그의 외침이 억눌려 있다. 아마 그녀를 놀라게 하지 않으려는 의도일 것이다. "갑자기 운전병이 자기 이마를 찰싹 때리며 말했어. '내가 얼마나 멍청한지 믿기지가 않네! 너는 아마 지금 이렇게 우스갯소리나 실실 해대는 걸 들을 기분이 아닐 거야, 맞지? 나는 그저 네가 머리를 비우고 잠시 잊을 수 있게 해주려는 것뿐이었는데, 내가 이러면 안 되는 거지, 미안해, 응? 용서해줄래? 나쁜 마음 품지 말아줄래?' 그래서 나는 '괜찮아요' 하고 말했어. 그러니까 운전병이 그러더라고. '이제 너 자야겠다. 나는 다 끝났어. 베르세

바에 도착할 때까지 내 입에서는 한마디도 더 나오지 않을 거야. 지퍼 쫙!'"

그는 우리에게 다시 차를 타고 가는 모습을 재현한다. 몸이 아래위로 까닥이고, 파인 데를 만나 튀고, 길이 휘면 좌우로 기울고. 승객의 눈은 천천히 감기고, 머리는 울퉁불퉁한 길을 가면서도 가슴 위로 수그러진다. 갑자기 그가 깜짝 놀란다. "나 자지 않았어!" 그러더니 곧바로 다시 서서히 잠에 빠져든다. 섬세하고 정확하다, 자신의 예술의 달인이다. 몇 안 되는 관객은 싱글싱글 웃는다. 이것은 선물로 주어진 것이다.

"그러다가, 내가 간신히 잠들기 직전에 운전병이 말했어. '꼬마야, 내가 한 가지 더 물어봐도 돼?' 나는 대답하지 않았어. 잠은 달아나버렸지. '그냥 알고 싶어서 그러는데,' 그가 말했어. '너 일부러 그걸 막고 있는 거니?'

'뭘 막아요?'

'모르겠다…… 그거. 우는 거.'

그 순간 그 자리에서 나는 입을 콱 다물어버렸어. 말 그대로 물어버리듯이 앙다물었지. 그 사람과 말을 하지 않으려고. 간섭을 하느니 차라리 다른 형편없는 개그를 했으면 싶더라고. 그렇게 우리는 차를 타고 갔어. 다만 운전병이, 당신들도 이미 알게 됐겠지만, 쉽게 포기하는 사람이 아니라서 문제였지. 잠시 후 운전병은 다시 나한테 내가 참고 있는 건지 아니면 그냥 울고 싶지 않은 건지 물었어.

솔직히 말해서, 나 자신도 이제는 그걸 이해하지 못하고 있었어. 운전병 말이 옳았어. 나는 울고 있어야 했어, 그게 고아가 하는 일이니까, 안 그래? 아니면 반쪽짜리 고아라고 해야 하나? 하지만 나는 눈물이 나오지 않았어, 아무것도 나오지 않았어. 내 몸은 그림자 같았어, 아무런 느낌이 없었지. 게다가, 이걸 어떻게 표현해야 하나…… 진짜로 알기 전에는 아무것도 시작할 수 없을 것 같았어. 그렇지 않아?"

그는 말을 멈추고 우리에게서, 남은 관객에게서 답을 기다린다.

"오직 내 눈만," 그는 작은 소리로 말을 이어간다. "내내 당장이라도 터져버릴 것 같았지. 하지만 눈물 때문이 아니었어. 눈물은 없었어. 통증 때문에, 죽을 것 같은 통증이 내 눈을 짓누르고 있었기 때문이었어."

양쪽 주먹의 관절로 그가 안경 안쪽의 눈을 짓누른다. 그는 눈을 오래, 강하게, 안와에서 눈을 뽑아내려는 것처럼 문질러댄다.

"'우리 가족 중에, 평안히 안식하게 하소서, 죽은 형제가 있어' 하고 운전병이 말했어. '다섯 살 때, 익사했지. 나는 그 형을 알지도 못하지만, 늘 그 형 때문에 울어.'

운전병은 죽은 형 이야기를 하자마자 진짜로 울기 시작했어.

눈물이 그의 얼굴을 따라 직선으로 흘러내렸지. '너는 어떻게 그럴 수 있는지 이해가 안 된다'고 운전병이 말했는데, 사실 말을 제대로 잇지도 못하고 애처럼 흐느끼고 있었어. 나는 그의 눈물을 보았는데, 운전병은 그걸 닦아내지도 않아서, 줄무늬가 그의 뺨을 적시고 군복 셔츠로 흘러내렸어. 그래도 닦지 않았어, 손으로도 다른 무엇으로도. 눈물은 그냥 아무런 억제 없이 흘러내렸어, 그 사람이 원하는 만큼. 하지만 나는 아니었어. 뇌 안의 뭔가가 막힌 것 같았어, 정지해버린 것 같았다고. 뇌에 고장이 난 것 같았어. 하지만 뭔가가 풀려나기만 하면 나도 시작할 수 있을 것 같았지. 그런데 그러는 내내, 잊지 마, 나는 계속 어쩌면 운전병이 뭔가 알고 있을지도 모른다고, 어쩌면 운전병이 지휘관 막사에 있을 때 뭔가 주워들었을지도 모른다고 생각하고 있었어. 그런데 왜 나한테 이야기를 하지 않는 걸까, 왜 나는 그에게 그냥 물어보고 끝장을 보지 못하는 걸까, 그냥 두 마디면 되는데, 참나, 왜 나는 눈을 질끈 감고 질문을 던지지 않는 걸까, 결과가 무엇이든?"

"어이, 여러분! 여러분!" 그가 갑자기 목소리를 높이고 두 팔을 흔든다. 객석의 사람들—사실, 우리 모두—은 화들짝 놀라며 마치 꿈에서 깨어난 듯 움찔한다. 우리는 어색하게 웃음을 터뜨린다. 그는 호주머니에서 빨간 손수건을 꺼내 땀을 닦고, 손수건을 짜는 척하며 혼자 휘파람을 분다. "내가 무슨 생각을 하고 있었는지 알지? 인간의 뇌…… 그건 잠시도 일을 멈추는 법이 없어. 주말에도, 휴일에도, 심지어 욤 키푸르에도 일을 하지. 뇌는 형편없는 노동계약을 한 거야—뇌가 무슨 생각을 하고 있었을까? 하지만 내가 하려던 건…… 아, 그래. 법체계가 이런 식으로 작동하는 나라가 세상 어딘가에 있다고 상상해봐. 판사가 저기 앉아서, 의사봉을 두들기며 선포해. '피고 기립!'" 그는 허리를 곧게 펴고 뻣뻣하게 서서 슬쩍 나를 본다. "'본 법정은 피고에게 무장강도죄가 있음을 확인하고, 그에 따라 갑상선암을 선고한다.' 아니면, 예를 들어, 삼인 합의부가 강간죄를 인정하고 크로이츠펠트야코프병 형을 선고하는 거야. 아니면 이럴 수도 있지. '본 법정은 검사가 피고와 유죄 답변 거래를 했음을 통고받았으며, 그에 따라 피고는 저 독일 녀석 알츠하이머 대신 뇌졸중만 앓게 될 것이다. 그리고 증거 훼손에 대해서는 과민성대장증후군을 얻게 될 것이다.'"

수가 줄어든 관객은 미지근하게 웃음을 터뜨리고, 그는 우리를 교활하게 곁눈질한다. "병에 걸리는 순간, 특히 흥미진진한 병일 경우에는, 발전할, 사실은 퇴화하는 거지만, 훌륭한 잠재력이 있는 병일 경우에는, 만나는 모든 사람이 당신들에게 그게 사실은 그렇게 나쁘지 않다는 것을 보여주려 애쓴다는 거 알지? 나쁘다니, 그 반대라는 거야! 그 사람들은 모두 이십 년 동안 다발경화증이나 간암으로 고생하면서 살아온 어떤 사람에 관한 이야기를 들은 어떤 사람을 알고 있는데, 그 사람들 인생은 끝내준다는 거야! 그렇게 좋았던 적이 없다는 거야! 그런 인생이 얼마나 끝내주고 멋지고 훌륭한지 어마어마한 노력을 기울여 설득하기 때문에 당신들은 오래전에 그런 경화증 같은 데 걸리지 않다니 나는 얼마나 멍청한가 하는 생각이 들기 시작해! 나도 함께 아주 멋진 인생을 살 수 있었을 텐데! 둘이서 아주 훌륭한 커플이 될 수 있었을 텐데!"

그 말과 함께 그는 갑자기 탭댄스를 추기 시작해 "타-다아아암!" 하는 소리로 끝을 내며 두 팔을 활짝 펼치고 한쪽 다리만 무릎을 꿇는다. 얼굴에서 땀이 쏟아진다. 관객 누구도 박수를 칠 수 없다. 사람들은 마른침을 삼키며 당황한 눈으로 그를 본다.

"좋아, 다시 시작하자고. 우리는 도로에 있었어, 개그맨과 당신들의 불충한 하인은—씨발, 나는 너무 불충해." 그는 꿇은 무릎을 펴려고 하지만, 세번째에야 성공한다. "우리는 더웠고, 우리는 목이 말랐고, 우리 눈에 파리가 있었고, 우리 입안에 파리가 있었어. 뭔지 알아? 아까 한 말을 취소해야겠어. 나는 그때 차를 타고 간 걸 별로 생각하지 않는다는 거. 내 말은, 깨어 있을 때는 안 한다는 거야. 가끔 그 장면이 떠오르지, 유리창, 거기 기댄

내 머리가 덜거덕거리던 거. 또는 운전병이 입술로 커다란 뻐드렁니를 가리려고 애쓰는 모습을 계속 보고 있던 거. 또는 내 의자의 천에 아주 작은 구멍이 있어서, 가는 내내 거기에 손가락을 찔러넣고 있었던 거, 그 의자가 기포 고무였던 거. 당신들은 웃겠지만, 나는 전엔 그런 걸 본 적이 없었어, 우리집에는 짚 매트리스만 있었거든. 기포 고무는 느낌이 좋았어, 그래서 픽업을 타고 가던 내내 그게 다른 곳에서 온 어떤 마법의 물질이라는 느낌이 들었어, 나를 보호해주는 고귀한 물질. 그 구멍에서 손가락을 빼는 순간 모든 게 내 머리 위로 무너져내릴 거라고 상상했지. 그런 쓰레기 같은 게 그때 차를 타고 간 일에서 내 마음에 달라붙어 있는 거야, 오늘날까지. 그리고 그 일이 다시 나를 찾아오는 건 보통 밤중이야, 꿈에서. 장편영화처럼 길지. 그런데 그런 일이 거의 매일 밤 일어난다는 게 좀 재미있어. 그게 얼마나 지루할지 상상이 가?—어이, 영사기사! 왜 계속 같은 영화만 틀어주는 거야?! 그때 운전병이 나를 보지도 않고 갑자기 말해. '하지만 너는 아직 얘기해주지 않았어, 누가……'"

도발레는 어리둥절한 눈으로 우리를 노려본다. 양쪽 입꼬리를 과장되게 늘이며 우리가 자신과 함께 웃도록 강요하려 한다. 그러나 아무도 웃음을 짓지 않는다. 그는 눈을 훨씬 더 크게 뜨고 빠르게 깜빡인다. 이제 그의 얼굴은 완전히 어릿광대 같다. 그는 고개를 아래위로 몇 번 까닥이고 소리 없이 입 모양으로 말한다. 재미없어? 정말? 그런 거야? 이제 나는 웃기지 않는 거야? 마침내 내가 진 거야? 그는 고개를 가슴으로 떨어뜨리고 자신과 말없는 대화를 나눈다. 손짓과 과장된 얼굴 표정까지 섞어가며 대화를 나눈다.

그러다가 침묵에 빠져든다. 고요하다.

어찌된 일인지 작은 여자는 우리보다 먼저 무슨 일이 다가올지 안다. 그녀는 뒤로 움츠러들어 두 손으로 얼굴을 가린다. 주먹이 너무 빠르게 날아가 거의 눈에 보이지 않는다. 이가 서로 부딪치는 딱 소리가 들리고, 그의 얼굴 전체가 순간적으로 비틀리며 목에서 떨어져 날아가는 것처럼 보인다. 안경이 바닥에 떨어진다. 그는 표정을 바꾸지 않는다. 고통스러워 가쁘게 숨을 쉴 뿐이다. 손가락 두 개로 입 양쪽 꼬리를 지탱한다. 아직도 안 웃겨? 전혀?

관객은 얼어붙는다. 바이커 두 명은 얼굴이 팽팽해지고 귀가 곤두선 채 앉아 있는데, 그들은 이런 순간이 오리라는 걸 알았을 것이라는—이것이 그들이 온 이유라는—생각이 든다.

이제 그는 비명을 지른다. "아냐? 전혀? 아냐, 아냐, 아냐?" 그는 손바닥으로 얼굴, 갈빗대, 배를 때린다. 그 광경은 적어도 두 사람이 싸우는 것처럼 보인다. 팔다리와 표정들의 소용돌이

속에서 나는 오늘 저녁 한 번 이상 그의 얼굴을 스쳐갔던 표정을 알아본다. 그는 자신을 학대하는 사람과 합쳐지고 있다. 다른 사람의 두 손으로 자신을 때리고 있다.

이 인간 태풍은 아마 이십 초는 계속되었을 것이다. 그러다 갑자기 중단된다. 그의 몸은, 아무런 움직임 없이, 뒤로 당겨지는 것 같다. 역겨워서 자신을 피하는 것 같다. 이윽고 그는 어깨를 으쓱하더니 몸을 돌린다. 저녁 쇼가 시작될 때 들어왔던 문으로 나가 무대 뒤로 걸어가려는 것이다. 그는 무릎을 높이 들고, 팔꿈치로 허공을 잘라내며 오려낸 종이처럼 행진한다. 세번째 걸음에 안경을 밟는다. 멈추지 않는다. 두 어깨가 잠깐 위로 올라갔다가 다시 툭 내려온다. 우리에게 등을 돌리고 있지만, 막 안경을 짓밟은 것에 비웃음을 날리는 모습, 그리고 바보 하는 증오에 찬 소곤거림을 상상할 수 있다.

그는 이야기를 끝내지 않은 채로 걸어나가 우리를 떠나려 하고 있다. 다리 하나와 몸 반쪽이 이미 문밖으로 나가 있다. 그는 발을 멈춘다. 그의 반은 아직 여기 있다. 얼굴을 우리 쪽으로 약간 기울이고, 기대에 차 눈을 깜빡이고, 애원하는 미소를 슬쩍 흘린다. 나는 얼른 허리를 펴고 큰 소리로 웃음을 터뜨린다. 내 웃음소리가 어떻게 들릴지 강하게 의식하고 있지만, 다시 웃음을 터뜨린다. 다른 목소리 몇 개가 약하게 겁을 먹은 채 합류하지만, 그 정도면 그를 다시 데려오기에 충분하다.

그는 몸을 돌려, 초원의 소녀처럼 명랑하게 깡충깡충 뛰어오다가, 허리를 구부려 렌즈가 박살나고 비틀린 안경을 집어들어 코 위에 걸친다. 퍼센트 기호처럼 보인다. 콧구멍에서 가는 핏줄기 두 개가 쫄쫄 흘러 입으로, 이어 셔츠로 흘러내린다. "이제 당신들이 정말 안 보이네." 그는 활짝 웃는다. "그냥 검고 흐릿하게 보일 뿐이야. 모두 나가버려도 나는 알지 못할 거야!"

짐작한 대로, 그 자신이 알고, 또 어쩌면 바란 대로, 네 명으로 이루어진 그룹이 충격을 받은 표정으로 일어나 자리를 뜬다. 다른 세 커플도 뒤를 따른다. 그들은 서둘러, 뒤를 돌아보지도 않고 클럽에서 내뺀다. 도발레는 칠판 쪽으로 한 걸음 나아가지만, 이내 체념하고 손을 젓는다.

"도로가 쌩쌩 지나갔어!" 그는 고함을 질러, 목소리로 도주자들을 뒤쫓는다. "운전병은 몹시 흥분해서, 얼굴 전체가 하나의 커다란 경련이 된 것처럼, 몸 아래로 내려갔다 올라갔다 하며 운전대에 부딪히곤 했지. '아빠지 엄만지 정도는 말해주면 안 되겠냐?'

나는 거기 앉아 아무 말도 하지 않았어. 아무 말도. 우리는 계속 달렸지. 파인 곳이 엄청 많았어. 나는 우리가 어디에 있는지, 얼마나 더 가야 하는지도 몰랐어. 유리창이 내 귀를 때려대고,

해가 얼굴을 태웠지. 눈을 뜨고 있기도 힘들었어. 나는 왼쪽 눈, 이어 오른쪽 눈을 감았어, 번갈아가며. 눈을 바꿀 때마다 세상이 달라 보였어. 그러다가 내가 있지도 않은 힘을 다 모아서 말하는 순간이 찾아왔어. '아저씨는 몰라요?'

'나?' 가엾은 개그맨은 소리치다 운전대를 놓칠 뻔했어. '대체 내가 어떻게 알겠냐?'

'함께 그 방에 있었잖아요.'

'그 얘기를 할 때는 아니었어…… 그뒤에는 그 사람들이 나하고 싸우기 시작했고……'

나는 숨을 쉬기 시작했어. 운전병도 모른다. 적어도 나한테 비밀로 한 건 아니었다. 그를 슬쩍 곁눈질하니, 그가 갑자기 괜찮은 사람으로 보였어. 좀 망가지기는 했지만 괜찮아, 게다가 나를 웃기려고 그렇게 열심히 노력했잖아. 어쩌면 이 사람도 운전 때문에, 나 때문에 스트레스깨나 받았을지도 몰라. 그러니까, 이 사람은 내가 무슨 짓을 할지 전혀 모른다는 거야. 나 자신도 모르지만.

그래서 나는 또 이제 정말로 베르셰바에 갈 때까지 기다려야 하겠구나 하는 생각이 들기 시작했어. 거기에 누가 나를 데리러 나와 있든 그 사람들은 알 거다. 그 사람들한테는 이야기를 해주었을 거다. 베르셰바까지 얼마나 남았냐고 물어봐야 하나 하는 생각이 들었어. 배도 고파왔고. 아침 이후로는 먹은 게 아무것도 없었거든. 고개를 뒤로 젖히고 눈을 감았어. 그러니까 숨을 좀 쉴 수 있더라고. 갑자기 시간 여유가 생겼으니까. 이제부터 베르셰바 사람들이 나한테 말해줄 때까지는 아무 일도 일어나지 않은 척, 모든 게 내가 집을 나설 때와 똑같은 척할 수 있었어. 나는 그저 나한테 웃기는 얘기를 해주는 운전병과 함께 베르셰바까지 군용 트럭을 타고 달리고 있을 뿐이야. 왜냐하면—왜냐? 왜냐하면 그게 내가 하고 싶은 거니까. 왜냐하면 공교롭게도 오늘 관구에서 내가 보고 싶어 죽겠는 개그 경연대회가 열리니까."

멀리, 클럽 바깥의 산업 지구에서 사이렌이 흐느낀다. 웨이트리스 한 명이 손님이 떠난 테이블에 앉아 도발레를 물끄러미 바라본다. 그는 그녀에게 지친 미소를 보낸다. "왜 이래, 당신 얼굴 좀 봐, 인형처럼 귀여운 아가씨! 왜 또 그러는 거야? 그런 얼굴로 여기서 나가면 요아브가 나한테 돈을 안 줄 거야. 왜 시무룩한 얼굴이야? 누가 죽었어? 이건 스탠드업 코미디일 뿐이야! 인정하는데, 이 쇼가 약간 얼터너티브이긴 했지, 옛날 군대 얘기도 나오고 말이야. 정말 오래된 일이야. 사십삼 년이니까, 이보쇼들! 공소시효란 게 있잖아. 게다가 그 아이는 오랫동안 우리 곁에 없었어, 하느님이 아이의 영혼을 축복하시기를, 나는 그 아이로부터 완전히 회복됐다고. 자, 자, 웃음을 좀 지어봐, 한 번만 나를 좀 배려해봐. 나도 먹고살아야 하잖아. 부양비도 계속 보내야 하고. 그 법대생들은 어디 갔어?" 그는 구부러진 안경 위에 손으로 차양을 치지만 그 그룹은 떠난 지 오래다. "좋아." 그는 툴툴거린다. "됐어, 어딘가 인민재판이라도 하러 가야 했나보지. 그런데 라틴어로 '부양비'가 무슨 뜻인지 알아? 글자 그대로 히브리어로 번역을 하면 '지갑을 통해 남성의 고환을 뽑아내는 방법'이야. 훌륭하지, 응? 시적이야. 그래, 그래, 당신들은 웃을 수 있어…… 나, 나는 울고 있지…… 임신이 유지가 안 되는 여자들이 있지, 하지만 나는, 결혼들이 유지가 안 돼. 나는 원하는데, 도무지 유지가 안 되네. 매번 똑같은 이야기야. 나는 약속을 하고, 맹세를 하고, 그런 다음에 또 거지같은 짓을 하고, 그다음에는 늘 똑같이 지저분해져. 청문회, 재산 분할, 방문권…… 어두운 구덩이에 함께 빠진 토끼와 뱀 얘기 들어봤어? 그것도 못 들어봤어? 도대체 어디 살고 있는 거야, 당신들은?! 뱀이 토끼를 만져보고 말해. '털이 부드럽고, 귀가 길고, 앞니가 크네. 너 토끼로구나!' 토끼는 뱀을 만져보고 말해. '긴 혀가 갈라졌고, 미끄러지듯이 움직이고, 미끌거리네. 너 변호사로구나!'"

그는 손가락 한 개를 들어올려 우리의 약한 웃음을 자른다. "당신들에게 질문이 하나 있어, 간단한 선禪도브교*의 화두야. 어떤 남자가 숲속에 혼자 서 있는데, 주위에 사람 한 명, 살아 있는 생물 한 마리가 없어. 이것도 그의 잘못일까?"

여자들은 웃음을 터뜨리고, 남자들은 킥킥거린다.

"운전병이 주먹으로 운전대를 치기 시작하더니 고함을 질렀어. '대체 뭐야! 어떻게 너한테 말을 해주지 않을 수가 있어? 어쩌다 너한테 말을 해주지 않은 거야?' 나는 대답하지 않았어. 운전병은 '이런 씨발' 하고 내뱉더니 담배에 불을 붙였는데, 손이 부들부들 떨렸어. 그러더니 음흉하게 나를 곁눈질하더라고. '한 대 피울래?' 나는 대수롭지 않은 것처럼 담뱃갑에서 한 대를 뽑았어. 운전병이 불을 붙여줬어. 나의 첫 진짜 담배였지. '타임'이었어, 모든 애들이 피우던 상표. 캠프에서는 아무도 나한테 주려고 하지 않았지. '너는 아직 애잖아' 하고 말하면서. 내 머리 위로 자기네끼리 주고받았지. 심지어 여자애들도 나를 빼놓고 주고받았는데, 이제 운전병이 나를 위해 불까지 붙여주는 거야. 라이터에는 벌거벗은 여자가 옷을 입었다 벗었다 하고 있고. 나는 담배를 빨고, 기침을 했어. 뜨겁고, 좋더라고. 그게 모든 걸 다 태우기를 바랐어. 온 세상을 태워버리기를 바랐어.

그렇게 이제 우리는 담배를 피우며 차를 타고 가고 있었어. 아무 말 없이, 사나이들처럼. 아빠가 나를 볼 수 있다면 그 자리에

---

* 선불교에 자신의 이름을 집어넣은 것.

서 바로 내 싸대기를 날렸을 거야. 그래서 이번에는 엄마 차례야, 어서, 무엇이든 상관없어. 저녁에 타스 버스에서 내릴 때 엄마 얼굴이 어때 보이는지 생각했어. 꼭 죽음의 천사를 위해 온종일 일하다 온 것 같았지. 매일 그런 식이었어, 좀체 익숙해지지를 못했지. 샤워를 해서 몸에서 총알 냄새를 씻어내고 나야만 다시 인간이 됐어. 그러면 엄마는 팔걸이의자에 앉고 나는 쇼를 하지. '일일 쇼.' 우리는 그렇게 불렀어. 나는 매일 학교 가는 길에, 학교에 가 있는 동안, 학교에서 돌아오면서 그 계획을 짰어. 오직 엄마만을 위한 특별 쇼였어. 등장인물들이 있고, 의상이 있었지. 동네 빨랫줄에서 슬쩍해온 모자, 목도리, 옷, 길거리에서 찾아낸 물건들—결국은 나도 우리 아빠의 아들 아니겠어?

우리 주위는 온통 깜깜했어. 하지만 나하고 엄마는, 우리는 불빛이 필요 없었어. 온수 스위치에서 나오는 작고 빨간 빛이면 충분했지. 엄마는 어두운 곳에서 가장 잘 움직여, 이건 엄마가 직접 한 말이야. 정말로 어둠 속에서 눈이 커졌지, 비현실적이었어. 희미한 빨간 빛 속의 파란 물고기 두 마리 같았지. 거리에서 목도리를 두르고 장화를 신고 고개를 푹 숙인 엄마 모습을 보면 당신들은 엄마가 얼마나 아름다운지 알 수 없을 거야. 하지만 집 안에서 엄마는 세상에서 가장 아름다운 여자야. 나는 가샤시 트리오, 또 우리 조하르와 샤이케 오피르가 하던 코미디 촌극을 했고, 시이터 클럽 쿼텟을 흉내내기도 했어. 빗자루를 마이크 삼아 엄마에게 노래를 부르곤 했지. 〈그건 당신이 젊다는 뜻〉과 〈목이 흰 내 사랑〉과 〈그는 그녀의 이름을 몰랐다〉. 완전한 쇼였어, 매일 저녁, 몇 년 동안, 하루도 빼놓지 않고. 그런데도 아빠는 그걸 몰랐지. 우리는 한 번도 들키지 않았어. 아빠는 가끔 우리가 쇼를 끝낸 직후에 들어오기도 했고, 뭔가 냄새를 맡기도 했지만, 그게 뭔지 파악하지는 못했어. 그냥 거기 서서 늙은 선생처럼 우리를 향해 고개를 저을 뿐이었지. 하지만 그게 다였고, 그 이상은 한 번도 없었어. 엄마가 나를 지켜볼 때 어떤 모습이었는지 아빠는 상상조차 하지 못했어."

그는 몸을 앞으로 기울여 이야기 위로 몸을 둥글게 말 것처럼 허리를 구부린다.

"그렇게 오랫동안 쉼없이 엄마 생각을 하는 게 어쩌면 잘못이라는 느낌이 들기 시작했지만, 한편으로는 중간에 멈추고 싶지 않았어. 그럼 엄마가 약해질까봐 걱정이 됐지. 그렇지 않아도 엄마는 아주 약했거든. 아빠의 차례는 곧 올 거였어. 정의가 있으니까. 시간을 평등하게 배분했거든, 초 단위까지. 엄마는 작은 오토만 의자에 발을 얹고 앉아 있곤 했어. 하얀 가운을 입고 머리에는 하얀 수건을 둘러 감고. 공주처럼, 꼭 공주처럼 보였어. 그레이스 켈리처럼." 그는 고개를 돌려 우리를 마주본다. 그의 목소리가 갑자기 달라진다. 그냥 우리에게 편하게 말을 하는 남자의 맑은 목소리다. "봐, 어쩌면 하루에 겨우 한 시간 정도였을 거야, 다 해서, 내가 엄마와 단둘이 있었던 시간이, 아빠가 집에 올 때까지 말이야. 어쩌면 한 시간도 안 됐을 거야, 어쩌면 십오 분 정도, 모르겠어, 어렸을 때는 시간이 다르게 흐르잖아. 하지만 그게 나에게는 엄마와 함께 보낸 최고의 순간들이었어. 그래서 어쩌면 조금 부풀렸을지도……" 그가 킥킥거린다. "나는 엄마를 위해 온갖 종류의 촌극을 하곤 했어. '여기 음식은 끔찍해, 1인분이 너무 조금이고!' '나는 큰사슴을 한 번 쏜 적이 있어.' 그리고 모든 이스라엘의 고전들도. 엄마는 저쪽에 이렇게 담배를 물고 앉아 미소를 머금었는데, 그 미소의 반은 나를 향한 거고 반은 내 머리 뒤로 넘어갔어. 내 히브리어와 억양과 속어를 엄마가 얼마나 이해할 수 있었는지는 잘 모르겠어, 아마 많이 놓쳤을 거야. 하지만 매일 저녁, 삼사 년 동안, 어쩌면 오 년 동안, 엄마는 거기 앉아서 나를 지켜보며, 배시시 웃었어. 나 말고는 누구도 엄마가 그렇게 웃는 걸 보지 못했지, 장담해. 그러다 갑자기 엄마가 그 모든 것에 염증을 내고 말아, 이야기를 하던 중간에, 그게 어느 대목인지는 중요하지 않아, 내가 막 펀치라인을 날리려던 순간일 수도 있는데, 나는 그게 다가오는 것을 볼 수 있었어, 나는 전문가였거든. 엄마의 눈이 내부로 물러나기 시작하고, 입술이 떨리고, 입이 양옆으로 움직여. 그러면 나는 얼른 펀치라인을 날리고, 마무리를 하려고 하지. 속도를 내. 하지만 엄마의 얼굴이 바로 내 눈앞에서 차단되는 게 보이고, 그걸로 끝이야. 종결. 그다음에는 아무것도 없어. 나는 머리에 스카프를 쓰고, 빗자루를 든 채 계속 서 있어, 완전히 바보가 된, 어릿광대가 된 기분으로. 엄마는 머리에서 수건을 풀어 내던지고 담배를 끄고 있어. '도대체 뭐가 되려고 그래!' 엄마는 고함을 질러. '가서 숙제나 해, 나가서 친구들하고 놀아……'"

그는 무대를 세 번 돌고 나서야 다시 천천히 숨을 쉴 수 있다. 잠잠해진 동안 나는 나도 모르게 다른 곳에서 온 고통에 빠져든다. 내가 그녀에게서 아이를 낳을 수만 있었다면. 벌써 몇 번이나 그런 생각을 하는지 모른다. 하지만 이번에는 그게 새로운 곳, 나한테 있는지도 몰랐던 기관을 찌른다. 아주 작은 곳에서 그녀를 떠올리게 해줄 아이가 있다면—그녀의 뺨의 곡선을, 살짝 움직이는 입을. 그게 전부다. 맹세하는데, 그 이상은 필요하지 않을 거다.

"어쨌든, 어디까지 얘기했더라?" 그가 쉰 목소리로 외친다. "내가 무슨 얘기를 하고 있었지? 어서, 죽어라 일을 해야지, 도발레. 베르오라, 운전병, 담배, 엄마, 아빠는 다 얘기했고…… 그래서 우리는 빠르게 달려가고 있었어, 속도계는 시속 75, 80마일을 가리키고, 차체가 진동하기 시작했어. 하지만 운전병은 주먹으로 운전대를 내리치고 고개를 젓는 걸 멈추지를 않았어. 고개를 까닥거리는 인형이 대시보드에 앉아 있는 게 아니라 운전을 하는 걸 본 건 그때가 처음이었어. 운전병은 몇 초마다 나를 꼬나봤어, 마치 내가…… 마치 내가 무슨, 모르겠어, 무슨 병이라도 걸린 것처럼……

하지만 나는, 아무 생각 없었어. 담배만 피우고 있었어. 깊이 빨아들여, 내 뇌를 잘 태우고 있었어, 모든 생각을. 하지만 한편으로는, 담배를 피우면 진짜로 생각하지 않고도 그들 생각을 할 수가 있었어, 왜냐하면 엄마도 담배를 피우니까, 그리고 아빠도. 엄마는 저녁에, 아빠는 아침에. 그 생각만으로도 두 사람에게서 나오는 연기가 섞여서 내 머리가 연기로 가득찼어, 머릿속에서 불이 난 것처럼. 그래서 담배를 창밖으로 튕겨버리고 나니 숨을 쉴 수가 없었어, 숨이 쉬어지지 않았어."

그는 괴로운 표정으로 무대를 이리저리 걸어다니며 손으로 얼굴에 부채질을 한다. 그가 이야기로부터 힘을 끌어낸다고 생각하는 순간들이 있다. 하지만 그 직후에는 이야기가 그에게서 모든 활력을 빨아들인다는 느낌을 받는다. 그것과 연관이 있는지는 확실치 않지만, 아마도 그가 이야기와 함께 움직이는 방식 때문이겠지만, 나에게서 어떤 것이 떠오른다, 어떤 생각. 어쩌면 내가 그를 위해 쓸지도 모른다는 것. 간략하게. 주요 항목들만 추려서. 오늘 저녁을 묘사한 글을. 그냥 집에서 낙서를 한 냅킨들을 들고 앉아 여기에서 벌어진 일을 정연하게 써보려 할 것이다.

그가 가질 수 있도록. 기념품으로.

"그런데 갑자기 트럭을 세웠어, 개그맨이. 하지만 살살 미끄러뜨리다 세우는 게 아니었어—아니었지, 은행 강도처럼 브레이크에서 끼익 소리가 나게 세웠지!" 그는 시범을 보여주듯, 앞으로 갑자기 튀어나갔다가 뒤로 쾅 부딪히며 입을 떡 벌린다. "〈불릿〉의 스티브 매퀸! 보니 앤드 클라이드! 갓길에—아니, 잠깐, 갓길은 없어! 이건 사십삼 년 전 얘기야. 간신히 도로를 발명했을 때야. 자동차 사고가 나면 사람들이 아직도 박수를 치면서 앙코르를 외치던 때야! 쿵! 트럭이 세게 흔들리고, 우리 둘은 풀쩍 튀어올라 금속 테에 둘러싸인 캔버스 지붕에 머리를 쾅 부딪히고, 소리를 질렀어. 이빨은 캐스터네츠가 되고, 입안에는 모래가 가득했어. 트럭이 마침내 멈추자 그는 경적에 머리를 쾅 박았어. 그냥 이마로 그걸 들이받은 거야. 정말이지, 아마 삼십 초는 그러고 앉아 있었을 거야. 사막에 구멍을 뚫고 들어갈 것 같았지. 그러더니 고개를 들고 주먹으로 운전대를 세게 내리쳤어. 그 사람이 그걸 박살내려는 게 아닌가 걱정이 되더라고. 운전병은 이렇게 말했어. '돌아가면 어떨까?'

'무슨 말이에요, 돌아가다니? 나는 예루살렘에 가야 돼요.'

'하지만 이건 옳지 않아, 네가……' 운전병은 더듬거리기 시작했어. '이건 거스르는…… 모르겠다, 이건 하느님마저 거스르는 거야, 아니면 토라 같은 걸. 잘못된 거야, 나는 이런 식으로 계속 운전을 할 수가 없어. 기분이 너무 나빠, 정말이지, 구역질이 나려고 해……'

'계속 운전하세요.' 나는 변성기가 벌써 지난 것처럼 말했어. '베르셰바에 가면 사람들이 이야기해줄 거예요.'

'이야기해주긴 뭘 해줘, 씨발!' 그는 창밖에 대고 내뱉었어. '그 거지 같은 자식들, 그 자식들이 어떻게 할지 뻔해. 계집애 같은 놈들뿐이야. 이야기하는 걸 서로 미루려고 할 거야.'

그러더니 운전병은 차에서 내려 오줌을 눴어. 나는 트럭에 그대로 있었고. 갑자기 혼자가 된 거야. 하사 여자가 지휘관 막사 앞에 날 두고 가버린 뒤로 그렇게 된 건 그때가 처음이었어, 딱 나 혼자만 있게 된 건. 그러자 즉시 보게 됐어—나한텐 좋은 게 아니었어, 혼자 있는 건. 마구 몰려왔거든. 나는 문을 열고 뛰어내려 트럭 반대편에서 오줌을 눴어. 거기 서서 오줌을 누고 있는데, 일 초 후에 그 사람이 내 머릿속으로 뛰어들어왔어, 아버지가, 머릿속으로 밀고 들어왔어. 아빠가 엄마보다 더 자주 그랬어. 그게 무슨 뜻일까, 왜 엄마는 나한테서 점점 약해지는 걸까?

나는 억지로 엄마를 도로 불러들이지만, 아빠가 엄마와 함께 왔어, 엄마 뒤를 쫓아왔어, 잠시도 나와 엄마 단둘이 있게 놔두지를 않았어. 뭐야, 씨발. 나는 열심히 엄마 생각을 했어, 좋은 모습의 엄마가 보고 싶었어. 하지만 대신 내가 뭘 얻었는지 알아? 라디오에서 이스라엘 군인들이 테러리스트를 사살했다거나 교전이 벌어져 우리 군이 적의 부대 전체를 싹 쓸어버렸다고 이야기할 때 엄마가 하얗게 질리던 게 보였어. 그런 이야기가 들리면 엄마는 얼른 일어나서 욕실로 가거든. 그전에 이미 씻었어도 욕실 안에 들어가 다 다시 씻기 시작해. 아마 한 시간은 그러고 있을 거야. 두 손에서 피부가 다 벗겨지도록 비벼대, 뜨거운 물을 다 써가면서. 그럼 아빠는 화가 나서 씩씩거리며 복도를 왔다갔다하지—프스스슈! 프스스슈! 뜨거운 물 때문에, 엄마가 우리 군대를 지지하지 않는 것 때문에. 하지만 엄마가 밖으로 나오면 아빠는 한마디도 하지 않아. 단 한마디도. 이런, 나는 또 아빠 생각을 했어, 아빠는 내가 잠시라도 엄마와 단둘이 있게 해주질 않는다니까."

그는 무대를 배회한다. 다리가 약간 휘청거린다는 생각이 든다. 뒤의 구리 단지는 되풀이해서 열심히 그가 비친 모습을 빨아들였다가 내뱉는다.

"내 마음은 정신없이 달려가고 있었어. 무슨 일이 일어날까,

일이 어떻게 풀릴까, 나한테는 무슨 일이 벌어질까, 나는 누가 돌볼까. 있잖아, 예를 하나만 들어볼게. 내가 다섯 살 때쯤 아빠는 나한테 축구를 가르치기 시작했어, 말했지? 하지만 축구하는 방법을 가르친 게 아니었어. 그랬을 리가 있나, 아빠는 축구를 하는 데는 관심이 없었는데. 아빠는 사실, 규칙, 월드컵과 이스라엘컵과 선수권 대회 결과를 가르쳐줬어. 또 전국 리그 선수들 이름, 그다음에는 영국과 브라질과 아르헨티나 팀들, 그리고 물론 헝가리 팀, 전 세계 팀들, 당연히 독일은 빼고, 또 스페인도 '추방'* 때문에 뺐지, 아빠는 그 사건 때문에 아직 스페인을 완전히 용서하지 않았거든. 가끔 내가 숙제를 하고 있을 때 아빠는 슈마테를 꿰매고 있다가 갑자기 나를 향해 발사를 해. '프랑스! 몽디알 1958!' 그럼 나도 마주 쏴. '퐁텐! 종케! 로제 마르슈!' 그럼 아빠가 말해. '스웨덴!' 그럼 내가 말해. '몇 년?' 그럼 아빠가 말해. '역시 1958!' 그럼 내가 말해. '리드홀름! 시몬손!' 아빠와 보낸 좋은 시절이었지. 그냥 알려주고 싶어서 하는 말인데, 아빠는 평생 축구 시합에 가본 적이 한 번도 없어. 시간 낭비라고 생각한 거지. 뭐하러 구십 분 동안이나 시합을 해야 돼? 이십 분이면 안 돼? 왜 한 골만 들어가면 끝내지 않아? 하지만 아빠는 내

---

* 1492년 스페인에서 유대인을 추방한 사건.

가 작고 약하니까, 내가 축구에 관해 많이 알면 남자애들이 나를 존경하고 나를 보호하고 나를 너무 심하게 때리지는 않을 거라고 생각한 거야. 그게 아빠 마음이 움직인 방식이야. 늘 숨은 목표가 있어, 뭔가를 감추고 있지. 함께 있을 때도 도대체 이 사람이 나를 어떻게 보고 있는지 절대 정확히 알 수가 없어. 이 사람이 나를 지지하나? 반대하나? 아빠는 나도 그런 식으로 기른 것 같아, 결국 모두 자기 자신은 스스로 보살필 수밖에 없다고 믿도록 말이야. 그게 아빠 평생의 만트라이자, 울 아빠로부터 연약한 아들에게로 전해진 유산의 핵심이지.

우리가 무슨 이야기를 하고 있었더라, 네타니아? 내가 또 뭘 기억하고 있을까? 아, 물론, 잔뜩 기억이 나, 내가 얼마나 많이 기억하고 있는지 막 깨닫고 있어. 너무 많아. 예를 들어 오줌을 누고 난 뒤에 아빠가 가르쳐준 그대로 한다든가. '한 번 털고, 두 번 털고.' 그러자 아빠가 아주 많은 걸 그냥 지나가다 하는 말처럼, 크게 법석 떨지 않고 가르쳐준다는 생각이 들었어. 블라인드를 고치고 벽에 구멍을 뚫고 등유 히터를 청소하고 배수구를 뚫고 퓨즈를 만드는 방법 같은 거. 그리고 가끔 아빠가 나한테 어떤 것들을 이야기하고 싶어 죽을 지경인 것 같았다는 생각이 들었어, 축구 말고, 사실 아빠는 축구를 좋아하지도 않았으니까. 부자간의 다른 것들에 관해서 말이야, 자기 어렸을 때 기억이라든가, 뭐 그런 것들, 아니면 생각들, 아니면 그냥 이리 와서 아빠 한번 안아줘, 하는 말. 하지만 방법을 몰랐지, 아니면 쑥스러웠던 건지도 몰라, 아니면 그냥 나를 엄마하고 너무 오래 놔둬서 이제는 바꾸기가 힘들다고 느꼈던 건지도. 그러다보니 다시 엄마 대신 아빠 생각을 하고 있다는 걸 깨닫게 됐어. 그런 쓰레기 같은 것들로 머리가 빙빙 돌기 시작해서 간신히 그 트럭에 다시 올라탈 수 있었어."

"안녕하신가, 네타니아!" 그는 마치 막 무대로 튀어나온 것처럼 고함을 지르지만, 목소리는 지쳐 갈라지고 있다. "아직 내 얘기 잘 듣고 있어? 혹시 기억나—여기서 누가 그걸 기억할 만큼 나이가 들었을까? 우리 어렸을 때 이런 장난감이 있었어, 뷰-마스터. 슬라이드가 들어간 조그만 물건이었는데, 단추를 누르면 그림이 바뀌는 거야. 저멀리, 셀룰라이트*의 황금시대에 나온 물건이지." 그가 재치를 부린다. "우린 그걸로 '피노키오' '잠자는 숲속의 미녀' '장화 신은 고양이'를 봤어……"

관객 가운데 두 사람만 웃음을 짓는다—키가 큰 은발의 여자와 나. 우리 눈이 잠시 만난다. 여자는 얼굴이 곱고 테가 가는 안

* 피부를 우둘투둘해 보이게 하는 피부밑지방으로, 원래는 셀룰로이드라고 말해야 하는데 일부러 바꾼 것.

경을 썼다.

"자, 당신들은 지금 나를 그 장난감으로 볼 수 있어. 트럭 안의 나와 운전병, 딸깍. 우리 주위에는 사막, 딸깍. 군용차량이 우리를 향해 가끔 다가오고, 서로 마주칠 때는 붕 하는 소리, 딸깍."

무대 가까이 앉아 있던, 젊은 남녀 다섯 명으로 이루어진 그룹이 서로 마주보더니 일어서서 자리를 뜬다. 한마디도 하지 않는다. 왜 그들이 이렇게 오래 남아 있었는지, 또는 무엇 때문에 이 특정한 순간에 자리를 뜨는지 나는 알지 못한다. 도발레는 칠판으로 가서 거기 머문다. 이들이 지금 가버린 것이 다른 경우들보다 그에게 더 아프다는 것을 느낄 수 있다. 그는 어깨를 축 늘어뜨리고 분필을 칠판에 쾅 갖다 박는다. 금, 금, 금, 금, 금.

그때 바로 출구에서 한 여자, 남자친구가 없는 여자가 발을 멈추더니, 친구들의 구슬림에도 불구하고, 그들에게 작별인사를 하고 빈 테이블에 앉는다. 매니저가 그녀에게 가보라고 웨이트리스에게 신호를 한다. 그녀는 물 한 잔을 달라고 한다. 도발레는 낙타처럼 성큼성큼 칠판으로 돌아가—그루초 막스*의 모습이 겹친다—과장된 동작으로 금 하나를 지운다. 그러면서 고개를 뒤로 젖혀 입을 크게 벌리고 그녀를 향해 웃음을 짓는다.

* 미국 코미디언이자 영화배우.

"갑자기, 미리 생각한 것도 아닌데, 나는 운전병에게 말했어. '웃기는 얘기 하나 해주세요.' 그러자 내가 주먹으로 한 대 친 것처럼 그의 몸 전체가 반으로 접혔어. '너 정신병자야? 지금 웃기는 얘기를?' '무슨 상관이에요? 그냥 웃기는 얘기 하나뿐인데' 하고 나는 대답했어. '아니, 안 돼, 지금은 못해.' '그러면서 아까는 어떻게 할 수 있었어요?' '아까는 몰랐지. 지금은 알고.' 운전병은 고개를 내 쪽으로 돌리지도 않아. 나를 보기가 두려운 거지. 마치 옮을까 무서운 것처럼. '됐어' 하고 그는 말하더군. '네가 한 얘기만으로도 내 머리는 터질 지경이야.' '부탁할게요. 블론드에 대한 개그 딱 하나만요. 나쁜 일이 일어나봤자 얼마나 나쁘겠어요? 차 안에는 아저씨하고 나하고 둘뿐이고, 아무도 모를 거예요.' 하지만 그는 대답해. '안 돼, 하느님께 맹세코, 나는 못해.'

뭐, 못한다면 못하는 거지. 그래서 그냥 내버려뒀어. 머리를 창에 대고 가는 내내 뇌를 씻어내려고 했어, 드르르르르, 아무 생각 없이, 아무 존재 없이, 아무 아무것도 없이, 엄마도 없이, 아빠도 없이, 고아도 없이. 그래, 맞아. 눈을 감는 순간 아빠가 달려들었어, 이제는 특공대원으로 변신해서 일 초도 기다려주지 않고 달려들었어. 금요일에는 엄마가 아침 근무를 하기 때문에 아빠는 나를 일찍 깨워 함께 정원에 나갔어. 이 얘기는 했지, 그렇지? 안 했나? 우리 거였어, 그 정원은, 건물 뒤에, 아주 작았지만. 가로 삼에 세로 삼 정도 될까. 우리 채소는 다 거기서 나왔지. 우리는 담요를 두르고 앉아 있었어, 아빠는 커피와 담배를 놓고 거뭇거뭇 짧은 수염이 자란 얼굴로, 나는 반쯤 잠들어서 마치 모르는 것처럼 아빠한테 거의 기댄 채. 그럼 아빠는 비스킷을 커피에 담갔다가 나에게 먹여주었어. 우리 주위에는 정적뿐이었어. 건물 위쪽은 다 잠들어 있고, 아파트에서는 아무도 움직이지 않고, 우리 둘은 말은 거의 하지 않았어."

그는 우리가 정적을 들을 수 있도록 한 손가락을 들어올린다.

"아침 그 시간에 아빠의 몸에는 파파파파박 하는 움직임이 없었어. 그래서 우리는 새벽 새들과 나비와 딱정벌레를 봤어. 우리는 새들에게 비스킷 부스러기를 던졌어. 아빠는 가끔 새 울음소리를 흉내냈는데, 도저히 인간의 휘파람 소리라고는 생각할 수 없는 수준이었지.

갑자기 운전병이 말하는 소리가 들렸어. '배가 난파했는데 딱 한 사람만 겨우 뛰어내려 헤엄을 쳤어. 그 사람은 헤엄을 치고, 숨을 푹푹 내뿜다, 또 헤엄을 쳤어. 마침내, 완전히 지쳤을 때, 그는 간신히 섬으로 기어올라갔는데, 자기 혼자가 아닌 거야. 개 한 마리와 염소 한 마리도 거기까지 용케 헤엄을 친 거야.'

나는 눈을 반쯤 떴어. 운전병이 입술을 움직이지도 않고 말을 해서, 무슨 말인지 간신히 알아들을 수 있었어.

'일주일이 흐르고, 이 주일이 흘렀어. 섬은 텅 비었어, 사람도 없고, 동물도 없고, 오직 그 사람과 염소와 개뿐이었어.'

운전병은 개그를 하는 것 같았지만, 개그 목소리가 아니었어. 마치 입 전체가 결리는 것처럼 말을 했어.

'한 달이 지나자 남자는 미칠 듯이 뜨겁게 달아올랐어. 하지만 오른쪽을 봐도 왼쪽을 봐도 여자는 눈에 안 띄고 오직 염소뿐이었어. 일주일이 더 지나자 남자는 더는 참을 수가 없었어. 터질 것 같았지.'

나는 생각하기 시작했어. 조심해, 이 운전병은 지금 지저분한 개그를 하고 있어. 도대체 무슨 일이 벌어지는 거야? 나는 반쯤 감겨 있던 눈을 마저 떴어. 개그맨은 온몸을 운전대 위로 웅크리고, 얼굴은 유리창에 갖다 붙인 채, 엄청 심각한 표정을 하고 있었어. 나는 눈을 감았지. 여기에서는 지금 내가 이해할 필요가 있는 일이 벌어지고 있지만, 내가 그걸 이해할 힘이 어디 있겠어. 그래서 그냥 마음속으로 남자와 염소와 개가 있는 섬의 그림을 그렸지, 멋진 야자나무도 심고, 코코넛도 쪼개 열고, 해먹도 매달았어. 거기에 갑판의자도. 비치볼도.

'일주일이 더 지나자 남자는 더이상 참을 수가 없었어. 그런데 남자가 염소한테 가서 물건을 꺼내자, 갑자기 개가 벌떡 일어나더니 그르르르르르! 하고 소리를 내는 거야. 마치 이렇게 말하듯이. 조심해, 형제, 염소 건드리지 마! 자, 남자는 무서워서, 물건을 도로 집어넣고 생각했어. 밤에 개가 잠들 때 움직이도록 하자. 밤이 되었고, 개가 코를 골자 남자는 조용히 염소한테 기어갔지. 그런데 남자가 막 염소한테 올라타려는데 개가 표범처럼 달려들더니 미친듯이 짖어대는 거야. 눈은 벌겋게 핏발이 서고, 이는 칼날처럼 날카로웠지. 그래서 그 가엾은 남자는…… 달리 어쩔 수가 있겠어? 눈까풀까지 바짝 달아오른 채 다시 잠자리로 기어 돌아갔지.'"

도발레는 이야기를 하고 나는 사람들을 둘러본다. 여자들을 본다. 키가 큰 여자를 본다. 조각을 한 듯 어여쁜 머리 주위에 짧게 자른 머리카락이 후광처럼 빛난다. 삼 년. 타마라가 병든 이래로. 완전한 무관심. 어떻게 그러는진 몰라도 여자들이 나한테서 벌어지고 있는 일을 느낄 수 있는 것은 아닐까 궁금하다. 내가 오래전부터 단 한 여자로부터도 어떤 표시를 포착하지 못한 이유가 그것이 아닐까?

"누가 그런 식으로 개그를 하는 걸 내가 평생 들어본 적이 없다는 사실을 당신들은 이해해야 돼. 운전병은 마치 단 한 음절이라도 건너뛰면 출전 자격이 정지되고 평생 개그 면허가 취소되기라도 할 것처럼 단어 하나하나를 남김없이 짜내듯이 발음했어."

도발레는 아주 세밀한 부분까지 운전병을 흉내내는데, 보이지 않는 운전대 위로 몸을 기울이고 있으니 그의 몸 전체가 우리 앞의 허공에 둥실 떠 있는 듯하다. "'그런 식으로 하루, 또 하루, 일주일, 한 달이 흘러갔어. 남자가 염소 가까이 가려고만 하면 개가 벌떡 일어났지. 그르르르르!'"

여기저기서 미소. 작은 여자는 깔깔거리며 손으로 입을 막는다. "그르르르르르!" 도발레는 다시, 오직 그녀를 향해서만 으르렁거리는데, 이것은 조금 전에 들었던 드르르르르르르의 변형이다. 그녀는 그게 무척 마음에 든다. 그가 간지럼이라도 태운 것처럼 그녀의 웃음이 주르르 펼쳐진다. 그는 다정한 표정으로 그녀를 본다.

"'어느 날, 남자는 절망에 빠져 바다를 내다보고 있다가 멀리서 연기가 피어오르는 것을 봤어. 배가 또 한 척 가라앉고 있었던 거야! 그 배에서 블론드가 뛰어내렸어, 모든 것을 완비한 모습으로. 모든 게 다 제자리에 붙어 있어, 그의 손이 가야 할 곳이 아주 많았지. 남자는 조금도 망설이지 않았어. 바로 뛰어들어 열심히 헤엄을 쳐서, 블론드에게 이르렀지. 블론드는 거의 익사 지경이었는데, 그가 여자를 붙들어 섬으로 끌고 와 모래에 눕혔어. 여자는 눈을 떴어. 멋졌지, 모델 같았어. 여자가 말했어. "나의 영웅! 나는 당신 거예요. 나를 마음대로 해도 좋아요!" 그러자 남자는 의심하는 눈으로 주위를 둘러보다가 여자의 귀에 대고 조

용히 말했어. "이봐요, 아가씨, 잠깐만 개 좀 잡고 있어줄래요?"'

하지만 나는—아니, 들어봐, 네타니아!" 그는 우리가 제대로 웃음을 터뜨리도록 내버려두지도 않는다, 우리 모두 무척 그럴 필요가 있는데. "나는 갑자기 큰 소리로 웃음을 터뜨렸어, 그 픽업 안에서 말 그대로 소리를 질렀어, 왜냐하면 모든…… 나도 모르겠어…… 전체적인 상황으로 인해서, 아니면 곧 뭐가 나를 맞이할지 이 분 동안 전혀 생각하지 않음으로 인해서, 내 뇌가 완전히 튀김이 되어 있었기 때문이었어. 어쩌면 또 나보다 나이가 많은 사람이 어른 개그를 했기 때문인지도, 운전병이 나도 알 거 다 아는 사람이라고 믿어주었기 때문인지도 몰라. 그 순간 내 뇌에 든 쓰레기가 다시 가동되기 시작해, 나는 생각하고 있었어, 운전병이 내가 벌써 성인이 되었다고 생각한다는 게 무슨 뜻일까? 어쩌면 나는 그렇게 빨리 어른이 되고 싶지 않은 거 아닐까?

하지만 핵심은 내가 눈에서 눈물이 나도록 웃었다는 거야, 맹세해, 마침내 눈물이 나온 거야. 그것도 눈물로 쳐주기를 바랐어. 모든 게 완전히 좆된 상황에서 나는 익사할 뻔한 블론드, 개와 염소 생각을 하는 게 실제로 좋다고 느끼기 시작했고, 그러자 눈앞에 해먹에 누워 있는 그들과 코코넛이 보였어. 그게 내가 아는 누군가를 생각하는 것보다 낫더라고.

하지만 운전병, 나는 내가 정신병자처럼 웃는 소리를 듣고 그 사람이 엄청 스트레스를 받는다는 걸 알 수 있었지, 어쩌면 내가 정신줄을 놓은 걸까봐 두려워했던 건지도 몰라. 하지만 또 한편으로는 내가 자기 개그를 좋아한다는 게 무척 기쁘기도 했던 것 같아, 왜 아니겠어? 운전병은 똑바로 앉아서 얼른 혀로 이를 핥았어. 그 사람은 그런 습관이 있었지. 사실 온갖 종류의 습관이 있었어. 요즘도 가끔 그 사람 생각이 나, 이마로 선글라스를 계속 밀어올리던 모습이나, 코를 작게 만든다고 두 손가락으로 꼬집던 모습. '벤구리온, 나세르, 흐루쇼프*가 비행기를 타고 있었어.' 운전병은 자신에 대한 내 마음이 식기 전에 얼른 말했어. '갑자기 조종사가, 연료가 떨어졌는데 낙하산이 하나밖에 없다고 방송을 했어……'

무슨 말을 할 수 있겠어, 그자는 걸어다니는 개그 책이었어. 운전보다는 개그에 관해 훨씬 많은 걸 알고 있었지, 그건 분명해. 그래서 나는 생각했어, 무슨 상관인가? 이런 식으로 베르셰바까지 계속하게 놔두자. 거기 가면 다른 사람들이 말해주겠지, 말해주지 않을 수 없겠지, 거기서 이 고아 일이 진짜로 시작될 테니까. 하지만 거기 도착할 때까지는 형 집행 정지다, 마치 사면을 받은 것처럼. 실제로 그런 느낌이었어, 처형이 몇 분 연기

* 각각 이스라엘, 이집트, 소련의 지도자.

된 것 같았어."

도발레는 고개를 들고 오랫동안 나를 보며 고개를 끄덕인다. 그러자 전화 통화를 할 때, 나더러 판결을 해달라고 요청하는 것이냐고 내가 물었을 때 그가 얼마나 놀랐는지, 심지어 겁을 먹었는지 기억이 난다.

"그 사람도, 운전병도 마찬가지였어. 나는 그 사람이 차 안에서 개그를 계속할 수 있어 행복했을 거라고 생각해. 한편으로는 나로 인한 스트레스 때문이기도 하지만, 어쩌면 또 한편으로는 그냥 내 기분을 좋게 해주고 싶었기 때문이었는지도 몰라. 어느 쪽이든, 그 순간부터 운전병은 심지어 잠시도 쉬지 않고, 마치 앞 담배로 다음 담배의 불을 댕기며 줄담배를 피우듯이 개그에 개그를 이어갔어, 그냥 나를 개그로 잔뜩 채워놨어. 하지만, 솔직히 말해, 대부분은 기억도 나지 않아, 몇 개만 기억에 달라붙어 있을 뿐이야. 그런데 바에 앉아 있는 사람들—어이, 이보쇼들! 당신들 로시하인에서 왔지, 맞지? 아, 미안해, 당연히, 페타티크바에서 왔지. 존경!—저 사람들은 적어도 십오 년은 나와 함께했어. 건배, 무차초스!* 그래서 저 사람들은 내가 쇼마다 매번 집어넣는 개그가 두세 개 있다는 걸 알아, 그럴 필요가 있든

* '젊은이들'이라는 뜻의 스페인어.

없든 집어넣는 거. 이제 당신들은 그게 어디서 나왔는지 알게 된 거야, 욕을 그치지 않는 앵무새를 기르는 남자 얘기 같은 거. 이거 잘 들어봐, 이 얘긴 마음에 들 거야. 아침에 눈을 뜰 때부터 잘 때까지 이 앵무새는 가장 외설적인……"

"왜 그래?" 그가 입술을 깨문다. "내가 뭐 잘못했어? 아냐, 잠깐, 내가 오늘밤에 이 얘기를 이미 했단 말은 말아줘."

사람들은 꼼짝도 않고 앉아 있고, 눈에 따분하다는 표정이 드러난다.

"앵무새 얘기는 이미 했어요." 영매가 그를 보지 않고 말한다.

"아냐, 이건 다른 앵무새야……" 그가 중얼거린다. "농담이야! 영매 여사! 가끔 나는 사람들이 졸지 않았는지 확인하고 싶거든. 당신들은 통과했어! 당신들은 우수한 관객이야!" 그는 얼굴을 찌푸리고 두려움 때문에 표정이 어두워진다. "어디까지 했더라?"

"그 개그맨하고." 작은 여자가 말한다.

"약 때문이야." 그가 그녀에게 말하며 갈증이 나는 듯 보온병에 든 것을 들이켠다.

"부작용이에요." 그녀가 여전히 그를 보지 않고 말한다. "나도 그래요."

"잘 들어, 피츠." 그가 말한다. "이보쇼들, 자, 거의 끝났어, 잠시만 더 나와 함께 있어줘, 좋지? 그래서 운전병은 개그를 쏟아내며 혼자 웃음을 터뜨리고 있었어. 내 머리는 완전히 뒤죽박죽이었고. 사제, 랍비, 매춘부, 모헬*의 뱃속에서 노래하는 양, 그 사람은 우연히 벌목꾼하고 배낭이 바뀌지, 그리고 앵무새—두 번째 앵무새 말이야—그런 게 다 그날 하루종일 혼을 빼놓던 일들과 뒤섞여, 어느 순간엔가 나는 잠이 들었던 것 같아.

그러다 잠을 깼는데 뭐가 보였게? 우리는 분명히 베르셰바 중앙 버스 터미널이 아닌 어떤 곳에 멈춰 있었다는 거야. 바로 코앞에서 닭들이 꼬꼬 울며 돌아다니고, 개들이 자기 몸을 긁고, 새장에는 비둘기가 있고, 차 옆에는 검은 곱슬머리를 잔뜩 부풀린 마른 여자가 있고, 여자는 기저귀를 찬 여윈 아기를 안고 있었어. 여자는 내가 있는 쪽 창문 옆에 서서 머리가 둘 달린 짐승을 보듯 나를 보고 있었어. 내가 처음 생각한 건 이런 거였어. 저 여자 얼굴에 저게 뭐지? 뭘 칠한 거야? 그 순간 나는 그게 눈물이란 걸 깨달았어. 진짜 눈물이 멈추지 않고 직선으로 흘러내렸고, 운전병은 샌드위치를 입에 물고 여자 옆에 서 있다가, 나를 보며 말했어. '굿모닝, 아메리카! 여기는 우리 누나야. 우리하고 함께 갈 거야. 우리 누나가 통곡의 벽에 아직 한 번도 못 가봤다

---

* 할례를 시행하는 훈련을 받은 유대인.

는 게 믿어져? 하지만 우선 너부터 네가 가야 하는 데 내려줄 테니까 걱정 마.'

대체 뭐야?! 여기는 어디고, 나는 누구인가? 웬 통곡의 벽. 그건 예루살렘에 있는 거 아니야! 베르셰바는 어디로 가고? 여기는 어떻게 오게 된 거고?

운전병은 웃음을 터뜨렸어. '너는 여기까지 오는 동안 반은 정신을 잃고 있더라고. 내 개그로 너를 아기처럼 재웠지.' 그러자 여자가 말했어. '믿어지지 않아. 네 개그로 저애를 고문하면서 여기까지 왔다는 거야, 이 똥물에 튀길 자식아? 저애가 저런 상태인데 저애한테 개그를 한다는 게 부끄럽지도 않아?'

여자는 울고 있었지만 목소리는 성마르고 강했어. 운전병이 여자한테 말했어. '저애가 자고 있을 때도 나는 개그를 했지. 단 일 초도 개그 없는 상태로 내버려두지 않았어. 맨투맨 방어, 내가 그걸 한 거야. 자 어서 타.' 여자는 아기와 큰 가방과 함께 차 뒷좌석에 앉았어. '베르셰바는 오래전에 지났어.' 운전병이 나한테 말했어. '네가 이 여행을 혼자 하게 내버려두지 않을 거야, 꼬마. 너는 내 마음에 들었어. 너를 도어 투 도어 서비스로 집까지 데려다줄게.' '하지만 부탁 좀 하자' 하고 그의 누나가 말했어. '개그는 이제 그만. 그리고 여기 보지 마, 애한테 젖을 먹여야 해. 거울 저리 돌리라고, 이 변태 자식아!' 여자는 뒤에서 운전병을 살짝 때렸고 나는 바보처럼 거기 앉아 생각했어. 도대체 왜 내가 고아 생활을 시작하게 해주질 않는 거야? 계속 뒤로 미루게만 하잖아. 이게 내가 뭔가를 해야 한다는 표시일까? 하지만 뭘 해?"

그는 빨간 팔걸이의자로 천천히 걸어가 엉덩이를 살짝 걸치고 앉는다. 금이 간 안경알 뒤의 눈이 자신의 내부를 들여다보고 있다는 것을 알 수 있다. 나는 그를 대신해 클럽을 훑어본다. 열다섯 명쯤 남은 듯하다. 여자들 몇 명은 거리를 두면서도 집중한 표정으로 그를 응시하고 있다. 마치 그를 뚫고 다른 시간을 보고 있는 것처럼. 그런 표정을 다른 것으로 잘못 보기는 힘들다. 그들은 그를 친밀하게 알고 있거나, 한때는 그렇게 알았다. 그들이 오늘밤 여기 오게 된 이유가 궁금하다. 그들 각각에게 전화를 해서 초대했을까? 아니면 그의 쇼가 이곳을 거쳐가면 늘 나타나는 사람들일까?

이 그림에 뭔가가 빠져 있다는 것을 깨닫는다. 젊은 두 바이커의 테이블이 비어 있다. 나는 그들이 떠나는 것을 보지 못했다. 그가 주먹을 마구 날린 뒤 그게 그들이 얻을 수 있는 최대한이라고 생각한 듯하다.

"그래서 나는 창문에 얼굴을 댄 채 거기 앉아 있었어. 내 눈이 슬금슬금 뒷좌석으로 갈까봐 걱정이 돼서 죽을 것 같았지. 그러니까, 어쨌든 그 여자가 뒤에 앉아 있었다는 거야. 그런데 여자들이 하나 건너 하나씩 사람들이 보는 데서 젖을 물리기 시작하는 이 새로운 현상은……? 그러니까, 생각해봐, 이건 전혀 웃기는 얘기가 아니야, 여자하고 나란히 서 있다고 해봐. 여자는 완전히 정상으로 보여, 흔히 말하듯이 규범적으로 보여. 그런데 여자는 아기를 업고 있어, 아기가 당신들 눈에는 여덟 살은 된 것처럼 보인다는 거, 이미 턱이 거뭇거뭇하다는 건 그렇다 치자고……"

그의 목소리는 속이 텅 빈 듯하다, 억양이 거의 사라진 듯하다.

"……어쨌든 그 여자하고 그냥 세상 돌아가는 얘기를 하고 있어, 상대성 양자론을 토론하고 있어. 그런데 갑자기, 여자가 눈 하나 깜빡하지 않고 소매에서 젖가슴을 쑥 꺼내! 진짜 젖가슴을! 제조자 보증! 그리고 그걸 아기 입에 쿡 쑤셔넣고 스위스의 전자기 입자 가속기에 관한 이야기를 계속해……"

그는 작별인사를 하고 있다. 그것을 느낄 수 있다. 그는 지금 자신이 마지막으로 이런 개그를 한다는 것을 알고 있다. 떠나려다가 돌아온 젊은 여자는 한쪽 손으로 머리를 괴고 멍한 표정으로 그를 보고 있다. 그 여자의 사연은 뭘까? 어느 날 밤 쇼가 끝난 뒤 그와 함께 그의 집으로 간 적이 있을까? 혹시 그의 다섯 자식 가운데 하나이고, 오늘 처음으로 그의 이야기를 듣는 걸까? 그리고 검은 옷을 입은 두 바이커…… 그들도 어떤 식으로든 그와 연결되어 있던 것일까?

그가 아까 해준 이야기, 거리를 걸어다니면서 사람들과 체스를 두곤 했다는 이야기가 기억난다. 그들은 각각 역할이 있었다, 그들 자신은 몰랐지만. 오늘밤 그가 여기에서 어떤 복잡한 체스를 여러 명과 동시에 두고 있을지 누가 알겠는가?

"그 젊은 여자, 운전병 누나는 계속 아기에게 젖을 먹이고 있는데, 그와 동시에 한 손으로 자기 가방을 뒤지는 소리가 들려. 누나가 나한테 말해. '틀림없이 오늘 하루종일 아무것도 못 먹었겠지. 손을 이리 줘봐, 얘야.' 내가 손을 뒤로 내미니까 여자는 종이에 싼 샌드위치를 쥐여주고, 이어서 껍질을 벗긴 삶은 달걀하고 그걸 찍어 먹으라고 신문지 조각으로 사탕처럼 싼 소금도 줬어. 여자는 강인해 보이지만 손안은 정말 부드러웠어. '먹어' 하고 여자가 말했어. '어떻게 이렇게 아무것도 안 먹여서 떠나보낼 수가 있었을까?'

나는 샌드위치를 허겁지겁 먹었어. 맛있고 두툼한 살라미와 입안을 태우는 듯한 아릿한 토마토 스프레드가 느껴졌어. 맛있었어, 그 덕분에 잠이 번쩍 깨고, 다시 기운을 차리게 됐지. 달걀은 소금을 뿌려서 두 입에 다 해치웠어. 누나는 아무 말 없이 맛좋은 쿠키도 하나 건네더니, 가방에서 가정용 주스 병을 꺼내—정말이지, 이 여자는 메리 포핀스*였어—오렌지에이드를 한 컵 줬어. 그걸 다 어떻게 한 손으로 하는지, 나는 이해할 수 없었고,

아기와 나를 어떻게 동시에 먹이는지, 그건 더 이해할 수가 없었지. '쿠키가 좀 말랐네.' 누나가 말했어. '목이 메지 않게 오렌지에이드를 마시면서 먹어.' 나는 여자가 시키는 대로 다 했어."

도발레의 목소리—거기에 무슨 일이 생긴 걸까? 말도 알아듣기 힘들지만, 지난 몇 분간은 목소리 자체가 가늘어지고 둥둥 떠다니는 느낌이다, 마치 아이 목소리처럼.

"운전병, 그러니까 여자의 남동생이 뒤로 손을 뻗으니까 여자는 거기에도 쿠키를 쥐여줬어. 운전병은 한번 더, 또 한번 더 뒤로 손을 뻗고, 나는 그가 나를 웃기려고 그런다는 느낌을 받았어. 누나가 개그하는 걸 허락해주지 않으니까 말이야. 우리는 말없이 차를 타고 갔어. '쿠키는 그만' 하고 누나가 말했어. '욕심을 부리고 있잖아. 저애를 위해 좀 남겨둬.' 하지만 운전병은 계속 손을 내밀고, 입안 가득 쿠키를 씹으면서 나를 보고 윙크를 하고, 누나가 목덜미를 찰싹 때리면 '아야!' 하고 소리를 지르고는 웃음을 터뜨렸어. 아빠도 내 머리를 깎아준 뒤에 그렇게 때렸는데, 나는 그걸 예상하면서도 동시에 약간 두려워했어. 솜으로 애프터셰이브 로션을 찍어 발라준 다음, 따끔거릴 정도로 살짝

---

* 영국 작가 P. L. 트래버스의 동명의 동화 속 주인공. 원하는 것은 무엇이든 꺼낼 수 있는 커다란 가방을 들고 다닌다.

때리는 거지. 아빠는 손가락 끝으로 그렇게 때리고 나서, 손님들이 듣지 못하도록 내 귀에 대고 소곤거렸어. '멋있게 깎았네, 마인 라이븐, 내 생명.' 이제 엄마 차례야. 엄마에 관한 좋은 것들. 하지만 지금 엄마에 관해 뭘 생각하는 게 최선일까? 뭐가 가장 큰 도움이 될까? 갑자기 엄마 생각을 하는 게 두려워졌어. 모르겠어, 엄마가 내 앞에서 색깔을 잃어버린 것 같았어. 내가 무슨 잘못을 하고 있을까? 나는 억지로 엄마를 다시 불러들였어. 엄마는 오고 싶어하지 않았어. 나는 강하게 당기고, 두 손으로 끌어당겼어. 엄마도 내 마음에 두어야만 했어. 아빠만일 수는 없었어. 포기하지 마! 나는 엄마한테 소리를 질렀어. 굴복하지 마! 나는 거의 훌쩍이면서, 차문에 기댄 채 온몸을 둘로 접었어, 운전병과 누나가 보지 못하도록. 그러자 엄마가 왔어, 고맙게도, 기워야 할 나일론 한 무더기를 옆에 두고 부엌에 앉아 있었어. 나는 엄마 옆에 앉아 숙제를 하고 있었어. 모든 게 정상이었지. 엄마는 바늘로 코를 하나씩 꿰어나갔어. 몇 코마다 손을 멈추고, 자신을 잊고, 허공을 응시했지. 깁던 나일론이나 나는 보이지 않았어. 그럴 때 엄마는 무슨 생각을 했을까? 한 번도 물은 적은 없었어. 수도 없이 엄마와 단둘이 있었지만 물어본 적이 없어. 내가 뭘 알겠어? 거의 아는 게 없었어. 엄마의 부모는 부유했어, 그건 아빠한테 들어서 알았지. 엄마는 우수한 학생이었고, 피아노를 쳤고, 리사이틀 이야기가 있었지만, 거기서 끝이었어. 스무 살 때 쇼아*가 끝났지만, 열차 한 칸 안에서 전쟁의 여섯 달을 보냈어, 내가 그 얘긴 했지? 반년 동안 엄마를 숨겨준 거야, 폴란드 열차 수리공 세 명이 늘 같은 선로를 오가는 열차의 작은 칸에. 그들은 번갈아 엄마를 지켜줬어. 엄마는 그 이야기를 나한테 한 번 해준 적이 있는데, 전에 들어본 적 없는 묘하게 구불구불한 느낌이 드는 웃음을 터뜨리더라고. 나는 열두 살 정도였을 게 분명한데, 집에는 나와 엄마 단둘이었고, 엄마를 위해 쇼를 하고 있었는데 엄마가 갑자기 중단시키더니 단번에 그 이야기를 전부 해주었어. 엄마 입이 옆으로 뒤틀렸고, 잠시 그걸 바로잡을 수가 없었지. 얼굴의 이 부분 전체가 한쪽으로 쏠려 있었다는 거야. 여섯 달이 지난 뒤 그들은 이제 엄마는 됐다고 결정을 내렸어. 이유는 모르겠어. 어느 화창한 날, 무슨 일이 있었는지 모르겠는데, 마지막 역에 도착했을 때 그 쓰레기 같은 놈들이 엄마를 경비실로 가는 경사로에 그냥 내던지고 갔어."

"계속할까?" 그가 긴장된 목소리로 묻는다. 몇 사람이 고개를 끄덕인다.

"정확한 순서는 기억나지 않아. 많은 일들이 머릿속에 뒤섞여

* 원래 히브리어로 '절멸'이라는 뜻으로, 홀로코스트와 같은 뜻으로 쓰인다.

있어. 하지만, 예를 들어 운전병의 누나가 뒷좌석에서 조용히 혼잣말로, '하느님 우리를 도우소서' 하고 말하는 소리가 들리던 건 늘 마음에 남아 있고, 전체적으로 그 누나가, 그 마음이 계속 움직이고 있다는 느낌을 받았어. 부지런히 애를 쓰는 거지. 누나는 내 생각을 하는데, 나는 그 내용이 뭔지를 몰랐어. 앞서, 누나가 트럭 밖에 서서 안을 들여다봤을 때 나는 누나의 이마 밑에서 깊고 검은 홈 두 개를 봤어. 나는 누나의 눈 안에 들어가지 않으려고 앉은 곳에서 더 깊이 가라앉았어. 아기가 빠는 소리가 내내 들렸고, 몇 번 빨 때마다 아기는 노인처럼 한숨을 쉬었는데, 그것 때문에 나는 스트레스를 받았어. 다들 아기를 돌봐주고 보호해주고 필요한 걸 줘, 그런데 아기는 왜 한숨을 쉬는 거야? 그러다가 느닷없이 누나가 말했어, '네 아빠, 무슨 일 하셔?'

'이발소를 해요. 동업자하고.' 왜 내가 그 여자한테 그런 얘기를 했는지 모르겠네. 나는 바보야. 이러다 동업자가 엄마와 사랑에 빠졌다고 아빠가 농담하기를 좋아했다는 거, 아빠가 둘이 함께 있다가 걸리면 이렇게 하겠다며 동업자의 코 바로 앞에서 가위로 장난을 친다는 얘기까지 할지도 모르겠군.

'그럼 엄마는?' 여자가 물었어.

'엄마가 뭐요?' 하고 내가 말하는데, 이제 나는 좀 조심스러워하고 있었어.

'엄마도 미장원에서 일해?'

'당연히 아니죠, 엄마는 타스에서 일해요, 탄약을 분류해요.' 갑자기 나는 이 여자가 나하고 체스를 둔다는 느낌이 들었어. 각자 한 수를 두고 상대가 다음 수를 두기를 기다리는 거야.

'타스에서 여자들도 일하는 줄 몰랐네' 하고 여자가 말했어.

'해요' 하고 나는 대답했어.

여자는 아무 말도 하지 않았어. 그래서 나도 아무 말 하지 않았어. 이윽고 여자가 나한테 쿠키를 더 먹겠느냐고 물었어. 나는 쿠키도 체스의 수일지 모르기 때문에 받지 않는 게 좋겠다고 생각했지만, 결국 하나를 받아들었고 그 즉시 받은 게 잘못이라는 걸 알았어. 이유는 모르겠지만, 하여간 잘못이었어.

'어서 먹어' 하고 여자가 말하는데, 아주 흡족한 목소리였어. 나는 쿠키를 입에 넣고 씹는데 토할 것 같은 느낌이었어. '형제는 있니?' 여자가 물었어.

그런데 우리는 사막을 떠나온 지 오래였어. 이제 녹색 들판이 펼쳐지고, 자동차도 자주 다녔어, 군용차량이 아니라 민간 차량이. 나는 도로표지판을 보고 예루살렘까지 얼마나 더 가야 하는지 짐작해보려 했지만, 시내 도로에 관해서는 아는 게 전혀 없었기 때문에 한 시간이 남았는지, 삼십 분이 남았는지, 세 시간이 남았는지 알 수가 없었고, 물어보고 싶지도 않았어. 샌드위치와 달걀이 쿠키와 함께 입안에 남긴 개운치 않은 뒷맛은 계속 사라지지 않았어."

"내가 개그 하나 할게." 이제 도발레는 애원하고 있다. 개그가 하나 급하게 필요하다, 입을 달콤하게 해줄 자그마한 거 하나면 된다, 하고 말하는 듯하다. 하지만 각기 다른 테이블에 앉은 두 여자가 거의 동시에 소리친다. "그 이야기나 계속해줘요." 그들은 어색하게 서로를 흘끔거리고, 한 여자는 남편을 곁눈질한다. 도발레는 한숨을 쉬고, 기지개를 켜고, 손가락 마디를 꺾고 나서, 깊은숨을 쉰다.

"그러다가 그 누나가 아무것도 아닌 것처럼 나한테 툭 던졌어. '그런데 너 아빠하고는 어때? 잘 지내, 둘이?'

바로 그때 그 자리에서 뱃속이 뒤집히던 게 기억나. 나는 그냥 그 자리에서 나를 오려냈어. 나는 여기 없다. 나는 어디에도 없다. 나는 심지어 어디에 있는 것도 허락받지 못한다. 그리고 당신들은—잠시 괄호 열고—나한테 존재하지 않을 수 있는 수많은 트릭이 있다는 거, 나는 존재하지 않는 데 세계 챔피언이라는 걸 알아야 해. 하지만 갑자기 그런 트릭이 하나도 기억나지 않았어. 농담하는 게 아니야. 아빠가 나를 때리곤 했을 때, 나는 심장 박동을 멈추는 연습을 했어. 나는 박동을 분당 이십에서 삼십 회로 낮출 수 있었어, 겨울잠을 자는 것처럼. 겨울잠이 내가 노리는 거였고, 그게 내 꿈이었어. 당신들은 이게 재미있다고 생각하겠지만, 나는 맞는 곳에서 나오는 통증을 몸의 다른 부분으로 퍼뜨려, 공평하게 나누는 훈련도 했어. 알잖아, 자원의 균등 분배. 아빠가 때리는 동안 나는 개미들이 한 줄로 줄지어서 내 얼굴이나 배에 있는 통증을 가지러 오고, 몇 초가 지나지 않아 개미들이 그것을 부숴 한 조각씩 통증에 덜 민감한 다른 신체 부위로 옮긴다고 상상하곤 했어."

그는 조금씩 몸을 흔들며, 자신 속으로 빠져든다. 위에서부터 내려오는 빛이 안개 같은 베일로 그를 삼킨다. 그러다가 그는 눈을 뜨고 작은 여인을 오랫동안 바라본다. 그러다가—그가 또 시작한다—아까와 똑같이 계산된 동작으로 눈길을 나에게 옮겨, 한 초의 불을 다른 초로 옮긴다. 아직도 그가 그러는 게 무슨 뜻인지, 나더러 그 여자한테서 뭘 받으라고 요구하는 것인지 이해하지 못하지만, 그가 나에게서 승인의 신호를 요구한다는 것은 느끼고 있다. 나는 눈으로 그와 그녀와 내가 이 자리에서 실로 이어져 삼각형을 이루고 있다고 확인해준다, 그게 무엇인지는 나도 언젠가 이해하게 되겠지.

"하지만 그 누나는 운전병하고 똑같았어. 포기할 줄을 몰라. '안 들려.' 여자는 말하고 내 어깨에 손을 얹었어. '뭐라 그랬어?' 나는 문손잡이를 꽉 쥐었어. 젠장, 도대체 뭘 하자는 거야, 내 몸에 손까지 대고? 그리고 이런 질문들은 다 뭐하자는 거야? 혹시 운전병이 뭘 알아서 자기 누나한테 이야기한 건 아닐까? 내 뇌가 초과근무를 하기 시작했어. 이 사람들이 나를 깨우기 전에 그 집 바깥에서 트럭에 탄 채 내가 실제로 얼마나 잠을 잔 거야? 샌드위치를 만들고 달걀을 삶고 마실 걸 준비할 시간이 충분했으니, 혹시 그동안 운전병이 부엌에서 자기 누나 옆에 서서 모든 걸 이야기해준 게 아닐까? 내가 아직 모르는 것까지? 다시 구역질이 치밀었어. 여기서 문을 열면 길로 몸을 굴릴 수 있고, 뭐 조금 다치기야 하겠지만, 그다음에는 들판으로 달려들어가고, 그러면 장례식이 끝난 뒤까지 아무도 날 찾지 못할 거야. 그때쯤이면 모든 게 끝나 있을 거고 나는 아무것도 하지 않아도 되겠지. 어쨌든 내가 뭘 해야 한다는 이야기는 누가 했고, 나는 어쩌다 모든 걸 내가 떠맡아야 한다고 생각하게 된 걸까? '우린 괜찮아요' 하고 나는 여자한테 말했어. '우린 잘 지내요, 하지만 엄마하고 있을 때가 나아요.'

왜 그런 말이 입에서 나왔느냐고 묻지 마. 나는 세상 누구에게도 우리 집안 이야기를 한 적이 없어, 한 번도, 우리 반 애들한테도, 가장 친한 친구들한테도. 걔네들은 나한테서 한마디도 듣지 못했어. 그런데 도대체 어쩌자고 생판 모르는 사람한테 내 속을 털어놓고 있는 걸까? 이름도 모르는 여자한테? 아무튼, 내가 누구하고 잘 지내고 누구하고 별로 뜨겁지 않은지 이 여자가 무슨 상관이야? 나는 끔찍한 기분이었어. 눈이 침침해졌어. 나는 생각하기 시작했어—지금 웃지 마—어쩌면 그 여자가 준 쿠키에 말을 하게 만드는 뭔가가 들어 있을지 모른다고, 경찰 심문에서처럼 말이야, 자백을 할 때까지 말을 하게 만드는."

그의 얼굴에 몽유병 상태의 공포가 나타난다. 그가 거기에 드러난다. 그의 전부가 드러난다.

"운전병이 여자한테 조용히 말해. '걔 그냥 놔둬, 지금 그 얘기를 하고 싶지 않을 수도 있잖아.' '당연히 하고 싶지' 하고 여자가 말해. '저애가 이런 때 달리 무슨 얘기를 하고 싶을 거라고 생각해? 아프리카의 원숭이? 네 덜떨어진 개그? 저 말 맞니, 얘? 너 그 얘기 하고 싶지 않아?' 여자는 몸을 기울이고 다시 내 어깨에 손을 얹었어. 익숙한 냄새가 나지만, 뭔지는 알 수 없었어. 여자한테서 무슨 달콤한 향수 냄새가 나는 건가, 아니면 아기한테서 나는 냄새인가. 어쨌든 나는 그 냄새를 깊이 들이마시고, 여자 말이 맞는다고 대답을 해.

'거봐' 하고 여자는 말하면서 운전병의 귀를 세게 잡아당기고, 운전병은 '아야!' 하고 소리치면서 귀를 움켜쥐었어. 그걸 보면서 이 사람들이 많이 싸우기는 하지만 그래도 남매라는 걸 알 수 있다고, 나한테는 형제가 하나도 없다니 거지같다고 생각하던 기억이 나. 내내 내 머릿속에 있던 또 한 가지는 여자가 죽은 오빠, 운전병은 본 적도 없는 형을 알고 기억하고 있다는 거였어. 여자는 어떻게 그 둘을 모두 마음에 간직할 수 있을까?"

그는 말을 멈추고 작은 여자를 바라본다. 그녀는 연거푸 하품을 하더니 두 손 위에 머리를 얹지만, 눈은 크게 뜬 채 의지를 갖고 노력하면서 그를 지켜본다. 그는 무대 가장자리에 앉아 두 다리를 대롱거린다. 코피가 입과 턱에 말라붙었고 셔츠에 줄무늬를 두 개 그리고 있다.

"갑자기 모든 게 기억나네. 그게 오늘 저녁의 놀라운 점이야. 당신들도 알기를 바라. 당신들은 여기 그대로 있음으로써 오늘 나에게 큰일을 해준 거야. 갑자기 모든 게 기억나, 잠자다가 그러는 게 아니라, 지금, 이 순간 벌어지고 있는 것처럼. 예를 들어 트럭에 앉아, 거기 도착할 때까지 나는 인간의 삶은 전혀 이해하지 못하는 짐승 같아야 한다고 생각하던 게 기억나. 원숭이든 타조든 파리든 좋아, 인간의 말이나 행동을 이해하지 못하기만 한다면. 그리고 생각을 하지 말아야 해. 이제 가장 중요한 일은 어떤 사람 생각도 하지 않고 어떤 것도 어떤 사람도 원하지 않는 거였어. 물론 몇 가지 좋은 것은 생각할 수 있을지도 몰라. 하지만 지금 뭐를 좋은 거라고 생각할 수 있겠어? 아빠에게 좋은 거? 엄마에게 좋은 거? 나는 아주 작은 실수라도 할까봐 죽도록 무서웠어."

그는 노력을 하여 간신히 비뚜름한 미소를 짓는다. 윗입술은 심하게 부풀어올랐고, 말은 점점 불분명해진다.

"어디까지 했더라……" 그는 중얼거린다. "어디까지 했더라……"

아무도 대답하지 않는다. 그는 한숨을 쉬고 말을 이어간다.

"갑자기 반숙 달걀 생각을 하면 되겠다는 생각이 떠올랐어. 날 그렇게 보지 마. 어릴 때 나는 반숙 달걀을 먹지 못했어, 그 줄줄 흐르는 노른자 때문에 구역질이 났거든. 그런데도 두 사람은 화를 내며 내가 그걸 먹어야 한다고, 그 부분에 비타민이 다 있다고 말했고, 심지어 소리를 지르고 손바닥으로 때리는 일이 벌어졌어. 그런데, 먹는 것이 문제가 되면, 엄마는 때리는 데 아무런 거리낌이 없었어. 결국 어떤 방법도 먹히지 않자 두 사람은 내가 달걀을 먹지 않으면 둘이 집을 떠나 다시는 돌아오지 않겠다고 했지. 그래도 나는 먹지 않으려고 했어. 그러니까 두 사람은 코트를 입더니 열쇠를 들고 문간에 서서 작별인사를 했어. 나는 혼자 남겨지는 게 두려웠지만 계속 먹지를 못했어. 어쩌다 내가 그 사람들한테 맞설 배짱이 생겼는지 모르겠어. 어쨌든 나는 시간을 벌려고 내 나름으로 주장을 하기도 했어. 나는 그저 영원히 그렇게 유지되기를 바랐을 뿐이야, 그들 둘이 나란히 서서 둘 다

똑같이 나하고 이야기를 하기를……"

그는 혼자 웃음을 짓는다. 몸이 오그라들고, 두 다리가 허공에서 흔들리는 것 같다.

"그러니까 나는 반숙 달걀을 떠올리면서 혼자 이런 생각을 하고 있었어. 어쩌면 그게 내가 보고 있어야만 하는 거다, 바로 그게, 도착할 때까지 보고 또 보고 또 봐야 하는 거, 해피엔딩인 영화처럼. 우연히 백미러를 보다가 운전병 누나의 눈에 또 눈물이 가득 고인 게 보였어. 거기 앉아 조용히 울고 있는 거야. 그때 정말로 모든 게 동시에 치밀어올랐어—살라미, 쿠키, 모든 게. 나는 운전병한테 멈추라고 소리를 질렀어—당장! 나는 트럭에서 뛰어내려 속에 든 걸 앞바퀴에 다 게워냈어. 여자가 나한테 먹여준 걸 모두 토했는데도 멈추지를 않았지, 나와도 나와도 끝이 없었어. 우리 엄마는 내가 토하면 늘 머리를 잡아주었지. 나 혼자 토한 건 태어나서 그때가 처음이었어."

그는 이마를 가볍게 만진다. 여기저기서 남녀 몇 명이 무심코 손을 이마로 들어올린다. 나도 그렇게 한다. 묘한 침묵의 순간이다. 사람들은 자기 안에 파묻혀 있다. 내 손가락은 내 이마를 읽는다. 나에게는 쉽지 않다, 이렇게 만지는 게. 최근에 머리숱이 꾸준히 줄었고, 주름도 심해지고 있다. 파인 골들이 나타나고 있다. 뭔가가 안쪽에서부터 내 이마에 문신을 하고 있는 것 같다.

직선과 다이아몬드와 사각형을 그리는 것 같다. 들이받는 황소의 이마, 타마라가 보면 그렇게 말할 것이다.

"자, 나하고 함께 가보자고." 그가 말하며 우리를 살며시 깨운다. "자, 자, 나는 트럭에 다시 타고 있어. 여자가 나한테 천 기저귀를 주면서 얼굴을 닦으라고 했어. 새로 빤 기저귀야. 냄새가 좋아. 나는 그걸 붕대처럼 얼굴에 올렸어"—그는 두 손을 얼굴 위에 펼친다—"이제 엄마 차례야. 너무 오래 엄마를 혼자 놔뒀어. 좋은 거, 엄마에 관한 좋은 거. 엄마가 아누가 핸드크림을 피부에 문지르면 집 전체가 그 냄새로 가득해. 또 엄마의 긴 손가락, 생각하고 읽을 때 자기 뺨을 어루만지는 거. 그리고 꿰맨 곳이 보이지 않게 늘 두 손을 겹쳐서 포개고 있는 거. 심지어 내가 있을 때도 조심을 했기 때문에 한 번도 흉터가 여섯 개인지 일곱 개인지 셀 수가 없었어. 어느 때는 여섯 개, 어느 때는 일곱 개. 이제 아빠 차례. 아니, 다시 엄마 차례야. 그쪽이 더 급해. 엄마는 계속 사라져. 색깔이 전혀 없어. 완전히 하얘, 몸에 피가 1온스도 없는 것처럼. 마치 이미 포기한 것처럼, 어쩌면 내가 엄마 생각을 충분히 열심히 하지 않아 나에게 믿음을 잃은 것처럼. 왜 나는 더 열심히 생각하지 않는 걸까? 왜 엄마의 모습들을 불러내는 것이 내게는 그렇게 어려운 걸까? 나도 불러내고 싶어, 물론 그러고 싶어, 자……"

그는 말을 멈춘다. 머리를 똑바로 들고 있는데 괴로운 표정이다. 그의 내부에서 어두운 그림자가 천천히 기어올라와 그의 얼굴을 가로지르더니, 입을 크게 벌리고, 공기를 들이마시고, 다시 밑으로 쑥 내려가버린다. 그 순간 어떤 생각이 내 속에서 익어간다. 내가 오늘 저녁 쓰려고 하는 걸 그가 읽기를 바란다. 그가 그걸 읽을 시간이 있기를 바란다. 그가 거기에 갈 때 그것이 그에게 있기를 바란다. 나 자신도 완전히 이해하지 못하고, 심지어 믿지도 않는 어떤 방식으로, 내가 쓰는 이것이 거기에서도 어떤 존재를 갖기를 희망한다.

"하지만 엄마가 늘 나를 창피하게 만드는 거……" 그가 중얼거린다. "늘 소동을 피우고, 밤에 비명을 지르고, 창가에서 울어 결국 온 동네가 다 잠을 깨게 만드는 거. 내가 당신들한테 그런 얘긴 하나도 하지 않았지만, 그것도 고려할 필요가 있어, 판결을 내리기 전에 그것도 생각을 해야만 해. 이건 내가 아주 어렸을 때부터 이해하기 시작했던 거야. 엄마가 나에게 가장 좋을 때는 집에 있을 때라는 거, 나하고만 아파트 안에 갇혀 있을 때라는 거. 그때는 나하고 엄마하고 우리 이야기하고 우리 쇼뿐이지, 그리고 엄마가 나를 위해 폴란드어에서 번역해주곤 하던 책들. 엄마는 나를 위해 아이들을 위한 카프카를 읽어줬어, 오디세우스와 라스콜니코프도……" 그는 작게 웃음을 터뜨린다. "잠

잘 시간에는 한스 카스토르프와 미하엘 콜하스와 알료샤 이야기를 해주곤 했지, 모두 보물이었어. 엄마는 그걸 내 나이에 맞게 번안해주었어. 대개는 그러지 않았지만—번안은 엄마의 장기가 아니었거든—하지만 엄마가 밖에 나갔을 때는 아주 곤란했어. 엄마가 문이나 창문 근처에 가까이 가기만 하면 나는 긴장했어, 정말로 가슴이 두근거렸고, 끔찍한 압박이 느껴졌어, 바로 여기, 뱃속에……"

그는 배에 손을 댄다. 그 작은 움직임에 갈망이 담겨 있다.

"무슨 말을 할 수 있겠어, 내 머리는 그들 두 사람으로 터져나가고 있었어, 함께 있는 두 사람으로, 또 엄마로, 갑자기 엄마가 마침내 나에게서 깨어났거든, 마치 자기 때가 거의 다 되었고 우리는 곧 거기에 도착할 것이기 때문에 이게 자기가 나에게 영향을 줄 수 있는 마지막 기회라는 걸 깨달은 듯이, 그래서 엄마는 소리지르고, 빌고, 온갖 종류의 것들을 일깨우기 시작했어, 지금은 뭐였는지 기억도 나지 않지만. 그러고 나면 또 아빠가 훨씬 더 많은 걸 꺼내들었지. 엄마가 한 가지를 말하면 아빠는 다른 두 가지를 더 말했어. 그렇게 엄마는 나를 이쪽으로 아빠는 다른 쪽으로 끌고 갔고, 예루살렘에 다가갈수록 그들은 더 미쳐갔어."

"다 막았어, 다 막았어." 그가 열에 들떠 중얼거린다. "내 몸의 모든 구멍을 막았어. 하지만 눈을 막으면 그들은 귀로 들어오고,

입을 다물면 코로 들어왔어. 밀치고, 소리지르고, 나를 미치게 만들었어, 어린애들처럼, 나한테 소리를 지르고, 울부짖었어— 나, 나, 나, 나를 선택해줘!"

그의 말은 간신히 알아들을 수 있다. 나는 일어서서 무대와 더 가까운 테이블로 자리를 옮긴다. 이렇게 가까이서 그를 보니 이상하다. 그가 고개를 쳐들 때 순간적으로 스포트라이트가 착시 현상을 만들어내, 열네 살짜리 중늙은이에게서 쉰일곱 살짜리 소년이 반사된다.

"그러다 갑자기, 맹세하는데, 이건 상상이 아니야, 아기가 내 귀에 대고 말하는 소리가 들렸어. 하지만 아기가 할 만한 말은 아니었어, 아니었지. 내 나이 또래거나 나보다 나이가 훨씬 많은 것 같았어. 나한테 이러는 거야, 딱 이렇게, 아주 신중하게. '이제 진짜로 결정을 해야 돼, 꼬마야, 곧 도착할 거거든.' 그래서 나는 생각했어, 내가 정말로 그런 말을 들었을 리가 없잖아. 운전병과 누나는 그 이야기를 듣지 못했기를 간절히 바랐어. 그렇게 하느님께 기도했지. 하지만 그런 생각도 하지 말아야 하는 거야, 하느님은 그런 것만으로도 사람을 쳐죽일 수 있거든. 나는 소리를 지르기 시작했어. '그애 입 좀 다물게 할 수 없어요! 얼른 입 좀 다물게 해요!' 그 순간 모든 게 조용해졌어. 운전병과 누나는 아무 말도 하지 않았어, 내가 무섭기라도 한 것처럼. 이윽고 아기가 딱 한 번 소리를 질렀지만, 그건 아기들이 보통 지르는 소리였어.”

그는 다시 한 모금 마시더니 보온병을 뒤집는다. 몇 방울이 바닥으로 똑똑 떨어진다. 그는 요아브에게 신호를 보내고, 요아브는 뚱한 얼굴로 가토 네그로 와인병을 들고 무대로 가서 보온병을 다시 채운다. 도발레는 좀더 따르라고 다그친다. 바에 앉아 있던 작은 그룹, 페타티크바 시절부터 오랫동안 그의 팬이었던 사람들이 그가 한눈판 틈을 타 슬쩍 빠져나간다. 그는 알아채지도 못하는 것 같다. 속셔츠 차림의 피부가 거무스름한 남자가 주방에서 나와 텅 빈 바에 기대 담배에 불을 붙인다.

이 잠잠한 시간을 이용해 은발에 가는 테 안경을 쓴 여자가 나를 건너다본다. 우리 눈이 오래 얽히고, 이것이 나에게 작은 놀라움을 안겨준다.

“친구들, 혹시 내가 오늘밤에 왜 이런 이야기를 하고 있는지 알아? 도대체 어쩌다 이런 이야기를 하게 됐는지?” 그는 가쁘게 숨을 쉬고, 얼굴은 부자연스러운 붉은색으로 타오른다. “금방 끝날 거야, 걱정 마, 빛이 보여.”

그는 안경을 벗고 내 쪽을 흘끗 본다. 나에게 자신의 요청을 일깨워주는 것이리라. 어떤 사람에게서 제어 불가능하게 그냥 흘러나오는 것—그게 그가 나한테 말해주기를 바라는 것이었다. 그건 말로 할 수가 없다, 나는 깨닫는다, 그게 그것의 핵심임이 틀림없다. 하지만 그는 눈으로 묻는다. 그래도 모두가 그걸 알 거라고 생각해? 나는 고개를 끄덕인다. 그래. 그는 계속 집요하게 묻는다. 그 사람 자신, 그 사람도 이것, 자신의 하나뿐인 이것이 뭔지 알까? 나는 생각한다. 그럼. 그렇고말고, 마음 깊은 곳에서 알지.

"운전병은 나를 로메마의 집으로 데려다주었지만, 내가 트럭에서 내리자 이웃 한 사람이 창문 밖으로 소리를 질렀어. '도발레, 여기서 뭐하는 거냐? 얼른 기바트샤울로 가봐, 아직 늦지 않았을지도 몰라!' 그래서 우리는 로메마에서 기바트샤울로, 묘지로 내달렸어. 멀지는 않았어, 아마 십오 분쯤 걸렸을 거야. 빨간불도 무시하고 미친듯이 달렸지. 차 안은 조용했던 걸로 기억해. 아무도 한마디도 하지 않았어. 나는……"

그는 말을 끊는다. 깊은숨을 들이쉰다.

"마음속에서, 나는 검은 마음속에서 셈을 해보기 시작했어. 그렇게 되었던 거야. 나의 회계 시간이었던 거야. 썩을 놈의 웃기는 회계."

그는 다시 입을 다물고, 자기 속으로 더욱더 깊이 침잠한다.

다시 떠올랐을 때, 그는 꽉 쥔 주먹처럼 단단하게 경직되어 있다.

"인간쓰레기. 그게 나였어. 당신들도 기억하지? 잘 적어놓으세요, 판사님, 판결 단계에 이르면 그 요인을 고려하셔야 하니까요. 그래, 당신들 지금 나를 보면 멋진 남자, 명랑한 중늙은이, 아주 재미있는 사람이 보이지? 하지만 나는, 그날 이후로, 또 오늘날에 이르기까지, 늘 겨우 열네 살 된 인간쓰레기, 영혼이 있어야 할 곳에 똥만 가득하고, 그 트럭에 앉아 썩을 놈의 회계나 하고 있는 그런 놈이었어. 그건 한 사람이 평생 할 수 있는 가장 좆같은, 뒤틀린 회계였어. 당신들은 그 계산에 내가 뭘 집어넣었는지 믿지 못할 거야. 나는 집에서 묘지까지 차를 타고 가는 그 몇 분 동안 가장 작은 것, 가장 더러운 것들을 슬쩍슬쩍 집어넣었어. 그들 두 사람과 우리가 함께하는 삶 전체를 대단찮은 현금 계정 안에 넣고 합을 낸 거야."

어떤 사람이 강철의 손으로 그의 얼굴을 쥐어짜는 것처럼 보인다. "진실을 말한다면? 그 순간까지도 나는 내가 얼마나 개같은 자식인지 몰랐어. 내 안에 어떤 오물이 있는지, 꼭대기에서 바닥까지 오로지 오물로만 이루어진 상태가 되고 나서야 알게 된 거야. 나는 사람이 무엇인지, 어떤 가치가 있는지 배웠어. 몇 분 사이에 그 모든 것을 파악하고, 이해하고, 계산했어. 내 뇌는 0.5초 만에 그 계산을 다 해냈어. 이걸 더하고, 저걸 빼고, 또 빼고, 한번 더, 그래 됐어, 죽을 때까지 이걸로 끝이야. 그건 마음에서 지워지지 않아, 앞으로도 절대 지워지지 않을 거야."

그의 두 손이 서로 움켜쥐고 비튼다. 실내를 지배하는 정적 속에서 나는 그 순간들에, 오후 네시에, 군용 트럭이 묘지에 가서 멈출 때 내가 어디에 있었는지 억지로 기억하려 한다, 적어도 짐작은 해보려 한다. 어쩌면 소대와 함께 사격장에서 돌아오고 있었는지도 모른다. 아니면 열병장에서 대형을 짜는 연습을 하고 있었는지도 모른다. 그전에 먼저, 오전 늦게, 그가 배낭을 들고 텐트에서 돌아와, 교련 담당 하사를 따라 트럭으로 가는 것을 보았을 때 무슨 일이 있었는지 이해해야 한다. 왜 나는 벌떡 일어서서 그에게 달려가지 않았을까? 나는 그에게 달려가, 그와 함께 트럭으로 걸어가면서, 무슨 일이냐고 물어보았어야 한다. 나는 그의 친구였다, 안 그런가?

"운전병은 완전히 날아가고 있었어. 온몸으로 운전대를 누르고 있었지. 유령처럼 창백했어. 옆에 가는 차에 탄 사람들이 나를 봤어. 거리에 있는 사람들도 보고. 그들 모두 우리가 어디로 가고 있는지, 내 마음에서 무슨 일이 벌어지고 있는지 알고 있다는 느낌이 오더라고. 그들이 어떻게 알았을까? 나 자신도 아직 모르는데, 분명히 다 알지는 못하는데. 그러는 동안에도 나는 아직 내 회계를 하고 있었으니까. 몇 초마다 또다른 것, 또다른 것이 기억났고, 그걸 내 좆같은 목록에, 내 젤레크치아에 보태고 있었어. 이건 오른쪽, 이건 왼쪽, 왼쪽, 왼쪽……"

그는 사과하듯이 킥킥거린다. 머리가 좌우로 휙휙 움직이는 것을 손으로 막는다.

"도대체 거리의 이 모든 사람들이 내가 알기도 전에 어떻게 내가 결정한 것을 아는지, 내가 얼마나 똥 같은 인간인지 어떻게 알고 있는지, 도무지 이해가 가지 않았어. 우리가 차를 타고 지나갈 때 한 노인이 보도에 침을 뱉던 것, 운전병이 차를 멈추고 기바트샤울로 가는 길을 묻자 옆머리를 길게 기른 성직자 같은 사람이 말 그대로 나에게서 달아나던 게 기억나. 어린 사내아이를 데리고 걸어가던 어떤 여자는 나에게서 고개를 돌렸어. 그 모든 게 신호였어.

운전병이, 묘지까지 가는 길 내내, 내 눈을 똑바로 보지도 않고, 심지어 내 쪽으로 얼굴을 반쯤 돌리지도 않았다는 게 기억나. 운전병 누나는 거의 사라져버렸지. 여자가 숨쉬는 소리도 들리지 않았어. 아기도. 도대체 무슨 일이 벌어지고 있는 건지, 내가 무슨 짓을 한 건지, 왜 모두가 저런 식인지 궁금해지기 시작한 건 아기가 그렇게 조용했기 때문이었어.

차를 타고 가는 마지막 구간에, 집에서 여기까지, 아니면 심지어 베르오라를 떠난 순간부터 뭔가 나쁜 일이 일어났다는 걸 깨달았기 때문이지. 하지만 무슨 일일까? 무슨 일이 벌어진 걸까? 다들 나한테서 뭘 원하는 걸까? 그러니까 그건 그냥 생각일 뿐이었다는 거야. 그냥 내 뇌 주위에서 파리들이 붕붕거리는 것일 뿐이었다는 거야. 생각에서는 아무런 일도 일어날 수 없고, 생각은 누구도 어쩌지 못하잖아, 뇌를 멈출 수도 없고, 오직 이것만, 오직 저것만 생각하라고 명령할 수도 없는 거잖아. 안 그래?"

클럽은 조용하다. 그는 고개를 들고 우리를 보지 않는다.

여전히 답이 두려운 듯하다.

"나는 이해할 수가 없었어. 그냥 이해가 되지 않았어. 하지만 물어볼 사람이 없었어. 나는 혼자였어. 그 모든 것 때문에 또 내 머릿속에는 새로운 생각이 자리잡게 됐어. 이건 분명히 그거야. 이미 일어나버린 게 분명해. 내가 이미 판결을 내려버린 거야."

그는 두 팔을 위로 들어 기지개를 켜더니 다시 내리고, 이번에는 옆으로 펼친다. 숨쉴 방법을 찾고 있다. 그는 나를 보지 않지만, 지금, 아마도 오늘 저녁 다른 어느 순간보다도 강하게, 나에게 자신을 봐달라고 요청하고 있다는 것을 느낄 수 있다.

"핵심은, 어쩌다 그렇게 되었는지 내가 전혀 모른다는 거였어. 그게, 내가 결정을 내린 게 어디에서였는지 꼭 집어낼 수가 없었어. 나는 얼른 내가 생각하는 걸 뒤집으려고 했어, 맹세코 그렇게 했어, 정말로. 씨발, 이게 뭐야? 도대체 왜 내가 이렇게 결정하게 된 거야? 내내 내 마음속에는 완전히 다른 게 있었고, 내 평생 나에게는 다른 게 있었는데, 그런데 심지어 생각조차 하지 않고—하지만 도대체 누가 이런 걸 자꾸 생각하겠어?" 그의 목소리가 갈라지며 공포에 젖은 비명으로 바뀐다. "그런데 이제 와서, 막판에 갑자기? 왜 마지막 순간에 뒤집어서 내가 정말로 원하는 것과 정반대되는 걸 결정했을까? 어떻게 나의 한평생 전체가 한 멍청한 아이의 되는대로 나온 멍청한 생각 하나 때문에 순식간에 확 뒤집혀버렸을까……"

그가 팔걸이의자로 쓰러지듯 주저앉는다.

"그 몇 분," 그가 중얼거린다. "그리고 차를 타고 온 그 모든 시간, 그 좆같은 회계를 한 모든 시간……" 그는 두 손을 천천히 뒤집어 한평생을 집약하고 있는 호기심으로 손바닥을 살핀다. "나의 그런 더러움, 그런 오염…… 맙소사, 내 뼛속까지……"

그가 트럭에 올라타 떠나기 전에 내가 일어나서 그에게 달려갔더라면. 교련중이었다 해도. 하사가 그와 함께 있어서 나에게 고함을 지른다 해도. 그때부터 캠프가 끝날 때까지 모두가 나를 놀리리란 건 의심할 수 없는—그때도 의심하지 않았을—일이라 해도. 아마 아이들은 나를 동네북으로 삼았을 것이다. 그를 대신해서.

그는 두 손으로 머리를 감싸더니 관자놀이를 누른다. 지금 그가 무슨 생각을 하고 있는지는 모르겠으나, 나는 모래가 덮인 사각형 훈련장에서 몸을 일으켜 그에게 달려간다. 경로를 생생하게 기억할 수 있다. 흰 도료를 칠한 돌이 가장자리에 박힌 길. 깃발이 나부끼는 열병장. 커다란 군용 텐트. 막사들. 하사는 나에게 소리를 지르고, 위협을 하고. 나는 그를 무시한다. 나는 도발레에게 이르러 옆에서 함께 걷는다. 그는 내가 온 것을 눈치채고도 배낭의 무게에 짓눌린 채 계속 걷는다. 어리벙벙한 표정이다. 내가 손을 뻗어 그의 어깨를 어루만지자 그는 발을 멈추고 나를 물끄러미 본다. 어쩌면 그 모든 일이 일어난 뒤인데 이제 와서 내가 자기한테 원하는 게 뭔지 파악하려는 것인지도 모른다. 지금 우리 사이가 어떤 것인지? 나는 그에게 묻는다. 무슨 일이야? 너를 어디로 데려가는 거야? 그는 어깨를 으쓱하고 교련 담당 하사를 보며 무슨 일이냐고 묻는다. 그러자 교련 담당 하사는 대답해준다.

그가 대답하지 않으면 나는 다시 도발레에게 묻는다.

그는 교련 담당 하사에게 묻는다.

우리는 그가 대답할 때까지 그렇게 한다.

"때로는 그 셈법이라는 오물이 지금까지도 내 피에서 완전히 빠져나가지 않았다는 생각이 들어. 그렇게 될 수가 없지. 어떻게 그렇게 될 수 있겠어? 그런 종류의 오물은……" 그는 적당한 말을 찾고, 그의 손가락들은 허공에서 그 말을 짜낸다. "그건 방사능이야. 그래. 나 자신의 개인적 체르노빌. 평생 지속되는 한순간. 지금도 내가 다가가는 모든 것을 오염시켜, 오늘날까지도. 나와 접촉하는 모든 사람을."

클럽은 조용하다.

"또는 결혼하는 모든 사람을. 또는 낳는 모든 사람을."

나는 고개를 돌려, 떠나려고 하다가 그대로 자리를 지킨 젊은 여자를 곁눈질한다. 그녀는 두 손으로 얼굴을 가리고 울고 있다. 어깨가 들썩인다.

"계속해요." 곱슬머리가 말갈기처럼 늘어진 커다란 여자가 작은 소리로 말한다.

그는 흐릿한 눈으로 목소리가 나는 쪽을 물끄러미 내다보다 지친 표정으로 고개를 끄덕인다. 나는 이제야 말할 수 없이 귀중한 것을 깨닫는다. 그는 오늘 저녁 내내, 단 한 번도 암시를 하지 않았다. 내가 그 캠프에 함께 있었다는 사실을. 그는 나를 고발하지 않았다.

"더 할 이야기가 뭐가 있겠어? 우리는 기바트샤울에 도착했고, 그곳은 컨베이어 벨트, 공장이었어. 한 시간에 장례식을 세 개 처리했어, 쿵-쿵-쿵. 거기서 내 걸 어떻게 찾을 수 있겠어? 우리는 보도에 주차를 하고, 여자와 아기는 픽업트럭에 남겨두고, 나하고 운전병만 미친듯이 사방으로 뛰어다녔어.

그게 내 첫 장례식이었다는 사실을 잊지 마. 나는 어디를 찾아가야 할지, 무엇을 찾아야 할지, 죽은 사람이 어디에 놓이게 되는지, 어디에서 그 사람이 갑자기 나타날지, 그 사람을 볼 수 있는 건지 아니면 뭔가에 덮여 있을지 알지 못했어. 사람들이 무리를 지어 여기저기 서 있는 게 보였어. 무리마다 각기 다른 곳에. 나는 그 사람들이 뭘 기다리는지, 누가 책임자인지, 우리가 뭘 해야 하는 건지 알지 못했어.

그때 불가리아 빨간 머리가 보였고, 나는 그 사람이 아빠와 함께 일한다는 걸 알았어. 로션이나 샴푸를 공급했지. 그 옆에는 타스에서 일하는 여자, 엄마가 죽도록 무서워하던 교대조 관리자가 보이고, 그리고 그들 조금 뒤로 아빠의 동업자인 실비우가 손에 꽃 한 다발을 들고 있는 게 보였어.

운전병에게 거기라고 말하자 그는 가만히 서서 나에게 거리를 좀 두고 '마음 단단히 먹어, 꼬마야' 비슷한 말을 했어. 사실, 나는 그의 곁을 떠나기가 힘들었어. 나는 그 운전병 이름도 몰라.

혹시 오늘밤에 여기 와 있다면 손을 좀 들어주겠어요? 여기서 내는 걸로 하고 공짜 술을 마시게 해줄 테니, 응?"

긴장되고 고집스러운 표정으로 판단하건대 그는 운전병이 와 있을 가능성이 있다고 진짜로 믿는 듯하다.

"어디 있어요?" 그는 코를 씩씩거리며 말한다. "어디 있는 건가요, 나의 의로운 희극 형제, 내내 개그를 해주고 개그 경연대회 이야기를 꾸며낸 사람? 얼마 전에 조사를 해봤어. 나는 늘 정리를 하잖아, 응, 풀어진 건 매듭을 짓고 말이야. 좀 물어보고 다니고, 조사도 하고, 구글도 검색해보고, 옛날 〈바마하네〉도 뒤져봤지만, 그런 건 없었어, 한 번도, 군대에서 개그 경연대회는 없었다고. 그 사람이 그냥 만들어낸 거야, 그 음흉한 개그맨이 말이야. 충격을 조금 완화해주고 싶었던 건가? 어디 있어요, 선량한 분?

자, 나와 함께 있어줘, 잠시도 내 손을 놓지 마. 운전병은 픽업트럭으로 돌아갔고, 나는 빙 둘러서 있는 사람들에게로 걸어갔어. 천천히 걸어갔던 기억이 나, 깨진 유리를 밟듯이 말이야. 하지만 내 눈은 미친듯이 주위를 두리번거리고 있었어. 우리 건물에 사는 이웃도 있어, 우리가 말리려고 널어놓는 그 많은 넝마에서 그 집 빨래로 물이 뚝뚝 떨어져 우리와 늘 싸우는 여자인데, 지금 그 여자도 여기 와 있어. 아빠 혈압이 높을 때면 부항으로

방혈을 해주던 의사도 있고, 폴란드어 책을 가져오는, 엄마와 같은 슈테틀* 출신 여자도 있고, 저 남자도 있고, 저기 다른 여자도 있어.

아마 스무 명쯤 있었을 거야. 우리가 그렇게 많은 사람을 아는 줄은 몰랐어. 동네에서는 우리하고 이야기를 하는 사람이 거의 없었거든. 혹시 이발소에서 왔을까? 모르지. 나는 그 사람들에게 가까이 가지 않았어. 아빠나 엄마는 보이지 않았어. 이윽고 몇 사람이 나를 보고 손가락질을 하고 수군댔어. 나는 배낭이 몸에서 미끄러져내리는 걸 내버려두었지. 더는 뭘 지니고 있을 힘이 없었어."

그는 자기 몸을 끌어안는다.

"갑자기 헤브라 카디샤에서 나온, 검은 빗자루 같은 턱수염을 기른 키가 큰 남자가 나에게 다가와 말을 하는 거야. '네가 그 고아냐? 네가 그린스테인 고아야? 어디 있었니? 널 기다렸는데!' 그 사람은 내 손을 잡고, 세게, 마치 손을 졸라 죽이려는 것처럼 잡고 끌고 갔어. 걸어가면서 그가 내 머리에 판지 야물커를 붙였어……"

도발레는 이제 시선을 나에게 고정하고 있다. 나는 그에게 내

* 과거 동유럽에 있던 작은 유대인 마을.

가 가진 모든 것과 가지지 않은 모든 것을 준다.

“그 사람은 나를 석조 건물로 서둘러 데려가더니, 안으로 함께 들어갔어. 나는 보지 않았어. 눈을 감았지. 어쩌면 엄마나 아빠가 거기 있을지도 모른다고, 기다리고 있을지도 모른다고 생각했어. 내 이름이 들릴 거라고 생각했어. 엄마 목소리나 아빠 목소리로. 하지만 아무런 소리도 들리지 않았어. 눈을 떴지. 두 사람은 거기 없었어. 성직자로 보이는 커다란 사내가 소매를 걷어붙이고 삽을 든 채 방 옆면을 따라 서둘러 움직이고 있었어. 턱수염을 기른 사람은 나를 끌고 방을 가로질러 문을 하나 더 통과했어. 이제 나는 아까보다 작은 방에 들어와 있었는데, 한쪽 면에는 커다란 세면대들이 있고, 양동이와 수건인지 젖은 시트인지가 몇 개 있었어. 긴 손수레 같은 게 있고 그 위에 꾸러미가 있었어, 하얀 직물로 싸인 것이었는데, 나는 그게 그거라는 걸 깨달았어. 그 안에 사람이 있다는 걸. 남자가 나한테 말했어. ‘용서를 구해라.’ 하지만 나는……”

도발레는 가슴으로 머리를 떨구고, 자신을 꼭 끌어안는다.

“나는 움직이지 않았어. 그러니까 남자가 뒤에서 손가락으로 내 어깨를 찔렀어. ‘용서를 구하라니까.’ 나는 말했어. ‘누구한테 구해요?’ 나는 그쪽을 보지 않았고, 그냥 문득 머릿속에서 그게 사실 그리 길지 않은 꾸러미니까, 어쩌면 엄마는 아닐지도 모른다는 생각만 했어—엄마가 아니라고! 어쩌면 그냥 무서워서, 내 정신이 나를 가지고 논 건지도 몰라. 어쨌든 그 순간 평생 그 어느 때보다도, 그 전이나 후 어느 때보다도 행복한 기분이었어. 미칠 듯한 행복이었지, 마치 나 자신이 죽음에서 구원을 얻은 것처럼. 남자가 다시 내 어깨를 밀었어. '어서, 용서를 구해.' 그래서 나는 다시 말했어. '하지만 누구한테요?' 그러자 남자는 상황을 파악했는지 나를 찌르던 걸 멈추고, '모르는 거냐?' 하고 물었어. 나는 모른다고 대답했어. 그러자 그는 공황에 빠졌어. '말해주지 않았니?' 나는 다시 말해주지 않았다고 대답했지. 남자는 몸을 구부려 나와 눈높이를 맞추었고, 그러자 내 눈 맞은편에 그의 눈이 보였어. 그는 잔잔한 목소리로 조용하게 말했어. '여기 이게 네 엄마다.'

그러고 나서 뭐가 기억나나? 기억나는 건…… 기억이 나, 그렇게 많이 기억나지 않으면 좋으련만. 내 마음에 다른 것들을 위한 자리도 남아 있기를 바라는 마음이지만. 헤브라 카디샤에서 온 남자는 얼른 나를 다시 큰방으로 데리고 나왔는데 이제 내가 밖에서 봤던 사람들이 그 방에 모여 있었어. 내가 안으로 들어가자 사람들이 길을 열어주었고, 아빠가 동업자의 어깨에 기대 있는 게 보였어. 간신히 자기 발로 서서 실비우에게 아기처럼 매달려 있었기 때문에 나를 보지도 못했어. 그래서 나는 생각했어…… 내가 무슨 생각을 했더라……”

그는 숨을 깊이 마신다. 그의 몸의 깊이보다 훨씬 깊이.

“나는 다가가 아빠를 끌어안아야 한다고 생각했어. 하지만 그럴 수가 없었고, 결단코 아빠 눈을 볼 수가 없었어. 내 뒤에 있는 사람들이 말했어. ‘어서, 아빠한테 가, 얼른 가, 카디셀,* 기도문을 외워야지.’ 실비우가 아빠한테 내가 왔다고 작은 소리로 말했고, 아빠는 고개를 들더니 마치 메시아를 본 것처럼 눈을 크게 떴어. 아빠는 실비우에게서 몸을 떼어내 두 팔을 벌리고 비틀거리며 나를 향해 다가오면서 소리를 지르더니 엄마 이름과 내 이름을 함께 외쳐댔어. 아빠는 갑자기 늙어 보였어. 모두가 보는 앞에서 이제 우리 둘뿐이라고, 어떻게 우리에게 이런 재앙이 일어날 수 있느냐고, 왜 우리가 이런 일을 당해야 하느냐고, 우리는 아무도 해친 적이 없다고 이디시어로 울부짖었지. 나는 움직이지 않았어. 아빠를 향해 단 한 걸음도 내딛지 않았어. 그냥 아빠 얼굴만 보면서 완전히 반대일 수도 있었다는 것을 이해하지 못하다니 저런 바보가 없다고 생각했어—1밀리미터만 이쪽이나 저쪽이었으면 반대일 수 있었는데. 그러면서 생각했지. 만일 지금 아빠가 나를 끌어안으면, 아니 내 몸에 손을 대기만 해도 패

* 남자아이를 다정하게 부르는 말.

버리겠다, 죽여버리겠다, 난 할 수 있다, 나는 전능하다, 내가 말하는 모든 것이 현실이 된다. 그런 생각을 하는 순간 내 몸이 나를 뒤집어버렸어. 나를 벌렁 뒤집어서, 내 손을 짚고 거꾸로 서게 했어. 야물커가 아래로 떨어지면서 모든 사람이 숨을 쉬는 소리가 들렸고 사위가 조용해졌어.

나는 달리기 시작했고 아빠는 나를 쫓아 달려왔지만, 아빠는 여전히 이해를 하지 못하고 이디시어로 나에게 멈추라고, 돌아오라고 소리를 지르기만 했어. 하지만 나에게는 모든 게 거꾸로였어, 내가 모든 걸 뒤집어버렸어. 나는 아래로부터, 내가 걸어가면 사람들이 모두 길을 비켜주는 것을 볼 수 있었어. 나는 그 방을 나왔고 아무도 나를 막아설 배짱이 없었어. 아빠는 나를 쫓아 달려오며 소리를 지르고 울다가, 마침내 문간에서 발을 멈췄어. 나도 멈췄지, 주차장에서. 우리는 그렇게 서서 서로를 바라보았어, 나는 이런 식으로 아빠는 반대로. 그 순간 나는 진짜로 아빠는 엄마 없이는 아무런 가치가 없다는 것, 아빠의 삶의 모든 힘은 엄마가 그 곁에 있다는 데서 온다는 것을 알았어. 아빠는 그 한순간에 반쪽 인간이 되어버렸어.

아빠는 나를 보았고, 나는 아빠의 두 눈이 천천히 서로 다가붙는 걸 보았어. 나는 아빠도 이해하기 시작했다는 걸 분명히 느꼈어. 어떻게 했는지는 모르지만, 아빠는 그런 일에는 동물적 본능이 있거든. 절대 그렇지 않다고 누가 암만 나에게 얘기해도 소용없어. 그 한순간, 아빠는 내가 오는 길에 한 모든 일, 내 지저분한 회계 전체를 파악해버렸어. 한순간에 내 얼굴에서 그 모든 걸 읽은 거야. 아빠는 두 손을 들어올렸고, 내 생각에—아니, 사실 나는 확신하는데—아빠는 나를 저주했어. 아빠 입에서 튀어나온 것은 내가 인간에게서는 들어본 적 없는 외침이었거든. 내가 아빠를 죽이기라도 한 것 같은 소리였어. 바로 그 순간 나는 쓰러져버렸지. 두 손이 꺾이면서 아스팔트에 뻗어버린 거야.

주차장에 있던 사람들이 우리를 봤어. 아빠가 나한테 뭐라고 했는지, 그 저주가 뭐였는지는 모르겠어. 어쩌면 다 내 머릿속에서만 벌어진 일이었는지도 몰라. 하지만 나는 아빠 얼굴을 보았고 그게 엄청난 저주라는 걸 느낄 수 있었어. 그래도 그 순간에는 아직 그게 내 인생 전체를 지배할 거라는 사실은 몰랐지. 하지만 그렇게 되어버렸어, 어디를 가든, 어디로 도망가든.

잘 들어봐. 그때 처음으로 어쩌면 내가 아무것도 이해하지 못한 것일 수도 있다는 생각, 아빠는 정말로 엄마 대신 그 들것에 누워 있을 각오가 되어 있었다는 생각이 내 머릿속을 스쳐갔어. 엄마 문제에 관한 한 아빠는 어떤 회계도 하지 않았거든. 아빠는 정말로 엄마를 사랑했던 거야."

그의 몸이 축 늘어진다. "뭐, 당연하지……" 그는 중얼거리며 오랫동안 사라져버린다.

"그때 아빠는 자기 손으로 나한테 이렇게 한 거야. 나를 포기한 거야. 아빠는 장례식을 계속하려고 몸을 돌려 안으로 다시 들어가고 나는 일어서서 사람들과 자동차들 사이를 달렸지. 나는 그때 그것으로 끝이라는 거, 나는 집으로 가지 않을 거라는 걸 알았어. 나에게 집은 닫혀버린 거야."

그는 보온병을 천천히 발치에 내려놓는다. 이야기를 시작할 때와 마찬가지로 고개는 앞으로 축 늘어져 있다.

"내가 어디를 갈 수 있었겠어? 누가 나를 기다리고 있었겠어? 첫날밤은 학교 지하실에서 보냈고, 둘째 날 밤은 회당 창고에서 보냈고, 셋째 밤은 꼬리를 다리 사이에 감추고 집으로 기어들어갔어. 아빠가 문을 열어주더군. 아무 말도 하지 않았어. 평소처럼 저녁을 차려주었는데, 아무 말이 없었어, 나에게도 자신에게도."

도발레는 허리를 편다. 가느다란 목 위에서 머리가 흔들린다.

"그렇게 해서 엄마 이후 우리의 삶이 시작된 거야. 나하고 아빠, 둘이서만. 하지만 그 이야기는 다음 저녁까지 기다려야 해. 내가 지금 좀 피곤하거든."

침묵. 아무도 움직이지 않는다.

일 분이 지나고, 또 일 분이 지난다. 매니저는 오른쪽, 왼쪽을 보고, 헛기침을 하고, 살이 투덕투덕 붙은 허벅지를 두 손으로 찰싹 때리더니 일어나서 의자를 쌓기 시작한다. 사람들이 일어서서 서로 눈길을 마주치지 않고 조용히 자리를 뜬다. 여기저기서 여자들이 도발레에게 슬쩍 고개를 끄덕인다. 그의 얼굴은 불이 꺼져 있다. 키가 큰 은발 여자가 무대로 다가가 그에게 고개를 숙인다. 나가는 길에 내 옆을 지나다 내 테이블에 접은 메모지를 내려놓는다. 눈물이 그렁그렁한 여자의 눈가로 웃느라 생긴 주름이 보인다.

이윽고 우리 셋만 남았다. 작은 여자는 빨간 핸드백을 두 손으로 움켜쥐고 의자 옆에 서서 한쪽 다리로만 몸을 받치고 있다. 아주 작고 귀여운 에우리클레이아다. 그녀는 기다리며, 희망 섞인 표정으로 그를 본다. 그는 푹 가라앉았던 곳으로부터 천천히 돌아와, 고개를 들어 그녀를 보며 웃음을 짓는다.

"잘 가, 피츠" 하고 그가 말한다. "여기 있지 마. 집으로 걸어가지도 마. 여기는 좋은 동네가 아니야. 요아브!" 그는 로비를 향해 외친다. "이분한테 택시 좀 불러줘! 내 출연료에서 제해, 남은 게 있으면."

여자는 움직이지 않는다. 그 자리에 스스로 뿌리를 내리고 있다.

그는 무대에서 무거운 걸음으로 내려와 그녀를 마주보고 선다. 그는 무대 위에 있을 때보다 훨씬 작다. 그는 구식으로 기사처럼 우아하게 몸을 기울여 여자의 뺨에 입을 맞추고 한 걸음 뒤로 물러난다. 그래도 그녀는 움직이지 않는다. 발끝으로 서서, 눈을 감고 있다. 온몸이 그의 몸 쪽으로 끌려가고 있다. 그는 다시 가까이 다가가 입술에 입을 맞춘다.

"고마워, 피츠." 그가 말한다. "모든 게 고마워. 당신은 모를 거야."

"천만에요." 그녀는 예의 당연하다는 말투로 말하지만, 얼굴은 홍조를 띠고 새 같은 가슴은 부풀어오른다. 그녀는 몸을 돌려 약간 절뚝이며 걸어나간다. 입술이 동그랗게 벌어지며 순수한 기쁨의 미소를 빚어낸다.

이제 클럽에는 나와 그뿐이다. 그는 나를 마주보며 서서 한쪽 손으로 테이블 가장자리를 짚고 있다. 나는 내 덩치로 그를 괴롭히지 않으려고 얼른 자리에 앉는다.

"이제 피고에게 익사형을 선고한다!" 그가 카프카의 이야기에 나오는, 아빠가 아들에게 하는 말을 인용하더니 보온병을 머리 위로 들어올려 마지막 남은 몇 방울을 자신의 몸 위로 붓는다. 몇 방울은 나에게 떨어진다. 속셔츠만 입은, 피부가 거무스름한 남자가 안쪽 주방에서 설거지를 하며 큰 소리로 〈Let It Be〉를 부른다.

"일 분만 더 시간을 내줄 수 있어?" 그는 자기 몸을 다시 무대 위로 들어올려 가장자리에 앉는데, 힘이 들어 두 팔이 부들부들 떨린다.

"한 시간도 낼 수 있지."

"집에 빨리 가지 않아도 돼?"

"어디든 빨리 갈 데 없어."

"그냥, 알겠지만……" 그는 힘없이 웃는다. "그냥 아드레날린이 조금 내려갈 때까지만."

그는 머리를 가슴에 떨구고 있다. 앉은 채로 잠이 든 것 같다.

갑자기 타마라가 이곳에 와 있다, 나를 완전히 둘러싸고 있다. 그녀의 존재가 엄청난 힘으로 다가오는 바람에 숨을 죽일 수밖에 없다. 그녀에게 채널을 맞추자 그녀가 내 귀에 소곤거리는 소리가 들린다. 우리가 사랑하는 페르난두 페소아를 인용하고 있다. "그냥 존재하는 것만으로, 얼마든지 완전해질 수 있다."

도발레는 몸을 떨며 깨어나 눈을 뜬다. 눈동자가 적응하는 데 꽤 시간이 걸린다. "뭘 긁적이는 걸 봤는데." 그가 말한다.

"뭘 좀 써보려고 생각했지."

"그래?" 그의 얼굴이 웃음으로 가득찬다.

"다 쓰면 너한테 줄게."

"적어도 몇 마디는 남겠네." 그가 어색하게 웃음을 터뜨린다.

"톱밥처럼, 알잖아……"

"재미있어." 한참 뒤에 그가 말하며 두 손의 먼지를 떨어낸다. "나는 누군가를…… 그리워하는 사람은 아닌데."

그 말에 나는 놀라지만, 아무 말도 하지 않는다.

"하지만 오늘밤에는, 모르겠어…… 어쩌면 엄마가 죽은 이후 처음으로……" 그는 무대 바닥에 놓인 안경을 손가락으로 쓰다듬는다. "정말로 엄마가 느껴지는 순간이 몇 번 있었어…… 그러니까, 단지 나의 엄마로서만이 아니라, 한 인간으로서. 여기 이 세상에 있었던 한 인간. 아빠는 엄마가 가고 난 뒤에도 거의 삼십 년을 버텼지, 알아? 마지막 몇 년은 내가 돌봐드렸어. 그래도 아빠는 집에서 죽었어, 내가 옆에 있을 때."

"로메마에서?"

그는 어깨를 으쓱한다. "멀리 벗어나지 못했어."

그와 그의 아빠가 복도에서 서로 지나쳐가는 모습이 보인다. 쓸지 않은 시간이 그들 위로 쌓인다.

"내가 너를 집에 데려다주면 어떨까?" 나는 그렇게 제안한다.

그는 잠시 생각한다. 다시 어깨를 으쓱한다. "꼭 그러겠다면."

"가서 준비해." 나는 그렇게 말하며 몸을 일으킨다. "밖에서 기다릴게."

"잠깐, 너무 서둘지 마. 앉아. 일 초만 더 관객 노릇을 해줘."

그는 가슴을 부풀리더니 두 손을 메가폰처럼 입 주위에 갖다 댄다. "쇼는 끝났어, 카이사레아!" 무대 가장자리에서 그는 나에게 그의 가장 빛나는 미소를 보내준다. "내가 당신들에게 주는 건 이게 다야. 오늘은 더 내줄 도발레가 없고, 내일도 없을 거야. 이것으로 행사는 끝이야. 나가는 길에 조심해. 안내인과 보안요원들 말 잘 듣고. 출구가 혼잡하다는 이야기를 들었어. 모두들 안녕히."

옮긴이의 말

다비드 그로스만을 처음 읽은 것은 꽤 오래전 『사자의 꿀』을 번역할 때였다. 이 책은 신화를 현대적인 시각으로 다시 쓰는 프로젝트인 '세계신화총서' 시리즈 중 하나로 삼손과 데릴라 이야기를 다룬 것이었는데, 어찌 보면 닳고 닳았다고 할 수도 있는 이야기를 신선하게 재해석해내는 그의 능력에 꽤 감탄했다. 지난해에 그가 맨부커 인터내셔널상을 수상했다는 소식을 듣고도 별로 놀라지 않은 것은 이미 세계적인 작가로서 그의 자리가 확고하다는 사실을 알고 있었기 때문이기도 했지만, 그보다는 방금 말한 경험을 통해 대단히 총명한 작가라는 인상이 강하게 남아 있었기 때문이었을 것이다. 물론 한 작가가 총명하다고 말하는 것은 그가 자신의 직업에서 능력을 발휘하도록 돕는 재주를 두루 갖추고 있다는 점을 말하는 것이지만, 다른 분야와는 조금 다르게, 거기에는 무엇보다도 삶에 대한 그의 통찰에 찬탄하며 공감하게 된다는 전제가 깔려 있다.

맨부커 인터내셔널상 수상작인 『말 한 마리가 술집에 들어왔다』는 수상작답게 그로스만의 그런 총명함이 여실히 드러나 있다. 우선 이 작품의 설정 자체가 기발하다면 기발하다고 할 수 있다. 이 짧은 소설은 스탠드업 코미디언이 공연한 한 편의 쇼가 전체 내용을 이룬다. 조금 더 정확히 말한다면, 한 관객이 실시간으로 중계하는 쇼다. 그러니까 이 짧은 소설은 아마도 두 시간이 안 걸렸을 그 쇼의 녹취록이 중심을 이룬다고 말해도 될 것이다. 따라서 독자는 한 코미디언이 무대에 등장해서 인사를 하는 순간부터 쇼를 끝내고 무대를 떠나는 순간까지 그 전부를 고스란히 글로 체험하게 된다. 물론 서술자인 관객을 객관적 전달자라고 말할 수는 없겠지만, 적어도 시간 순서에 따라 온전히 제시되는 그의 녹취록 자체는 객관적이라고 말할 수 있을 것이며, 따라서 이를 따라가는 것 자체가 독자에게는 특이한 경험이 된다.

그러나 설정 자체의 참신함만으로 이 작품의 뛰어난 면을 다 설명할 수는 없다는 것이 옮긴이가 그로스만이라는 작가의 총명함을 이야기할 때부터 말하려고 했던 바이다. 이 참신한 설정 안으로 예순을 바라보는 한 개인의 아픈 과거, 특이한 가족사, 유대인의 고통스러운 역사가 섞여들어오고, 그것이 코미디언의 입심에 힘입어 현재의 이스라엘에 대한 풍자와 어우러진다. 그러면서 이 희비극은 조그만 클럽 무대에서는 상상할 수도 없었던 깊이와 넓이를 획득하게 된다. 잊지 말아야 할 것은, 그 중심에는 그로스만의 삶에 대한 깊은 통찰, 인간의 상처에 대한 따뜻한 공감이 자리잡고 있다는 점이다.

따라서 이 작품은 기법에서나 내용에서나, 또 진정한 의미의 감동에서나 한 편의 소설이 줄 수 있는 모든 것을 준다는 느낌인데, 아마도 많은 독자가 평소에 자신에게 있는지도 몰랐던 아주 깊은 곳이 울리는 드문 체험을 하게 될 것이라고 믿는다. 또 중간에 한 언어를 더 뛰어넘는 긴 과정을 거쳐왔음에도(이 번역본은 원래 히브리어로 쓴 것을 영어로 옮긴 것을 다시 우리말로 번역한 것이다), 게다가 유머라고 하는 번역의 최대 난관을 거쳐왔음에도, 그런 체험은 가능하다고 믿는다. 비록 부실한 번역이지만, 번역은 말의 문제이면서 곧 사람의 문제이기도 하기 때문이다.

정영목

지은이 **다비드 그로스만**

1954년 이스라엘 예루살렘에서 태어났다. 『사자의 꿀』 『시간 밖으로』 『땅끝까지』 『양의 미소』 등 여러 편의 소설과 희곡, 논픽션을 출간했다. 이스라엘의 사피르상, 프랑스 문화예술 공로훈장, 이탈리아의 발룸브로사상 등 해외 유수의 상을 받았고, 『말 한 마리가 술집에 들어왔다』로 2017년 맨부커 인터내셔널상을 수상했다.

옮긴이 **정영목**

서울대학교 영문학과를 졸업하고 동 대학원을 졸업했다. 전문번역가로 활동하며 현재 이화여대 통역번역대학원 교수로 재직중이다. 지은 책으로 『완전한 번역에서 완전한 언어로』 『소설이 국경을 건너는 방법』이 있고, 옮긴 책으로 『로드』 『책도둑』 『에브리맨』 『울분』 『네메시스』 『죽어가는 짐승』 『달려라, 토끼』 『제5도살장』 『하느님 이 아이를 도우소서』 등이 있다. 『로드』로 제3회 유영번역상을, 『유럽 문화사』로 제53회 한국출판문화상(번역 부문)을 수상했다.

문학동네 세계문학
말 한 마리가 술집에 들어왔다

1판 1쇄 2018년 4월 30일 | 1판 4쇄 2022년 4월 26일

지은이 다비드 그로스만 | 옮긴이 정영목
기획 이현자 | 책임편집 윤정민 | 편집 이봄이랑 이현자 오동규
디자인 김현우 이원경 | 저작권 박지영 형소진 이영은 김하림
마케팅 정민호 이숙재 한민아 김혜연 이가을 안남영 김수현 정경주
브랜딩 함유지 함근아 김희숙 정승민
제작 강신은 김동욱 임현식 | 제작처 한영문화사(인쇄) 경일제책사(제본)

펴낸곳 (주)문학동네 | 펴낸이 김소영
출판등록 1993년 10월 22일 제2003-000045호
주소 10881 경기도 파주시 회동길 210
전자우편 editor@munhak.com | 대표전화 031) 955-8888 | 팩스 031) 955-8855
문의전화 031) 955-3578(마케팅) 031) 955-2634(편집)
문학동네카페 http://cafe.naver.com/mhdn | 트위터 @munhakdongne
북클럽문학동네 http://bookclubmunhak.com

ISBN 978-89-546-5063-2 03890

잘못된 책은 구입하신 서점에서 교환해드립니다.
기타 교환 문의 031) 955-2661, 3580

www.munhak.com